编辑委员会

中国知网（CNKI）全文收录　维普期刊网全文收录

探索与批评

第六辑

主编／王　欣　石　坚

四川大学出版社
SICHUAN UNIVERSITY PRESS

图书在版编目（CIP）数据

探索与批评．第六辑 / 王欣，石坚主编．— 成都：
四川大学出版社，2022.6
　ISBN 978-7-5690-5473-6

　Ⅰ．①探…　Ⅱ．①王…　②石…　Ⅲ．①外国文学—文
学研究—文集　Ⅳ．① I106-53

　中国版本图书馆 CIP 数据核字（2022）第 088028 号

书　　　名：探索与批评　第六辑
　　　　　　Tansuo yu Piping　Di-liu Ji
主　　编：王　欣　石　坚

选题策划：陈　蓉
责任编辑：陈　蓉
责任校对：黄蕴婷
装帧设计：墨创文化
责任印制：王　炜

出版发行：四川大学出版社有限责任公司
　　　　　地址：成都市一环路南一段 24 号（610065）
　　　　　电话：（028）85408311（发行部）、85400276（总编室）
　　　　　电子邮箱：scupress@vip.163.com
　　　　　网址：https://press.scu.edu.cn
印前制作：四川胜翔数码印务设计有限公司
印刷装订：成都金龙印务有限责任公司

成品尺寸：170 mm×240 mm
印　　张：12.5
插　　页：2
字　　数：241 千字

版　　次：2022 年 6 月　第 1 版
印　　次：2022 年 6 月　第 1 次印刷
定　　价：52.00 元

四川大学出版社
微信公众号

目　录

广义叙述学研究

文类研究

批评理论与实践

跨学科研究

书　评

Contents

General Narratology

Literary Genre Studies

Critical Theory and Practice

广义叙述学研究 ● ● ● ● ●

布思的理论遗产

程锡麟

摘 要：布思是公认的芝加哥学派第二代领军人物。他在修辞学、叙事学、文学伦理学批评、批评方法论等方面都做出了卓越贡献，在西方和我国文学批评界都产生了广泛的影响。本文就布思的理论遗产进行梳理，对他提出的一系列重要的观点及其影响分别加以评介，并说明他与芝加哥学派第一代、第三代及第四代的学术传承关系。

关键词：布思 芝加哥学派 理论遗产 学术传承关系

Booth's Legacies in Critical Theory

Cheng Xilin

Abstract: Wayne C. Booth is recognized as the leader of the second generation of Chicago school. He has made preeminent contributions in rhetoric, narratology, literary ethical criticism, critical methodology, and other fields, and has wide influence upon the literary critical world in the West and China. This paper would sort out Booth's theoretical legacies, comment on a series of his important views and their influence, and explain his academic inheritance relationship with the first, third, and fourth generations of Chicago school.

Keywords: Booth; Chicago school; theoretical legacies; academic inheritance relationship

韦恩·C. 布思（Wayne C. Booth，1921－2005）是公认的芝加哥学派（亦称新亚里士多德学派）第二代领军人物。他曾经直接受教于芝加哥学派第一代学者，包括 R. S. 克莱恩（R. S. Crane）、理查德·麦基翁（Richard McKeon）、埃尔德·奥尔森（Elder Olson）等人。2021 年是布思诞生 100 周年。他在修辞学、叙事学、文学伦理学批评、批评方法论等方面都做出了卓越贡献，在西方和我国文学批评界都产生了广泛的影响。他是芝加哥大学杰出教授、美国艺术科学院院士，是著名理论刊物《批评探索》（*Critical Inquiry*）的两位创始主编之一，曾任美国人文学科最大的学术组织——美国现代语言学会的会长。2005 年 10 月 11 日（布思去世后的第二天）芝加哥大学发出的讣告称他是"20 世纪最卓越和最有影响的文学批评家之一"，在《小说修辞学》（*The Rhetoric of Fiction*，1961/1983）中"布思把技巧与伦理分析结合起来改造了文学研究，这对于当今的叙事理论具有重大影响"。他的《我们所交的朋友：小说伦理学》（*The Company We Keep：An Ethics of Fiction*，1988）"成了文学研究中伦理批评的试金石"[①]。除了上述两部著述，布思的主要论著还有《现代教条与赞同修辞》（*Modern Dogma and the Rhetoric of Assent*，1974）、《反讽修辞学》（*A Rhetoric of Irony*，1974）、《批评的理解：多元论的力量与局限》（*Critical Understanding：The Powers and Limits of Pluralism*，1979）。另外，他写有关于大学人文学科的教学和科研方面的著作，以及涉及多个领域的大量论文。本文就布思的理论遗产进行梳理，对他提出的一系列重要观点及其影响分别加以评介，并说明他与芝加哥学派第一代、第三代及第四代的传承关系。

一、布思与芝加哥学派第一代学者

自 20 世纪 30 年代中期起，以克莱恩为首的芝加哥大学的一批学者以亚里士多德的诗学理论为基础，反对之前盛行的重文学史、作家生平和社会背景的文学批评，转而注重文本本身的研究，关注形式主义诗学和文类理论。（参见 Leitch，1987，p. 64）1952 年，克莱恩主编并作序的《古今批评家与批评》（*Critics and Criticism：Ancient and Modern*）出版，该书被视为芝加哥学派的宣言，包括了芝加哥学派的 6 位学者撰写的 20 篇文章。1957 年该书的缩编本出版，包含 6 位学者的 8 篇文章。他们倡导在文学研究中注重包

---

① 引自 http://www-news. uchicago. edu/releases/05/051011. booth. shtml，7 Jan. 2006.

含多种因素尤其是情节和人物等的整体研究，而不是新批评的以语言为中心的研究。他们质疑新批评抛弃历史分析，注重诗歌研究而忽视其他文学体裁（如小说和戏剧）的做法。他们倡导多元论（pluralism），反对单一论（monism），主张多种不同形式的批评，而每一种批评都有自己的阐释力量和局限。他们认为一个文学文本有多种有效的阐释。他们致力解读文学文本的种种方法，而不是已有的评价作品的政治或者美学标准。他们的探索在本质上是方法论的，而不是意识形态的。（参见 Baker，2002，pp. 444－450）除了上述观点，文森特·B. 里奇（Vincent B. Leitch）在其《20 世纪 30 年代至 80 年代的美国文学批评》（*American Literary Criticism from the Thirties to Eighties*，1987）中对芝加哥学派的诗学主张做了进一步的补充：

> 最终，芝加哥学派的诗学考虑到了文学与生活的联系。文学的材料是人类的生活，而文学再现了这种材料。所有文学都教导、感动、影响或者改善我们。按照奥尔森的话来讲，文学影响了个人、社会和政治的行为，它教导我们要警惕盲目的个人利益，而且它反复灌输道德品质。……正如克莱恩评判的，所有优秀的艺术都具有道德的力量。虽然芝加哥学派的新亚里士多德诗学在总体上是形式主义的，但是它为文学保留了其从属的模仿的、情感的和教诲的力量。而且它为所有艺术保留了一种普遍的伦理力量和功用。严格地讲，这一点与诗学无关而与修辞学相关。（Leitch，1987，p. 67）

1982 年，布思在题为《两代人之间：芝加哥学派的遗产》（"Between Two Generations：The Heritage of the Chicago School"）一文中归纳了该学派的 6 个特征，包括：（1）为了哲学的或者方法论的目的而以特殊方式去运用历史；（2）它倡导归纳法、不同的推理模式以及注重材料与结论；（3）它把文本的意义构想为"形塑意图"（shaping intention），在重构理解的同情性行为中寻求发现这种基本的动机；（4）拒绝演绎式的推理和先验论的思维；（5）把每一个论点都置于多元论的理论中；（6）提出了新亚里士多德式的形式主义诗学。（Booth，1982，pp. 20－22；Leitch，1987，pp. 76－77）里奇则在布思提出的 6 个特征基础上，增加了 10 个特征：

> （7）它认为批评流派和思潮是自足的体系或者语言。（8）它批判批评的相对论、教条主义和怀疑论。（9）它把批评置于文学研究的中心而不是文学史的中心。（10）它提倡把理论史的系统研究作为总体批评的一部分。（11）它提出了基础广泛的人文学科研究，尽管它自己偏向于有限

的项目。（12）在抛弃"总体诗学"的同时，它复活了对体裁理论的兴趣。（13）它坚持基于明确标准的评价性批评。（14）它通常考察传统的经典文本，而把现代的和"不重要的"作品放到一边。（15）它包容了模仿的、教诲的和情感的诗学。（16）它揭示了在那个时代居于主导地位的新批评的局限和弱点。（Leitch，1987，p. 77）

以上论述对芝加哥学派的诗学主张和批评方法论做出了全面恰当的总结。这些理论观念和批评方法深深地影响了该学派的第二代及后来新生代的学者。

布思在第二次世界大战结束后退伍，进入芝加哥大学英文系攻读博士学位。克莱恩是他的导师，他深受克莱恩以及其他芝加哥学派成员的影响。第一代芝加哥批评家关注形式、文类问题和方法论，他们倡导的对文学作品的整体研究、多元论，对艺术作品的伦理道德问题的重视等观点和主张，以及对新批评观念的批判，在后来布思的学术研究成果中都有体现并得到了进一步的发展或者修正。布思在《〈小说修辞学〉与小说诗学》（"*The Rhetoric of Fiction* and the Poetics of Fictions"）一文中批评了当时统治学界的新批评的观点。

> 一代人不假思索就接受了这样的看法：一首真正的"诗歌"（包括小说）不应该表意（mean）而应该独立存在（be）。在"意图谬误"之下，作者被排除在外；在"感受谬误"之下，读者被排除在外；在"说教邪说"（didactic heresy）之下，思想与信念的世界被排除在外；在"情节邪说"（heresy of plot）之下，叙事兴趣被排除在外。一些主张自主的学说变得如此枯竭，以至于只剩下词语与象征的相互关系。（Booth，1970，p. 162）

紧接着布思说明了他在芝加哥大学所受到的不同教育："通过比较，在我看来，我所受的教育是客观主义学说的一种特别丰富的版本，它源自《诗学》；它有一种方式去谈论对读者和受众的影响，它认为作者的意图对于批评家的探索是决定性的（在一种谨慎、有限的意义上）。"（Booth，1970，pp. 162-163）这清楚地表明布思所受到的芝加哥学派的教育不同于新批评。同时还表明：虽然芝加哥学派的批评也属于形式主义批评，但是它与新批评有着重大的分歧。布思还认为，在芝加哥学派内部朝着修辞学方向有一种稳定的转移。他所做的"就像谢尔顿·萨克斯（Sheldon Sacks）① 在独立做的那

---

① 谢尔顿·萨克斯（1930—1979），芝加哥学派第二代著名学者，他和布思共同创立了著名的理论刊物《批评探索》。

样，让这种修辞学转向明显起来"（Booth，1970，p. 163）。布思学术研究的主要方向就是修辞批评和以修辞为导向的文学研究。

二、布思的主要理论观点

布思是芝加哥学派第二代的领头人，第二代的学者还包括：谢尔顿·萨克斯、阿瑟·海泽曼（Arthur Heiserman）、罗伯特·马什（Robert Marsh）、沃尔特·戴维斯（Walter Daivis）、奥斯丁·M. 赖特（Austin M. Wright）、理查德·莱文（Richard Levin）和霍默·戈德堡（Homer Goldberg）等（关于这些学者及其代表性著作的简介可参见 Booth，1982a，pp. 22−23）。

纵观布思的学术生涯，他主要致力修辞学（包括伦理批评）和叙事（小说为主）理论研究以及两者结合的研究。与芝加哥学派第一代学者相比，在研究思路和观念方面布思在继承的基础上做出了创新，并对第一代学者的观点进行了修正。第一代学者注重的是聚焦于文本的形式主义诗学，而布思更注重从修辞学的角度去进行文学批评，聚焦于作者与读者的关系。亚里士多德在《修辞学》中注重演说者与听众的关系，指出："修辞术的整个任务在于影响听众的判断。"（亚里士多德，1991，p. 118）布思则从这种观念出发，聚焦于小说修辞学，注重作者与读者的关系，探讨作者如何通过作品去影响读者。布思明确提出："作者不能选择避免修辞；他只能选择他将采用何种修辞。"（Booth，1983，p. 149）吉纳维芙·莱夫利（Genevieve Lively）在其《叙事学》（*Narratology*，2019）中对布思的修辞性叙事观念进行了如下概括："为了实现理想的目的，使一部叙事作品能够以特定的方式打动和影响读者，作者会选择并组织叙事形式的每一个方面。它们涉及：材料或者题材的选择，对叙事起点和终点的选择，对故事原始材料的选择和压缩，时间的安排和因果的顺序，通过显示和/或讲述来叙述故事的决定，采用的视点，用来描写人物和环境的修饰语和形容词，所有这些在布思的模式里都是修辞的选择。"（Lively，2019，p. 148）布思这样做是在引导芝加哥学派向着修辞学方向转移。正如莱夫利指出：布思在"致力把新亚里士多德学派的叙事诗学重构为叙事修辞学"（Lively，2019，p. 148）。

《小说修辞学》是布思的第一部专著，也是他影响最大的著作，同时还是修辞性叙事学的奠基之作。他写作此书时，正是新批评统治文学批评的时代。布思在《〈小说修辞学〉与小说诗学》一文中说明了他在写作该书时的做法，表明他的观念与新批评的巨大差异。他写道：

> ……取代了对诗歌的形式和描写的分析以及对情节类型的阐释，我

看重的是影响，产生影响的技巧，对读者及他们的结论的影响。取代了对文学类型的分类，我对兴趣以及对兴趣的操纵进行了分析。取代了对内在结构的诗学元素（情节、人物、思想、措辞）的分析，我的元素等同于所有修辞学里的三种元素，即作者、作品、受众：作者与他们各种各样的替代者和代言人；作品，与为了影响而对作品做出的各种安排；受众，与他们的预想以及他们得出结论的过程。（Booth，1970，p. 163）

许多学者对《小说修辞学》做出了高度评价。弗雷德里克·J. 安特扎克（Frederick J. Antczak）认为：“布思在《小说修辞学》中的做法超越了芝加哥学派关注的问题，对文学研究中复活古代传统的修辞学做了大量工作。”（Antczak，1995，p. 4）迈克尔·克恩斯（Michael Kearns）指出，《小说修辞学》破除了由亨利·詹姆斯提出、经珀西·卢伯克（Percy Lubbock）的《小说技巧》（*The Craft of Fiction*）固化了的小说理论教条。“布思几乎是单打独斗地点燃了叙事研究的一场革命。”（Kearns，1999，pp. 8−9）詹姆斯·费伦（James Phelan）评论道：“在其开创性的 1961 年出版的《小说修辞学》中，布思在新亚里士多德学派方法内颠覆了诗学与修辞学的关系。这样做，为修辞性叙事学铺平了道路。”（Phelan，2007，p. 207）加里·科姆斯托克（Gary Comstock）认为：“《小说修辞学》的最大贡献可能是它所坚持的观点：叙事作用的选择不可避免地涉及作者与读者关系的道德选择以及他们分享意义的方式。”（参见 Antczak，1995，p. 5）《小说修辞学》被公认为小说理论研究的里程碑，是叙事理论的经典之一。需要说明的是，在第一版出版 22 年后《小说修辞学》发行了第二版。在这二十多年里，西方批评理论发生了巨大的变化。布思在第二版加写了长达 57 页的“后记”，一方面对第一版受到的批评进行辩驳，另一方面开始向后经典叙事学迈进。申丹对此问题有中肯的评述。（参见申丹等，2010，pp. 175−177）

以后，布思陆续发表了《现代教条与赞同修辞》（1974）、《反讽修辞学》（1974）、《批评的理解：多元论的力量与局限》（1979）和《我们所交的朋友：小说伦理学》（1988）等论著。在这些著作中，布思继承并发展（或者修正）了第一代学者提出的整体论（holism）、多元论、伦理批评等观念，提出了一系列重要的理论观点，诸如隐含作者、可靠叙述者与不可靠叙述者、稳定反讽与不稳定反讽，这些观点大多已成为当代批评理论，尤其是叙事理论的常见术语和概念。下面分别进行介绍。

（一）隐含作者

隐含作者（implied author）是布思最具独创性的，也可能是他影响最大的一个术语。实际上，布思早在 1952 年发表的文章《漫画小说中的自我意识叙述者，从〈商狄传〉之前的小说谈起》（"The Self-Conscious Narrator in Comic Fiction before *Tristram Shandy*"）中就提出了隐含作者的概念（参见尚必武，2011，p. 79），不过，他在《小说修辞学》中再次提出并阐释了这个概念后，该概念才在学界广为流传并引发了长期争议。布思在作者、文本、读者三者的关系中研讨隐含作者的概念。他视隐含作者为具体文本作者的"潜在的替身"，作者的"第二自我"，是读者"建构的正式作者的形象"（Booth，1983，pp. 70−71）。他指出：

> 我们对隐含作者的感觉，不仅包括从所有人物的每一点行动和受难中可以得出的意义，还包括它们的道德和情感内容。简而言之，它包括对完成的艺术整体的自觉理解；这个隐含作者信奉的主要价值观念是由全部形式表达的一切，而无论他的创造者在真实生活中属于何种党派。……这个"隐含作者"有意无意地选择我们所读的内容；我们把他视为真人的一个理想的、文学的、创造出的替身；他是他自己选择的总和。（Booth，1983，pp. 73−75）

根据布思的观点，隐含作者与作品的叙述者是不同的。隐含作者是作者通过他所创造的叙述者和他对事件的安排，通过他写作该作品的全部行为，而投射出的他自己的形象。而叙述者则是作品中的讲话人，他只是隐含作者创造出的多种元素之一。（Booth，1983，p. 73）另一方面，布思也对隐含作者和真实作者做出了区分（Booth，1983，p. 75），然而他做的这种区分并不清晰。布思对隐含作者的多种界定有些含混甚至矛盾，可能是有不得已的原因。由于在 20 世纪五六十年代形式主义批评居于统治地位，盛行以文本为中心的批评，布思在《小说修辞学》中，表面上把隐含作者视为文本中的一个因素，这样的界定既不违背当时的学术氛围，实际上又把文本外的作者纳入了批评的范畴。申丹对此情况做出了合理的解释。（详见申丹，2009，pp. 26−34）可能正是布思对隐含作者的多种界定，引发学界产生了截然不同的看法。

围绕隐含作者的概念，六十余年来，西方学界，尤其是叙事学界，发生了激烈的争论。坚持修辞传统的批评家，包括布思、西摩·查特曼

（Seymour Chatman）、威廉·内勒斯（William Nelles）、詹姆斯·费伦（James Phelan）、彼得·拉比若维兹（Peter Rabinowitz）等，认为"隐含作者"是文本分析一个不可或缺的重要因素。结构主义叙事学家，包括热奈特（G. Genette）、米克·巴尔（Mieke Bal）、里蒙－凯南（Rimmon-Kenan）、尼利·迪恩戈特（Nilli Diengott）等，则批评该术语的多种定义导致的"万金油"（anything-goes nature）性质。（参见 Nüning，"Implied Author"，2005，pp. 239－240）

著名刊物《文体》（Style，Vol. 45 No. 1）和《叙事》（Narrative，Vol. 21 No. 2）分别在 2011 年和 2013 年出版专辑研讨隐含作者，两期专辑汇集了叙事学界著名学者围绕该术语针锋相对的论争。关于隐含作者的接受及衍生概念，德国学者汤姆·金特（Tom Kindt）和汉斯－哈拉尔德·米勒（Hans-Harald Müller）合著的《隐含作者：概念与争议》（The Implied Author：Concept and Controversy，2006）有比较详尽的评介。另外，尚必武的文章《隐含作者研究五十年：概念的接受、争论与衍生》（2011，pp. 79－86）也在该书的基础上进行了评述。

针对"隐含作者"这个术语，国内也有不少研究，尤其是申丹发表了一系列文章，对概念产生的语境和深层逻辑以及含义和本质进行了令人信服的分析和阐释。（详见申丹，2008，pp. 136－145；2009，pp. 26－34；2019，pp. 18－29）同时，申丹还在国外刊物上发表了多篇论文，参与了对隐含作者这一论题的论争，她的观点得到了包括詹姆斯·费伦在内的不少著名叙事学家的认同。（参见 Shen，2007，pp. 167－186；2011，pp. 80－98；2013，pp. 140－158）

另外，还应该提到的是与隐含作者相对应的另一概念——"隐含读者"（implied reader）。这是读者反应批评的代表人物之一沃尔夫冈·伊瑟尔（Wolfgang Iser）提出的重要术语，可以说它源自布思提出的隐含作者概念。在《辩证批评家》（Diacritics，Vol. 10 No. 2，1980）发表的布思等人对伊瑟尔的访谈录中，主持人诺曼·霍兰（Norman Holland）[①] 评论道："韦恩·布思的《小说修辞学》对于伊瑟尔是一个中心文本，他的……'隐含读者'的观念可被视为对布思的'隐含作者'概念的发展。"（转引自 Tom Kindt & Hans-Harald Müller，2006，pp. 136－137，note 237）

---

① 诺曼·霍兰，著名的心理分析批评家。

（二）可靠叙述者与不可靠叙述者

布思在《小说修辞学》中根据英国美学家爱德华·布洛（Edward Bullough）的"心理距离"学说，发展了小说美学的"审美距离"学说。布思对叙事作品的作者（隐含作者）、叙述者、人物以及读者四方之间的距离问题进行了系统的阐述。他指出："在任何阅读体验中都存在着作者、叙述者、其他人物以及读者四方之间隐含的对话。这四方中每一方与其他三方中的每一方的关系都在价值的、道德的、理智的、审美的甚至身体的轴线上，从同一到完全对立变化不一。"（Booth，1983，p. 155）接着，布思就这四方之间的问题归纳出了 5 点，并举出了多个例子加以说明。（详见程锡麟等，2001，pp. 28－30）

接下来，布思在上述"距离"学说的基础上，对可靠叙述者和不可靠叙述者下了这样的定义："当叙述者依据作品的准则（即隐含作者的准则）去说话或者行事时，我就称之为可靠叙述者（reliable narrator），反之则称为不可靠叙述者（unreliable narrator）。"（Booth，1983，pp. 158－159）判断叙述者的可靠程度需要考虑在价值观念、道德、理智、审美诸方面叙述者同隐含作者的距离。叙述者的陈述与隐含作者的观念愈接近，则叙述者的可靠程度愈高，反之则愈低。与这一对术语相对应的术语有：可靠叙述（reliable narration）与不可靠叙述（unreliable narration），可靠性（reliability）与不可靠性（unreliability）。

"可靠叙述者"与"不可靠叙述者"后来成为叙事学的标准术语，进入相关工具书，也成为不少叙事理论家关注的问题。里蒙-凯南在《叙事虚构作品：当代诗学》（1983）中专门讨论了叙事（不）可靠性问题。她先从读者的角度界定了可靠叙述者与不可靠叙述者，然后指出不可靠性的主要来源是：叙述者的知识有限、他个人涉事于情节之中，以及他的价值体系存在问题。（参见 Rimmon-Kenan，1983，pp. 100－103）安斯加尔·纽宁（Ansgar Nüning）指出，布思并未说明不可靠性主要是源自错误呈现了故事的事件或者事实，还是源自叙述者的误解、有问题的判断或者有缺陷的阐释。纽宁区分了两种不可靠性："事实上的"（factual）不可靠性与"规范的"（normative）不可靠性。就前者而言，由于叙述者所叙述的内容与事实不一致，读者有理由怀疑叙述者的陈述；就后者而言，一位不值得信任的叙述者（诸如疯子、天真的叙述者、说谎者、伪善者、道德败坏的叙述者，等等）的判断和评论与常规成熟的判断不一致。费伦和玛丽·帕特丽夏·马丁（Mary

Patricia Martin）则在区分了不可靠性的三条轴线（事实/事件轴、价值/判断轴、知识/感知轴）的基础上，总结了不可靠性的 6 种基本类型：错误报道、错误评价（或者错误思考）、误读、不充分报道、考虑不周（under-regarding）及不充分解读。（参见 Nünning，"Reliability"，2005，p. 496）

纽宁和塔马尔·亚科比（Tamar Yacobi）提出了以读者为中心、采用认知理论的方法去探讨不可靠叙述，他们把不可靠性问题置于文本与读者的相互作用之中。费伦和格蕾塔·奥尔森（Greta Olson）等人则批评认知的方法以损害作者的能动作用和文本的不可靠性标志为代价，夸大了读者的作用。他们强调，实际上所有的评论者都接受这样的观点，即不可靠性的预测基于至少 3 个因素：读者、个人化的叙述者和文本标志。然而，考虑到他们赋予每一个因素重要性的程度差异，对不可靠叙述的评估会有显著的不同。（参见 Nünning，"Reliability"，2005，p. 496）

尚必武的《不可靠叙述》一文对此问题的来源和发展、修辞方法与认知方法的论争、非虚构作品中的不可靠叙述以及此问题的未来有较全面的评述。（详见尚必武，2017，pp. 33—44）

（三）稳定反讽与不稳定反讽

1974 年布思的《反讽修辞学》出版，这是他在修辞学领域的又一力作。费伦认为，"如果说亚里士多德是《小说修辞学》的批评先驱，那么朗吉努斯则是《反讽修辞学》的先驱。布思关注的是……朗吉努斯式的问题：反讽的本质是什么？作者与读者如何能够分享反讽？以及为什么他们有时失败了？"（Phelan，1988，pp. 57—58）布思视反讽为人与人之间、作者与读者之间的一种互动。他把反讽分为两大类：稳定反讽（stable ironies）与不稳定反讽（unstable ironies）。他认为，稳定反讽有四个特征：（1）它们都被人有意创造出来，让别人听到或者看到，并以一定的准确性理解到；（2）它们都是隐蔽的，意在使与表面不同的意义得到重构；（3）它们都是稳定的或者固定的，一旦重构的意义完成，读者就不再获邀去改变它；（4）它们在应用上都是有限的。（参见 Booth，1974，pp. 3—8）在布思看来，不能获得稳定重构的反讽都属于不稳定反讽。不稳定反讽无视作者意图表达的意义及其与读者的关系。不稳定反讽可分为四类：（1）明显而有限的；（2）有限隐蔽的；（3）明

显而无限的；（4）隐蔽的。（Booth，1974，p. 245）[①]

布思此书关注的重点在于如何阅读和阐释反讽作品。从布思在书中列举的大量作品来看，稳定反讽较多地出现在19世纪及以前的作品里，不稳定反讽则较多地出现在20世纪的作品中。布思将反讽与其他修辞手段，如暗喻、讽喻、寓言、双关语、讽刺等进行了区分。他在该书的第三章讨论了判断反讽的5条线索：（1）以作者的声音发出直接的警告；（2）宣告已知的错误；（3）作品中事实的冲突；（4）风格的冲突；（5）信念的冲突（作品表达的信念与读者持有的信念的冲突及与作者持有的信念的冲突）。（参见Booth，1974，pp. 49－75）布思在该书第七章明确提出并讨论了对文学作品评价的4个关联的层次：（1）评价作为对整部作品做出贡献的各个部分；（2）根据广泛的理想品质和批评常项去评价各个部分；（3）根据作品内含的标准及意图，并与相同类型的作品比较，去评价整部作品；（4）依据广泛的批评常项去评价整部作品。（参见Booth，1974，pp. 196－221）费伦归纳了布思在此基础上评价反讽的4项原则：（1）"文学作品的各个部分对所在的整部作品做出恰当或者必要的贡献总是一件好事"；（2）"两个心灵在象征的交流中相遇……总是好的；抓住有意的反讽总是好的，读者和作者取得理解总是好的"；（Booth，1974，p. 204）（3）评价作品需要根据它们所属的体裁内含的标准去进行；（4）也需要求助于诸如涉及对作家能力或者对其作品的真理进行评价的广泛价值观念。但是，作为一种广泛价值观念的反讽必须受到经验事实的淬炼，"事实上我们一再为许多作品喝彩，它们主张明确的价值观念而未被反讽削弱"（Phelan，"Wayne C. Booth"，1988，p. 59）。

布思的《反讽修辞学》发表后，出现了一系列的评论文章，其中引人注目的苏珊·苏莱曼（Susan Suleiman）的《阐释反讽》（"Interpreting Ironies"，1976）一文引发了布思与她的论争。布思发文《当今评论的三种功用》（"Three Functions of Reviewing at the Present Time"）予以回应。1979年的《重新审视评论：苏珊·苏莱曼与韦恩·布思的通信》（"Re-Viewing Reviews：Letters by Susan Suleiman and Wayne Booth"）则是两人观点的进一步交锋。里克特指出："两者分歧的核心问题是：理解文本的意义是否必须包括参与在文本价值观念里的情感，或者仅仅是对文本语言及隐含在那种语言里的语境的理解。"不过，里克特认为，苏莱曼与布思两人的共同点多于分

---

① 关于反讽的一般理论及分类，道格拉斯·米克（Douglas Meucke）的《反讽指南》（*The Compass of Irony*，1969）是一部重要论著，得到了包括布思在内的多位学者的赞扬。

歧。（Richter，1995，p. 110）

（四）多元论

多元论是芝加哥学派的核心观念，源自麦基翁的《艺术与批评的哲学基础》（"The Philosophic Bases of Art and Criticism"，1943）。奥尔森的《诗学理论提纲》（"An Outline of Poetic Theory"，1949）和克莱恩的《批评的语言与诗歌的结构》（"The Languages of Criticism and the Structure of Poetry"，1953）对多元论也都有阐述。克莱恩在《批评家与批评》的序言中对芝加哥学派倡导的多元论做出了如下界定："他们坚信有许多有效的批评方法，它们中的每一种都以不同的角度去揭示文学客体，每一种方法都有其特定的力量和局限。"（Crane，1957，p. iv）芝加哥批评家认为，他们倡导的新亚里士多德批评"只是多种批评方法中的一种……作为实践批评和文学史的一种工具，它必须与其他方法——例如语言的、历史的、哲学的方法结合起来，才能得到有效的运用"（Crane，1957，p. iv）。

里奇对芝加哥学派的多元论进行了较为全面的评论。他认为，芝加哥批评家的突出特征之一是注重"对不同批评立场的逻辑基础进行考察"。他们对"整个文学理论史中的不同原则和方法做了调查。对方法论基础的探索导致芝加哥批评家得出了这样的结论：'对于文学，现在和过去一直都有着多种有效的批评方法。'……'多元论'成了芝加哥学派的哲学旗帜"（Leitch，1987，p. 71）。芝加哥批评家对文学批评中的教条主义、怀疑论、折中主义进行了严厉的批评。他们这种"多元论主张在文学理论和批评方法上允许批评家有选择的自由"（Leitch，1987，p. 72）。

布思在 1979 年发表了《批评理解：多元论的力量与局限》（以下简称《批评理解》）。由于布思写作此书正处于西方种种批评理论蓬勃发展的时期，结构主义、后结构主义、读者反应批评、女性主义、族裔批评、心理分析批评、西方马克思主义批评等各种流派此起彼伏，不同流派之间的论争十分激烈。布思认为批评家们总是会有不同的观点，他们的异见不应该导致批评界的混乱，以致出现"我们时代的批评大战"（Booth，1979，p. xii）。因此他的这部论著提出了海纳百川式的"多种多元论的多元论"（pluralism of pluralisms）。同时与第一代芝加哥批评家一样，布思在该书中也对单一论、怀疑论和折中主义做了严厉批评。

布思主张的多元论是方法论上的多元论。他认为多元论者在面对一个文本时，应该"考察每一位批评家提出的问题，所采用的批评语言，他针对问题寻求证据和推理的特殊方式"（Booth，1979，p. 27）。他认为，"一种充分的多元论是一种'方法论的视角'，它相信的不仅是准确性和有效性，而且对至少两种以上的批评模式有着某种程度上的适当性"；"每一位探索者都会受到他的语言的内在限制，我们只能看到我们的素养允许我们看到的……"（Booth，1979，pp. 32−33）。他还说："所有批评的生命力在于接受限制，一种声音不可能代表所有的声音讲话，正如不可能把所有的声音压缩为一种声音。这样，多元论者……在原则上相信并在实践中总是发现：真理永远比对它的种种阐释要更丰富。"（Booth，1979，p. 340）这就是说，每一位批评家都难免有自身的局限，他对文本的理解和阐释都不可能是唯一的真理而排斥其他批评家的阐释。"正是这些方法论和话语体系的种种限制导致了对批评理解和多元论的需要。"（Leitch，1987，pp. 77）

布思指出："批评的生命力取决于坚持公正的标准，而这两者都取决于对理解的积极追求。"（Booth，1979，p. 235）因此，批评家的首要任务是"理解文本"，即能够重构其思想、动机和价值观念。第二个任务是要"逾解"（Overstanding）（参见 Leitch，1987，p. 77），这是布思仿照"理解"的英文"understanding"创造的一个术语，意思是批评家在理解文本之后，要站在高于文本的位置（to stand above a text）对文本进行批评（Booth，1979，p. 236）。而这种批评"要按照政治的、道德的、心理分析的或者形而上学的标准去判断。追寻那样的差异对于批评的生命力是绝对必要的，正如发现一致意见所依靠的核心问题对于批评的生命力也是必不可少的"（Booth，1979，p. 284）。布思在《批评理解》的最后强调："无论什么情况下，理解受到了损伤，我们的生活就会受到威胁；无论什么情况下，获得了理解，我们的生活就会得到改善。"（Booth，1979，p. 349）在布思看来，坚持多元论是批评家理解文本的重要途径。

布思的上述观点应该说是中肯的，符合批评的实际情况。不过，布思提出的这种多元论在批评界引起了批评和论争。[①] 批评的意见主要是：他追求的这种元多元论"（metapluralism）缺乏坚实的哲学基础，其论述有自相矛盾之处；该书（共 7 章）用了 3 章，多达全书百分之四十五的篇幅，把 R. S. 克莱恩、肯尼斯·伯克（Kenneth Burke）和 M. H. 艾布拉姆斯（M. H. Abrams）的批评观念作为多元论的三个范例去讨论，而这三位学者的批评观

---

① 参见 *Critical Inquiry* 13. 3(1986). Special issue,"Pluralism and Its Discontents"；Frederick J. Antczak，ed. *Rhetoric and Pluralism*：*Legacies of Wayne Booth*. Columbus：Ohio State UP，1995.

念是迥然不同的。克莱恩把文本界定为创作出的客体，认为它具有一种力量，能够以某种方式打动读者，并且他视不同的批评系统在本质上是不相关联的。伯克把文本界定为象征行为，并视不同的批评模式最终是相关的。而艾布拉姆斯则把文本界定为复杂历史力量的产物，并认为不同的批评流派"在历史长河中交集……每一个流派的观念在任何时候都是可用的，不过事实上，只是在特定的时代才可看出该流派居于主导地位"（参见 Phelan, "Wayne C. Booth", 1988, p. 63）。大卫·里克特（David Richter）指出，布思追求的"元多元论"（即多种多元论的多元论）是一柄"悖论的大伞"，他列举的克莱恩、伯克和艾布拉姆斯所主张和实践的多元论是有显著差异甚至是敌对的，这些注定了布思对其"元多元论"的追求是失败的。（Richter, 1995, pp. 112-113）不过，仅从布思列举的三位批评家主张不同，就彻底否定布思的多元论是有些过头了。布思提出了测试批评模式的三条标准：连贯性（coherence）、一致性（correspondence）和全面性（comprehensiveness）。（Booth, 1979, pp. 80-92）费伦则批评布思对"元多元论"的追求未能通过这三条标准的考验。"在讨论理解与逾解的关系问题上，布思有几处矛盾的说法。"费伦指出：存在着多种独立生存的（尽管不完美的）多元论。只有"让真理，即多元论的真理，回归到批评事业的中心"，才能使"布思对理解与逾解的关系论述更连贯一致"。同时，费伦也赞扬道，布思"把我们从种种单一论冲突的噪音中解放出来"，"他持续地把复杂的问题讲得清晰而吸引人——《批评理解》是第一流的成果"。（参见 Phelan, 1984, pp. 63-73）应该说，费伦的这种评论是比较客观公允的，布思倡导的多元论尽管有重大缺陷，但是依然有着积极的意义和作用。

（五）伦理批评

自 20 世纪 80 年代以来西方文学批评出现了伦理转向，一大批与伦理批评相关的论著相继发表，诸如：希利斯·米勒的《阅读伦理学》（*The Ethics of Reading*, 1987）、布思的《我们所交的朋友：小说伦理学》（1988）（以下简称《小说伦理学》）、玛莎·努斯鲍姆（Martha Nussbaum）的《爱的知识》（*Love's Knowledge*, 1990）、亚当·Z. 牛顿（Adam Z. Newton）的《叙事伦理学》（*Narrative Ethics*, 1995）、詹姆斯·费伦的《作为修辞的叙事》（*Narrative as Rhetoric*, 1996），等等。莱斯贝斯·K. 奥尔特斯（Liesbeth K. Altes）称这是"伦理批评的爆炸式发展"。他区分了伦理批评的三种主要趋势：（1）实践与修辞的伦理学；（2）他者伦理学；（3）政治学方式的伦理学。（Altes，"Ethical Turn"，2005，pp. 142－146）布思长期关注文学批评中的伦理问题，他的相关论著即属于第一种。《小说修辞学》多次谈到伦理道德问题，最后还有专章（第 13 章"非人格化叙述的道德问题"）讨论此问题。他在其他论著（包括多篇文章），如《批评理解》中，也反复论及伦理道德问题。布思的小说伦理学形成体系则体现在《小说伦理学》一书中。

布思的伦理批评的理论基础源自以亚里士多德为代表的西方伦理学传统，同时他也受到芝加哥学派的影响。他的伦理观念可以大致归纳为：（1）主张一种宽泛的伦理观念，伦理批评与政治批评是不能分开的；（2）伦理批评涉及哲学——对文学作品的真理－价值判断；（3）主张修辞性的伦理批评，关注作者、文本、读者和世界（社会）四方之间的关系；（4）叙事作品都有伦理的维度，具有道德教诲作用。

布思在《小说伦理学》的"绪论"中明确提出："'伦理'（ethical）一词可能错误地表示了聚焦于十分有限的道德标准的提法：诚实的，或者得体的，或者宽容的。我感兴趣的是一个宽泛得多的题目，对'性格'，或者'个人'，或者'自我'产生影响的全部范围。'道德'判断仅仅是伦理的一小部分。"（Booth，1988，p. 8）他还强调在伦理批评中读者的作用："'伦理'可能也错误地表示了仅仅在于判断故事及其对读者的影响的一种兴趣。对于伦理批评，那确实是一个核心问题。但是，我意在让这个术语也表示读者的伦理学——读者对于故事的责任。"接下来他进一步说道："伦理的读者将负责任地对待文本及其作者，但是那位读者也要对他/她的'解读'的伦理品质负责任。"（Booth，1988，pp. 9－10）布思主张一种比传统伦理批评更宽泛、更包容的伦理批评观念。实际上，他倡导的伦理批评就是多元化的批评，涵盖了政治的、社会的和文化的种种批评，诸如：新马克思主义批评、女性主义批评、族裔批评、读者反应批评、新历史主义批评、心理分析批评、后殖民批评，等等。

布思强调作家必须有自己的道德责任，他在《小说修辞学》中指出："艺术家具有一种道德义务，作为他要'写好'的审美义务的基本部分。"（Booth，1983，p. 388）布思曾说："我们谈论的是：人类的理想，它们如何在艺术作品中创造出来，然后灌输进读者的头脑里……"（Booth，1982b，p. 65）他在《小说伦理学》中指出："从根本上讲，值得讲述一个故事的任何事件、人类时刻的任何顺序，必须产生于至少两种选择——通常矛盾的观点——的冲突，而每一种观点都具有强烈的伦理预设：没有冲突，就没有事件。"（Booth，1988，p. 364）他得出的结论是："所有叙事作品都是'道德教诲的'。"（Booth，1988，p. 151）布思以拉伯雷为例讨论了伦理问题与小说形式的关系，他认为对作品思想的探讨不能与对作品形式的探讨分离开来。他说："思想不是某种可以与形式分开的东西，而形式也不是某种可以与我们的感情介入分开的东西。"（Booth，1988，p. 400）他还明确提出："伦理批评与我们对技巧的判断是不可分离的。"（Booth，1988，p. 107）布思的上述论述清楚地表明了文学作品的思想内容与形式、与写作技巧的密切关系。

布思依据作者、文本、读者和世界（社会）四方之间的关系，分别阐述了小说伦理学的各种问题：（1）从作者的角度看，涉及的问题有作者对作品的责任、对读者的责任、对隐含读者的责任、对作者自己的责任、对世界/社会的责任、对真理的责任，等等；（2）从读者的角度看，涉及的问题有读者对作者的责任、对作品的责任、对自我的责任、对社会的责任、对其他读者的责任、读者与隐含作者的关系，等等；（3）从作品的角度看，涉及的问题主要是作品对读者的影响，包括理性的和道德的影响。（详见程锡麟等，2001，pp. 47-49）肯尼思·沃马克（Kenneth Womack）认为，"布思主张的伦理批评是一种反应阐释的方法论（reflexive interpretational methodology），它认识到读者的阅读体验与其生活的相互关系。而且伦理批评承认，在它对文本进行评价时，语言和意识形态是强有力的要素"（Womack，"Ethical Criticism"，2006，p. 172）。

布思在《小说伦理学》中新创了一个术语"共导"（coduction），它是由"co"（共同）和"ducere"（引导）合成的。（Booth，1988，p. 72）我们在阅读一部作品时，所做出的种种价值判断就是"共导"的结果。"共导"包容了我们对作品、作家、其他读者及我们自己的所有体验，它们是体验的建构。（参见 Booth，1988，pp. 70-73）

布思倡导的伦理批评在学术界也引起了广泛的回响和争议。为了回应种种批评，布思后来写了《重新定位伦理批评》一文，他强调："伦理学之间不可避免会存在分歧，但这并不意味着每种理论将其所有竞争对手成功驳倒：真理具有多样性。"（布斯①，2009，p. 177）他还说："我在本书中坚称，我们已经发现，我们的抉择并非是否要进行伦理批评，而是是否要做好伦理批评——是否要在我们的理论中承认伦理批评，从而为一场更有效、更负责任的伦理对话奠定基础。"（布斯，2009，p. 181）另外需要提及的是，1997—1998年间布思和努斯鲍姆与理查德·波斯纳（Richard Posner）在刊物《哲

---

① 国内一些译著和论著把"Booth"译为"布斯"，凡引文中出现此种译法，笔者均予保留。

学与文学》（*Philosophy and Literature*）上就伦理批评问题发生了一场论战。（参见韩存远，2020，pp. 66－72）

国内学界对布思的伦理观，尤其是他的《小说伦理学》进行探讨的论著有不少。程锡麟的《析布思的小说伦理学》一文从《小说伦理学》的语境、理论构架和基本观点、批评实践及西方伦理学传统诸方面进行了较为全面的评析。汪建新的《布斯的伦理修辞与当代西方伦理批评》、杨革新的《文学研究的伦理转向与美国伦理批评的复兴》、陈后亮的《小说修辞·阅读的伦理·批评多元主义》、韩存远的《当代英美文学伦理批评的合法性论争》等文都对布思的伦理批评观念进行了评述。特别值得一提的是聂珍昭的《文学伦理学批评导论》（2014），该书多次谈到布思的几本论著，尤其是《小说伦理学》对伦理批评的论述及影响。

三、布思与芝加哥学派第三代及第四代学者

在以克莱恩为首的第一代学者的影响下，和以布思为代表的第二代学者的教育和直接影响下，20世纪70年代以来人数更多的芝加哥学派第三代学者活跃在美国学界。他/她们主要有：詹姆斯·费伦、大卫·里克特、詹姆斯·巴特斯比（James Battersby）、玛丽·多伊尔·斯普林格（Mary Doyle Springer）、彼得·拉比诺维兹、芭芭拉·福利（Barbala Foley）、珍尼特·艾金斯（Janet Aikins）、唐·比阿洛斯托斯基（Don Bialostosky）、伊丽莎白·朗兰（Elizabeth Langland）、迈克尔·博德曼（Michael Boardman）等（Phelan，1988）。布思在修辞批评、叙事理论、伦理批评、阐释的本质研究和批评方法论等多个方面取得了引人注目的成就，上述名单中的大多数人在学术研究中于某一个或者几个方面或多或少受到了布思的影响，他/她们在不同程度上继承和发展了布思及其他第二代学者的学术思想。不过，他/她们的学术观点与布思的并非完全一致，也有质疑或者不同的看法。下面简要介绍这些学者。

费伦无疑是国内叙事学界最熟悉的一位学者，他是修辞性叙事理论的领军人物，著名刊物《叙事》（*Narrative*）的主编。他的一些著作已经被引进或者翻译为中文，他多次来我国参加叙事学会的年会。申丹在《修辞性叙事学》一文中，从6个方面对费伦在叙事理论方面做出的贡献进行了详细的评介。这里就无须对他的论著再做介绍了。里克特的论著主要有：《寓言的结尾》（*Fable's End*，1974）、《批评的传统》（*The Critical Tradition*，1989）、《掉进理论》（*Falling into Theory*，1994）等。巴特斯比的论著主要有：《重获范式：多元论

与批评实践》（*Paradigms Regained：Pluralism and the Practice of Criticism*，1991）、《理性与文本的本质》（*Reason and the Nature of Text*，1996）等。斯普林格的论著有：《现代中篇小说的形式》（*Forms of the Modern Novella*，1976）、《文学人物的修辞学》（*A Rhetoric of Literary Characters*，1978）等。拉比诺维兹的主要论著是《阅读之前》（*Before Reading*，1987），他与费伦共同主编了《理解叙事》（*Understanding Narrative*，1994）和《当代叙事理论指南》（*A Companion to Narrative Theory*，2005），另外，他还是一位音乐批评家。芭芭拉·福利是美国左翼联盟（进步学术联合会）的主席，她的著作主要有：《讲述真理》（*Telling the Truth*，1986）、《激进的再现》（*Radical Representation*，1993）、《当今马克思主义文学批评》（*Marxist Literary Criticism Today*，2019）等。比阿洛斯托斯基的著作有：《修辞传统与英国浪漫主义文学》（*Rhetorical Traditions and British Romantic Literature*，1995）、《米哈伊尔·巴赫金》（*Mikhail Bakhtin*，2016）等。伊丽莎白·朗兰的著作有：《小说中的社会》（*Society in the Novel*，1984）、《安妮·勃朗特：另外一个人》（*Anne Bronte：The Other One*，1989）、《1800—1900 年间的英国妇女与文学》（*Women and Literature in Britain 1800−1900*，2001）等。迈克尔·博德曼的著作有：《笛福与叙事的运用》（*Defoe and the Use of Narrative*，1983）、《叙事革新与无条理》（*Narrative Innovation and Incoherence*，1992）等。上述第三代学者的论著表明，他/她们一方面受到了布思的影响，另一方面也在一些领域有新的拓展。

依据费伦的看法（Phelan，2015，pp. 133−151），现在出现了芝加哥学派第四代学者。这些学者包括：加里·约翰逊（Gary Johnson）、凯瑟琳·纳什（Katherine Nash）、申丹、卡特拉·拜拉姆（Katra Byram）及凯利·马什（Kelly Marsh）。他/她们并非都曾经在芝加哥大学求学或者直接受教于第三代学者，不过，他/她们在学术理念和研究方法上与芝加哥学派有共同的追求和相似的做法。莱夫利在其《叙事学》（*Narratology*，2019，p. 136）中也谈到费伦所说的五位第四代学者。申丹则更具体地谈到五位学者及其近作（详见申丹，2020，p. 92）。申丹提出的叙事情节"隐性进程"研究是对亚里士多德以来的情节发展研究传统的重大突破，受到了学界关注。①

总体上看，芝加哥学派第三代和第四代学者一方面继承了布思的学术遗产，在叙事理论、修辞批评、伦理批评、多元论等方面继续深耕、修正和发

① 著名期刊《文体》（*Style*）2018 年第 1 期和第 2 期合刊专栏组织了来自 9 个国家的 16 位学者讨论申丹提出的"'隐性进程'与双重叙事动力"问题。

展；另一方面，也在文学理论的其他领域和批评实践中有所突破和拓展，费伦和申丹就是这两代学者中的杰出代表。

布思的学术思想在我国也有广泛的影响。早在 1987 年广西人民出版社和北京大学出版社就分别出版了布思的《小说修辞学》中译本。2009 年译林出版社出版了《修辞的复兴：韦恩·布斯精粹》。除了前文提到的几位学者及论著，国内还有大量涉及布思学术思想的研究论文及硕士和博士学位论文。2021 年 7 月 19 日笔者在中国知网进行了主题词查询，其结果如下："布思，韦恩"有 11 篇，"布斯，韦恩"有 61 篇，"隐含作者"达 1833 篇，"不可靠叙述者"有 630 篇，"可靠叙述者"达 1200 篇，"不可靠叙述"有 690 篇，"可靠叙述"1015 篇，"伦理批评"有 554 篇。不过，目前看来布思论著的中译本还不多，他的《我们所交的朋友：小说伦理学》《现代教条与赞同修辞》《反讽修辞学》《批评的理解：多元论的力量与局限》等都没有中译本，还待有志者去完成。

布思承上启下，发展弘扬了芝加哥学派的学说。他的理论遗产不仅仅体现在涉及领域广泛的学术著作，而且体现在他作为教授/批评家所产生的广泛而深远的影响，其影响涉及叙事学、修辞批评、文学伦理批评、批评方法论及大学人文教育等多个领域。

引用文献：

布斯，韦恩·C.（2009）. 修辞的复兴：韦恩·布斯精粹（穆雷，等译）. 南京：译林出版社.

程锡麟（2000）. 析布思的小说伦理学. 四川大学学报（哲学社会科学版），1，64-71.

程锡麟，王晓路（2001）. 当代美国小说理论. 北京：外语教学与研究出版社.

韩存远（2020）. 当代英美文学伦理批评的合法性论争. 西南民族大学学报（哲学社会科学版），10，166-172.

尚必武（2011）. 隐含作者研究五十年：概念的接受、争论与衍生. 学术论坛，2，79-86.

尚必武（2017）. 不可靠叙述. 金莉、李铁主编. 西方文论关键词（第二卷）. 北京：外语教学与研究出版社. 33-44.

申丹（2008）. 何为隐含作者?. 北京大学学报（哲学社会科学版），2，136-145.

申丹（2009）. 再论隐含作者. 江西社会科学，2，26-34.

申丹（2019）. "隐含作者"：中国的研究及对西方的影响. 国外文学，3，18-29.

申丹（2020）. 修辞性叙事学. 外国文学，2，80-95.

申丹，王丽亚（2010）. 西方叙事学：经典与后经典. 北京：北京大学出版社.

亚里士多德（1991）. 修辞学（罗念生，译）. 北京：生活·读书·新知三联书店.

Altes, Liesbeth K. (2005). Ethical Turn. *Routledge Encyclopedia of Narrative Theory*. Eds. David Herman, et al. London: Routledge, 142—46.

Antczak, Frederick J., ed. (1995). *Rhetoric and Pluralism: Legacies of Wayne Booth*. Columbus: Ohio State University Press.

Baker, William (2002). The Chicago School. *The Edinburgh Encyclopedia of Modern Criticism and Theory*. Gen. ed. Julian Williams. Edinburgh: Edinburgh University Press, 444—450.

Booth, Wayne C (1970). *Now Don't Try to Reason with Me*. Chicago: University of Chicago Press.

Booth, Wayne C. (1952). The Self-Conscious Narrator in Comic Fiction before *Tristram Shandy*. PMLA 67.2, 163—185.

Booth, Wayne C. (1974). *A Rhetoric of Irony*. Chicago: University of Chicago Press.

Booth, Wayne C. (1978). Three Functions of Reviewing at the Present Time. *The Bulletin of the Midwest Modern Language Association*, 11—1(Spring), 2—12.

Booth, Wayne C. (1979). *Critical Understanding: The Powers and Limits of Pluralism*. Chicago: University of Chicago Press.

Booth, Wayne C. (1982a). Between Two Generations: The Heritage of the Chicago School. *Profession*, Modern Language Association, 19—26.

Booth, Wayne C. (1982b). Freedom of Interpretation: Bakhtin and the Challenge of Feminism. *Critical Inquiry*, 9 September, 45—76.

Booth, Wayne C. (1983). *The Rhetoric of Fiction* (2nd ed.). Chicago: University of Chicago Press.

Booth, Wayne C. (1988). *The Company We Keep: An Ethics of Fiction*. Chicago: University of Chicago Press.

Crane, R. S., ed. (1957). *Critics and Criticism*. Chicago: University of Chicago Press.

Kearns, Michael (1999). *Rhetorical Narratology*. Nebraska: Lincoln University of Nebraska Press.

Kindt, Tom, & Hans-Harald Müller (2006). *The Implied Author: Concept and Controversy*. Berlin: Walter de Gruyter.

Kindt, Tom, & Hans-Harald Müller (2006). *The Implied Author: Concept and Controversy*. Berlin: Walter de Gruyter.

Leitch, Vincent B. (1987). *American Literary Criticism from the Thirties to Eighties*. New York: Columbia University Press.

Lively, Genevieve (2019). *Narratology*. Oxford: Oxford University Press.

Nüning, Ansgar (2005). Implied Author. *Routledge Encyclopedia of Narrative Theory*. Eds. David Herman, et al. London: Routledge, 239—240.

Phelan, James (1984). Pluralism and Its Powers: Metapluralism and Its Problems. *College English*, 46. 1 (Jan.), 63—73.

Phelan, James (1988). Wayne C. Booth. Modern American Critics Since 1955. Ed. Gregory S. Jay. *Dictionary of Literary Biography*, vol. 67. Detroit: Gale, 49—66.

Phelan, James (2007). Rhetoric/ethics. *The Cambridge Companion to Narrative*. Ed. David Herman. Cambridge: Cambridge University Press, 203—216.

Phelan, James (2015). The Chicago School: From Neo-Aristotelian Poetics to the Rhetorical Theory of Narrative. *Theoretical Schools and Circles in the Twentieth-Century Humanities*. Eds. Marina Crishakova and Silvi Salupere. New York: Routledge, 133—151.

Richter, David (1995). From Pluralism to Heteroglossia: Wayne Booth and the Pragmatics of Critical Reviewing. Ed. Frederick J. Antczak. Rhetoric and Pluralism: Legacies of Wayne Booth. Columbus: Ohio State University Press, 104—116.

Richter, David (1995). From Pluralism to Heteroglossia: Wayne Booth and the Pragmatics of Critical Reviewing. *Rhetoric and Pluralism: Legacies of Wayne Booth*. Ed. Frederick J. Antczak. Columbus: Ohio State University Press, 104—116.

Rimmon-Kenan, Shlomith (1983). *Narrative Fiction: Contemporary Poetics*. London: Methuen.

Shen, Dan (2007). Booth's *The Rhetoric of Fiction* and China's Critical Context. *Narrative*, 15. 2, 167—186.

Shen, Dan (2011). What Is the Implied Author? *Style* 45. 1, 80—98.

Shen, Dan (2013). Implied Author, Authorial Audience, and Context: Form and History in Neo-Aristotelian Rhetorical Theory. *Narrative*, 21. 2, 140—158.

Suleiman, Susan (1976). Interpreting Ironies. *Diacritics*, 6. 2 (Summer), 15—21.

Womack, Kenneth (2006). Ethical Criticism. *Modern North American Criticism and Theory: A Critical Guide*. Ed. Julian Wolfreys. 青岛：中国海洋大学出版社，167—175.

作者简介：

程锡麟，四川大学外国语学院教授。研究方向为美国文学和批评理论。

Author：

Cheng Xilin, professor of School of Foreign Languages and Cultures，Sichuan University. His research interests are American literature and critical theory.

E-mail：xlcheng@suc. edu. cn

Embodied Narrative and Distributed Authorship of the Digital Game: *Minecraft* as an Example

Liu Shimeng

Abstract: To explore the digital game as a new medium of narrative, this study attempts a careful analysis of the sandbox game *Minecraft* from the perspective of narratology. *Minecraft* is considered as one of the most important digital games, and it has succeeded in both fields of entertainment and education. Focusing on the user-player's agency and embodied narrative in the game world, the study counters the view that the sandbox game like *Minecraft* defies narrative and it is not a medium of storytelling. This study argues that the narrative of *Minecraft* evolves and emerges along with the user-player's performance and embodied activities. The game mechanics and context, as the first "author", invites the user-player to participate in the dialogic interaction as the "co-author" to construct a story that is meaningful. By examining the embodied narrative and distributed authorship, the study contributes to the field of modern narratology by expanding our understanding of the digital game's narrativity and its affordance.

Keywords: narrativity; the digital game; the embodied narrative; the distributed authorship

论电子游戏中的具身化叙述及分布式的作者身份

刘识萌

摘　要： 以沙盒游戏《我的世界》为例，本文尝试解析电子游戏这一文化媒介的叙述性。《我的世界》是当今最负盛名的电子游戏之一，它的影响力波及娱乐及教育领域。在叙述学界，一些学者认为像

《我的世界》一类的沙盒游戏不能进行任何形式的叙述，完全不具有叙述性。作者从游戏者的能动性以及在游戏世界中进行的具身化叙述这两个角度，对《我的世界》这一类沙盒游戏的特殊叙述性做了详细的阐释。本文认为，由电脑软件、编程及算法所支撑的游戏设置和机制构成了叙述的第一作者，游戏者在参与游戏的过程中成为补充叙述的第二作者，享有分布式的作者身份。这两者在游戏过程中互动，共同完成了故事的"书写"。

关键词：叙述性　电子游戏　具身化叙述　分布式作者身份

Ⅰ. Introduction

In the study of modern narratology, the digital game, along with its unique feature of a software-based amalgam of game and storytelling, has sparked immense interests as well as questions. The "digital game" is commonly used as an umbrella term encompassing everything from early games developed in the computer science lab to contemporary games in the market, with a focus on commercially viable games(Bryce & Rutter, 2006). As a dominant cultural form in addition to novels, TV shows, and movies, the digital game is drawing increasing attention on its characterization being a new semiotic genre. With potentials to enrich modern narrative theory, the questions that overlap digital games and narratology remain to be answered, such as (1) can the study of digital games be fully developed by terms of narratology in literary studies? (2) should we reframe definitions of narrative to understand the story conveyed through games? and (3) what insights could be generated from a careful analysis of digital games from the perspective of narratology?

Since the 1990s, there has been a debate over the narrative quality of digital games — the debate between ludology and narratology. "Ludology" is a term introduced by Gonzalo Frasca, one of the key founders of game studies, to be the methodological approach to study game structures, as a parallel methodology to narratology for studying narrative structures (Aarseth, 2014). In this debate, two polarized opinions wrangled over the digital game's narrativity. "Computer games are not narratives … [but] that allows the same small elements to be combined and recombined in new and interesting configurations," Juul argued(1999, p. 82). Against the digital game's narrativity, Juul's statement stressed the "new configurations" that a game constructed using small elements of a narrative. By contrast, Murray (2004) believed that all computer games can tell stories, because they are structured around a contest in themes, inviting the user-player(s) to an interactive and procedural narrative experience. Many studies have been devoted into understanding the mechanics of digital games(Adams & Dormans, 2012; Larrimer, 2014; Sicart, 2008) such as the computer software enabled interaction with and play mode for user-players. However, few of them considered the coupling effect of game mechanics and its narrativity, excepts Aarseth(2012) and Larsen & Schoenau-Fog (2016). Aarseth (2012) called for "a rigorous application of narratology"(p. 130) to digital games regardless of results to the debate between ludology and narratology. Likewise, Larsen & Schoenau-Fog (2016) asked more efforts to investigate "the power of game mechanics in a narrative sense"(p. 61) to gain new insights for developing modern narratology. Taken together, based on the existing studies, this article attempts a careful interpretational analysis of the digital game from the perspective of narratology, with the purpose to capture the particular narrative affordance thereof provides.

Ⅱ. Review of Existing Frames

ⅰ. A Ludo-narratological Model

Aarseth (2012) theorized game mechanics in narratology by creating a ludo-narratological model that includes four dimensions shared by games and narratives: World, Objects, Agents, and Events. In a sample of digital games (e. g., *Half-Life*, *Oblivion*, and *Minecraft*), it was observed that each story contains all four elements but with different configurations. First and foremost, a world of game is distinct from a fictional world due to its objective existence in the virtual topology enabled by computing apparatus. Fiction readers experience the fictional world through their imagination, while game user-players "run" into the world by the concrete extension of their movements and senses. The typical topology of game worlds can be linear, multicursal(i. e. , have several possible routes) and open. Aarseth believed, more linear the game world is, more narrative it could be, and more open and more ludic is the game. Next, objects in games are avatars of user-players and varied with their malleability, ranging from the noninteractable, static objects to creatable and even inventible ones. This variance also affords different degrees of user-players' agency: the less freedom of modifying the objects, the stronger the game narrative could be. Third, agents, also called characters in other narrative media, can be rich and round characters showing substantial authorial control, and be hollow robots with no personality where the authorial control is limited. Last but not least, the sequence of events can be plotted (fixed kernels and flexible satellites), selectable (choices between kernels or satellites) and open (no kernels). In practice, this four-dimension frame as a methodology either pulls a digital game back to the ludic pole which means no narrative or pushes it toward the narrative pole that implies a strong narrativity. In general, the narrativity of a digital game must come from a penetrating solid authorial control from the game designer, which is in a constant conflict with the user-players' agency in the game world.

ⅱ. A Trifold Model of Dynamics, Meaning and Storytelling

Larsen & Schoenau-Fog criticized the schism between game mechanics and narratives as two opposites. They believe that "when a story is told and thus experienced, it becomes a narrative in the narratee's mind" (Larsen & Schoenau-Fog, 2016, p. 62), and the computing machinery as the medium is a part of the discourse that shapes how the story is told (Larrimer, 2014). Jenkins(2004) argued that the interactivity inherent in digital games makes the story experienced as the "emergent storytelling" that can be later told as a traditional linear narrative after the user-player(s) finishing the game. Zhao (2013) also stated the necessity of the narratee's (or the user-player's) involvement in completing the narrative of a digital game. In other words, different from Aarseth(2012), these critics hold the opinion that the digital game's narrative is generated and accomplished between game mechanics and the user-players' participation and reception.

Larsen & Schoenau-Fog(2016) therefore revised the ludo-narratological model by Aarseth to a trifold framework that splits into sub-categories of Dynamics(gamemechanics), Meaning(the user-playe[s]' participation) and Traditional Storytelling(game story/context). Firstly, "Dynamics" shows the variety of mechanics outcomes that all the rules, including system rules, AI algorithms, game rules set by the designer, and computing meta rules, could give rise to. And then, "Traditional Storytelling" refers to the game story or theme that the designer intended to convey using graphics, audio effects, plot, characters interactive conversations, and game world settings. Most importantly, when the user-player starts to play the game by integrating game mechanics with game theme/context, "Meaning" emerges and evolves along with the user-player's participation. The three parts interact with each other to form the unique narrative that a user-player experienced in the process and emerged from that experience.

Adding the user-players' role to the emergence of narrative, the trifold framework focuses on the user-players' agency and its valorization given by the user-players' participation. The true power of the digital game's narrative lies in all the possible interpretations enabled by user-players' agency and narrative construction through their game-world actions. In this sense, this framework presents an insight acknowledging the reinforcement, instead of conflict as claimed by Aarseth(2012), between game mechanics and user-players' agency: the stronger the reinforcement is, the more powerful narrative can the user-players experience. And the user-players play a fundamental role in mediating the relationship between game mechanics and storytelling. As the extension and embodiment of their bodies and minds in the real world, the user-players' performance in the game world is a critical issue that lacks sufficient investigation(Neitzel, 2014; Zhao, 2013).

Ⅲ. The Digital Game of *Minecraft*

Minecraft is a digital game widely used in educational settings for learning disciplinary knowledge and serious play. Since its release in 2009, this award-winning sandbox game has grown into a gaming phenomenon with millions of copies sold across all existing platforms and devices. It presents a pseudo-physical world in which learners/user-players can create structures using virtual cubic blocks to manipulate the space and shape of landscapes. The user-created content varies from the simple skins and appearance of avatars to the complex mods that are programmed by individuals or teams to modify the game mechanics. The user-players can customize the appearance of their avatars by easily making selections in the game. But the mods require downloading and installation to the current game. Some mods help user-players manage their inventory more efficiently, and some improve the visuals and performance in the game.

Three different game themes are provided to user-players to experience and to generate storytelling. There are both set-ups of the single and multiple players. The "Survival" mode requires the user-player to navigate the game world to survive under threats. For instance, the user-players need to gather natural resources like wood, iron and stone in the daytime for building a shelter that is strong enough to prevent attack from monsters and zombies during the night. Besides self-defence, the user-players must continue exploring the generated world by collecting food, digging the ground, obtaining more resources, and interacting with local villagers to thrive. Another is the "Creative" mode, in which the user-players can initialize a basic world and build structures based on it using an infinite inventory of blocks and tools. Similar to playing Lego, the user-players follow their imagination and create from a simple dome to a very extensive architecture. The third mode of *Minecraft* is the "Education Edition". Using this one, classroom teachers design lesson plans across multiple disciplines that facilitate learner-players to build cities, explore marine creatures, create by coding, simulate science experiments, and tell stories, connecting school learning with the world beyond classrooms.

From the perspective of narratology, *Minecraft* is an open game in that it affords user-players immense freedom and agency in creating, modifying, and responding to the initially generated game world. Contrasting ideas concerning *Minecraft* and its narrativity arose in recent discussions. Aarseth (2012) believes that *Minecraft* is a pure and non-narrative game that does not have kernel events in the plot, coming closest to the ludic pole. Larsen & Schoenau-Fog(2016) supports the narrativity of *Minecraft* because a narrative of story can be read into it after the user-players interacting with the game mechanics in the designed contexts(i. e. , survival, creation, or education). Nguyen(2016) points out the affinity between *Minecraft* and the island narrative of Robinson Crusoe as the game shaping the user-players into creative and inventive subjects in a game world that simulates Crusoe's Island. For this article, I argue that the openness of *Minecraft* affords the user-players complex and varied opportunities of narrative construction embodied by their performance in the game world. The user-players' embodied narrative plays a significant role in complementing the authorship of the digital game's narrative implied by the game mechanics and themes. There might be no one narrative that was intended by the game designer, however, *Minecraft* lays a base that supports the shared authorship between the default of game's implied story and the embodied narrative constructed by user-players.

i. The Concept of Embodiment

The concept of embodiment has been heatedly discussed in Educational Studies as its explicit connection to the phenomenon of learning involving physical movements. In the educational settings spanning from kindergarten to higher education, the attention to sensorimotor interaction in learning activities arose by the concern that the existing learning theory informed by pen and paper cannot fully address "the interaction possibilities of emerging technologies" and what these possibilities could imply for epistemology and pedagogy(Abrahamson & Sánchez-García, 2016). As a response, the initiative to establish an action-based theory for learning has been established (Abrahamson & Sánchez-García, 2016; Hwang & Roth, 2011; Ma, 2017). Studying the mechanics of learners' community from dynamic systems theory (Thelen & Smith, 1994), the learning process is understood as an emerging phenomenon from different agents' self-directed and self-adapted interactions in the same environment(Araújo, Davids, Chow, Passos, & Raab, 2009), in contrast to a model where learners generate disembodied symbols about associative or logical inferences by submitting their subjectivities to a collectivity. In the action-based theory of learning and body, learning process is modeled as an emergent occurrence indicating a bottom-up quality that is nonlinear and stochastic, and a system of human movements that is distributed and self-adaptive (Abrahamson & Sánchez-García, 2016). Such a view is in contrast with the traditional disembodied learning theory that considers the body and its language are accessory rather than necessary because they could interfere in the mental abstraction and produce inefficiency. Under the action-based theory, learners' bodies are considered as valuable contributor to creating coherence between subject and environment, and perception and action toward conceptual understanding. Embodiment theory of learning has certain advantages over the traditional method in that it shifts the attention from institutional and pedagogical efficiency to systemic opportunities for agents to have self-exploration that cater to their own needs and constraints. It is also pointed out that the success of nonlinear pedagogy lies in the chance to engage in subjective discovery and inquiry within some degree of systematic variability and flexibility. (Vereijken & Whiting, 1990)

a) Embodied Narrative in *Minecraft*

According to the conceptualization of embodiment, the embodied narrative refers to the learner/user-players' bodily contribution to create narrative coherence between subjects and game world, and perception and performance toward narrative understanding and meaning, in an effort to winning the game. As mentioned in the previous sections, besides a general theme, there is no pre-set sequence of events or story in *Minecraft* intended by the game designer. In all three modes of game contexts, the user-players enter the game world with freedom to go anywhere and create or destroy anything. In other words, it has the space and narrative gaps allowing the user-players to "do anything" (House, 2015), to establish performativity (Dezuanni et al., 2015) and to bring themselves into being via embodiment in the game world. The built-in narrative of game mechanics positions the user-players' bodies by means of its semiotic domain (Sicart, 2013), such as the number of attempts that user-players completed as a metaphor of their life status. The game world conveys its implied narrative using coded representations of trees, grass, livestock, and tools to guide and restrict the user-players' agency of embodied narrative. While seeing a tree, a user-player can infer that there is wood in trees that can be collected using an axe from the tool inventory. In the game mode of Survival, user-players follow the rules communicated through the semiotic elements to gather the wood for building a defensive shelter. In this way, the user-players' agency in constructing embodied narrative is thus conditioned by representations and metaphors built in the game mechanics.

The embodied narrative that affords the user-players great agency but is within the confinement of the game mechanics is called emergent narrative (Jenkins, 2004). Such a system of narrative affordance provides user-players limited interactive objects, however, lots of space for spontaneous bodily movement after the user-players start off the game (Dormans, 2014). The choice of behavior differentiates the events that will happen in an emergent play. It is the user-player's embodiment itself, interacting with the game context and mechanics, that constitutes the story content. The embodied narrative involves the user-players in co-authoring process that encourages exploration and improvisation with the goal to construct situated narratives and performance that embodies ideas (Giaccardi et al., 2012). Langellier & Peterson (2004) even argue that all storytelling consists of performance, in other words, all narrative is embodied, as it has to be lived through bodies to have meanings. Altogether, this article holds the assumption that the digital game like *Minecraft* affords a space of game world where user-players share the authorship with the game mechanics in constructing an emergent narrative that is communicated through the user-players' embodiment in the play.

b) Embodied Narrative in Space

In narrative, the role of space and spatialization practice has been usually ignored and downplayed as the backdrop or stage-setting (Baynham, 2015). It becomes problematic in face of new narrative affordance brought by contemporary digital media. Earlier, Bakhtin's notion of chronotope (1981) also captured the dynamics of time and space in story and discourse of literary works. Baynham(2015) believes that the space/time orientation is not only the backdrop but also the action in narratives, working to form character identities. For the sandbox game like *Minecraft* (some other sandbox games are *Grand Theft Auto* and *Roblox*), the narrative gap and space are designed to be the springboard for interactive storytelling. In this space, a user-player can intervene, build, and destroy, among many possibilities, to determine which actions and which line of events to form. Game designers, as the original creators, become narrative architects who tell stories from game context and mechanics, and "sculpt spaces" (Jenkins, 2004, p. 121) in the digital environment to invite emergent narratives from "co-authors".

The temporal rules that usually govern the sequence of events in traditional narratives may become inapplicable in the emergent embodied narrative afforded by space. For instance, in the Creative mode, the user-players' embodied activities in the game world do not have an intrinsic ending out of causality of events. Rather, the narrative may be stopped by limitation of computer apparatus, such as the maximum memory capacity or the stability of wireless connection. In the Survival mode, however, there is a pre-set procedure of ending the game that relies on the user-players' skills and some luck. During the process of play, you need to obtain as many eyes of ender as possible through crafting, looting, or trading, of which crafting is the easiest way. For crafting the eye of ender, two ingredients from two different locations are must-haves. Without clear-guided instructions, it depends on chance that whether a user-player can get access to those ingredients. And then, with the necessary equipment, user-players need to travel to a unique structure generated randomly in the game world and appear hidden inside a complicated stone building called the stronghold. Once a user player reach the end portal's stronghold, s/he establishes an integral connection to the procedure of ending the game. Now, the user-player needs to navigate the stronghold to search for the end portal room with the equal chance of success and failure. After activating the end portal with great luck, the user-player will be dropped off a wilderness out of the mainland and won't be able to get back. There is an ender dragon, symbolizing the biggest challenge, waiting for the user-player. Unless fighting and slaying the dragon, the user-player risks being stranded in the procedure of ending for good and all. For the successful defeater, the user-player will return home and get access to a new dimension in the game world as his/her exclusive credits to see the glory of trumphing over the game. As we can see, the procedure of ending in *Minecraft* is a spontaneous conclusion to the narrative due to its random generation in the game world. It associates with many risks such as being killed (user-plays will return to where they were), being improperly equipped with no means to activate it, and being stranded in the spatial practice of ending for eternity. The spontaneity is also determined by the landscapes where the user-players explored, otherwise, they will never see the architecture that represents the end portal. Nevertheless, no matter which situation the user-players end up in the game, they can still retell the story of exploring the world, which is not sequenced chronically but structured spatially. As Ryan (2006) said, the narrative of digital game captures "a fictional world that evolves in time under the action of intelligent agents is all it takes for a semiotic artifact to fulfill the semantic conditions of narrativity"(p. 200).

ii. Distributed Authorship

The game mechanics and context collaborate with the user-players as "co-authors" in evolving the emergent narrative and generating meaning in *Minecraft*. The narrative experience of user-players (also as the spectators) is no longer limited to watching the life of story characters, or to follow a line of events given by the narrator. The recipients can also be the agents whose performance and action are decisive in determining what will happen in the story. The distributed authorship between game design and user-player does incur its own domestic issues. Ryan et al. (2016) stated that the game mechanics and context have to sacrifice "thematic and formal diversity" (p. 104) in order to be compatible with the embodied emergent narrative afforded by the medium. As the "author", it is easy for the game environment to convey its narrative through static metaphors like a block-based island, trees, and animals, and representation of physical movements like digging a cave, chopping a tree, and fighting monsters. But it would require highly advanced artificial intelligence to produce humanly dialogues, mental process, and emotional feedback.

This study adopts Backe's (2008) model with a trichotomous structure that delineates the distribution of narrative and ludic levels in digital games. According to Neitzel's (2014) encapsulation, the substructure is the base level where the user-players can have a free exploration of the game world; the microstructure level is the storytelling environment afforded by the game mechanics and context, which is also ruled by the conditions for winning the game; and the top level of macrostructure is the game narrative of the user-player's interpretation or reception. Figure 1 shows how the distributed authorship works in the digital game and how they interact to emerge a meaningful narrative for the user-players. Backe's (2008) model makes it explicit that, in the digital game, the construction of narrative emerges in the user-players' interpretation and reflection of their experiences in the game, and the construction is made possible by the narrative affordance of game mechanics and context.

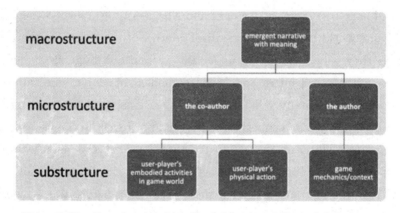

Figure 1. Distributed authorship afforded by the medium of digital game

iii. An Example of Playing *Minecraft* at School

This section focuses on illustrating the embodied narrative and distributed authorship afforded by *Minecraft*, based on an empirical study (Dezuanni et al., 2015) conducted at a school among 8- and 9-year-old students. Those user-players are Tamara, Mia, Sarah, and Kyra (all pseudonyms) who chose to play the Creative mode in a multiplayer setting. One of the interesting events was a creation of a monster cave, as Tamara narrates:

> Mia and me found a cave. It was really funny how we found it 'cause we were deep down and we were putting rooms and stuff in there and then Mia destroyed two blocks and she actually pressed "w" so she actually fell in the cave! And it was one of those really big caves like that's really tall and stuff. We spawned monsters. [...] because we are too far away and so basically no one else can see us except one other person and that's Amy—she's now found us—where she's building her project, that's where our house is. She only has to climb over a mountain and then, there's our house. (Dezuanni et al., 2015, pp. 154-155)

From this narration of flashback, we found that how the user-players' agency was initially conditioned by the contextual surroundings of game world, but then overcame the limitation and co-constructed the event using the embodied narrative in space. Tamara and Mia firstly established their agency in the game world through their skillful control of commands in the physical world, as they went deep down under the ground and built rooms and stuff there. Nevertheless, Tamara and Mia's embodied narrative were interrupted because they accidentally fell into a big cave. This sudden encounter was a built-in design of the game mechanics that did not reveal to the user-players in the beginning. Thus, in the microstructure level of the game world, the "author" and the "co-author" interact to redirect the happening of events. Tamara and Mia discontinued what they were doing before this accident and took the risk to explore the cave. And they spawned many monsters in the cave. Between animals and monsters, they chose monsters, even though no one can see their valiant deeds except Amy. The user-players took the lead of co-authorship again by executing their agentive participation in the embodied narrative.

The game mechanics demonstrate itself in the microstructure level through a series of semiotic representations such as the cave in this episode. The contextual surroundings mediate and condition the user-players' embodied agency in creating their own narratives. In the sandbox game like

Minecraft, the user-players enter the game world just like explorers of wilderness. They move around, interpret the vast space, make decisions about their movements, and create a narrative meaningful to them. The interaction between the game mechanics and the user-players' embodied narrative in space co-authors the emergent storytelling.

Another instance that describes the user-players' decision-making of performance being restricted by the game world is Sarah's meeting with wolves and ocelots in the game. She said,

> It's most likely to have [...] so you can get wolves and ocelots. They're like a jaguar but that's what [...] cats are ocelots in the game. Yeah, but ocelots, they're really fast and you can tame them with a fish, but when you sneak up to them you have to be really careful and slow—they'll just run away. And so it's really hard to tame them. (Dezuanni et al., 2015, pp. 155-156)

While facing living creatures represented in the game world, the user-players' embodied narrative needs to be moral and ethical. Sarah's experience with ocelots in the game shows that, even though this kind of wild cats can be tamed by fish, she chose to keep a distance with them and not to bribe, catch or even slay them using weapons. As Sicart(2013) said, the ethical gameplay is the process of the user-players inserting themselves into, experiencing through, and behaving according to the ethical rules in this game world. It is another aspect involved in the interaction between the original "author" and the embodied "co-author".

In some moments, the convention of surviving in the game world, implied by the game mechanics, can be subverted by the user-players' agentive participation and embodied narrative, therefore creating unexpected emergent events. It is commonly believed that monsters that the user-players encounter need to be slaughtered using weapons such as a sword. However, Kyra reflected her experience and said that she liked running around in the darkness at night, killing lots of zombies, and if a zombie came after her, she would climb up a tree and play hide and seek with them(Dezuanni et al., 2015, pp. 156−157). Kyra's narration demonstrates her agency in finding ways to deal with zombies. Instead of following the convention of immediate killing, she played with them in an unexpected way—climbing up a tree and playing hide and seek. The emergent embodied narrative may not make sense for another user-player but is surely meaningful to Kyra.

The above cases show that the four user-players filled the narrative gaps afforded by *Minecraft* with embodied narrative in the game world. The original "author" implied by the game mechanics and context invited them to engage in a dialogic interaction to determine the embodied activities and storytelling that are meaningful to these co-authors. It is the space in the game world that makes this dialogic co-authorship possible and productive. The user-players can appropriate the space and express their embodied activities not intended by the original author of the game.

Ⅳ. Conclusion

In this study, based on the existing frames of understanding digital games and their narrativity, I performed a careful analysis of the sandbox game *Minecraft* from the perspective of narratology, with the purpose to capture the narrative affordance provided by the medium. With a focus on the user-players' agency and embodied narrative in the game world, it is found out that the sandbox game like *Minecraft* is not a digital game that defies storytelling, as some critics claimed. Rather, its narrative evolves and emerges along with the user-players' performance and embodied narrativity afforded by the game mechanics and context. The first "author" implied by the original game design sculpts space in the game world and invite the user-players to participate in the dialogic interaction to construct a story that is meaningful to the "co-author". By examining the embodied narrative and distributed authorship in the digital game in details, the study intends to contribute to the field of modern narratology by expanding our understating of the digital game's narrativity and its possibilities.

References:

Aa rseth, E. (2014). Ludology. M. J. P. Wolf & B. Perron: Eds. , *The Routledge Companion to Video Game Studies*, 211—215. London: Routledge. https://doi. org/10. 4324/9780203114261—33.

Aarseth, E. (2012). A Narrative Theory of Games. *Proceedings of the international conference on the foundations of digital Games*, FDG 2012, 129 — 133. ACM, New York. https://doi. org/ 10. 1145/2282338. 2282365.

Abrahamson, D. , & Sánchez-García, R. (2016). Learning is Moving in New Ways: The Ecological Dynamics of Mathematics Education. *Journal of the Learning Sciences*, 25(2), 203 — 239. https://doi. org/10. 1080/10508406. 2016. 1143370.

Adams, E. , & Dormans, J. (2012). *Game Mechanics: Advanced Game Design*. New Riders Games Publishers.

Araújo, D. , Davids, K. W. , Chow, J. Y. , Passos, P. , & Raab, M. (2009). The Development of Decision Making Skill in Sport. An Ecological Dynamics Perspective. In D. Araújo & H. Ripoll(Eds.), *Perspectives on Cognition and Action in Sport* (157 — 169). Nova Science Publishers.

Backe, H. J. (2008). *Strukturen und Funktionen des Erzählens im Computerspiel: eine typologische Einführung*, vol. 44. Königshausen & Neumann.

Bakhtin, M. (1981). *The Dialogic Imagination: Four Essays* (M. Holquist, Ed. & C. Emerson and M. Holquist Trans.). Texas: University of Texas Press.

Baynham, M. (2015). Narrative and Space/Time. In A. D. Fina & A. Georgakopoulou (Eds.), *The Handbook of Narrative Analysis* (119 — 139). Wiley Blackwell. https:// doi. org/10. 1002/9781118458204. ch6.

Bryce, J. , & Rutter, J. (2006). *An Introduction to Understanding Digital Games* (Vol. 272). Sage Publications. https://doi. org/10. 4135/9781446211397. n1

Dezuanni, M. , O'Mara, J. , & Beavis, C. (2015). "Redstone is like electricity": Children's Performative Representations in and around *Minecraft*. *E-learning and Digital Media*, 12(2), 147 — 163. https://doi. org/10. 1177/2042753014568176.

Dormans, J. (2014). Emergence. In M. J. P. Wolf & B. Perron (Eds.), *The Routledge Companion to Video Game Studies* (427 — 433). Routledge.

Giaccardi, E. , Paredes, P. , Díaz, P. , & Alvarado, D. (2012). Embodied Narratives: A performative Co-design Technique. In *Proceedings of the designing interactive systems conference* (1 — 10). Newcastle, UK. https://doi. org/10. 1145/2317956. 2317958.

House, R. N. (2015). *Playing with Meaning: The Role of Fiction in the Processes of Meaning-making in Video Games* (Doctoral dissertation), Washington State University. https://dtc-wsuv. org/rhouse16/portfolio/thesis. pdf.

Hwang, S. , & Roth, W. M. (2011). *Scientific and Mathematical Bodies: The Interface of Culture and Mind*. Sense Publishers. https://doi. org/10. 1007/978-94-6091-567-3.

Langellier, K. M. , & E. E. Peterson. (2004). *Storytelling in Daily Life: Performing Narrative*. Philadelphia Temple University Press.

Larrimer, S. (2014). *Where Storytelling and Interactivity Meet: Designing Game Mechanics that Tell a Story* (Master's thesis), Ohio State University. OhioLINK Electronic Theses and Dissertations Center. http://rave. ohiolink. edu/etdc/view? acc _ num ＝osu1408971669.

Larsen, B. A. , & Schoenau-Fog, H. (2016). The Narrative Quality of Game Mechanics. In *International Conference on Interactive Digital Storytelling* (61－72). Springer, Cham. https://doi. org/10. 1007/978-3-319-48279-8 _ 6.

Ma, J. Y. (2017). Multi-party, Whole-body Interactions in Mathematical Activity. *Cognition and Instruction*, 35(2), 141－164. https://doi. org/10. 1080/0737 0008. 2017. 1282485.

Murray, J. (2004). From Game-story to Cyberdrama. *First Person: New Media as Story, Performance, and Game*, The MIT Press.

Neitzel, B. (2014). Narrativity of computer games. In P. Hühn, et al. , (Eds.), *Handbook of Narratology* (608 － 622). De Gruyter. https://doi. org/10. 1515/9783110316 469. 608.

Nguyen, J. (2016). Minecraft and the Building Blocks of Creative Individuality. *Configurations*, 24(4), 471－500. https://doi. org/10. 1353/con. 2016. 0030.

Jenkins, H. (2004). Game Design as Narrative Architecture. *Computer*, 44(3), 118－130.

Juul, J. (1999). *A Clash between Game and Narrative* (Master's thesis), University of Copenhagen. https://www. jesperjuul. net/thesis/.

Ryan, M. L. , Foote, K. , & Azaryahu, M. (2016). *Narrating Space/Spatializing Narrative: Where Narrative Theory and Geography Meet*. Columbus: The Ohio State University Press.

Ryan, M. (2006). *Avatars of Story*. Minneapolis: University of Minneapolis Press.

Sicart, M. (2013). *Beyond Choices: The Design of Ethical Gameplay*. MIT Press. https:// doi. org/10. 7551/mitpress/9052. 001. 0001.

Sicart, M. (2008). Defining Game Mechanics. *Game Studies*, 8(2), 1－14.

Thelen, E. , & Smith, L. B. (1994). *A Dynamic Systems Approach to the Development of Cognition and Action*. Mass. : The MIT Press.

Vereijken, B. , & Whiting, H. T. (1990). In Defence of Discovery Learning. *Canadian Journal of Sport Sciences*, 15(2), 99－106.

Zhao, Y. (2013). *A General Narratology*. Chengdu: Sichuan University Press.

作者简介：

刘识萌，加拿大卡尔加里大学博士后研究员，主要研究方向为科学、技术、工程和数学教育（STEM）教学与评估。

Author:

Liu Shimeng, Ph. D. , post-doctoral research fellow at Werklund School of Education, University of Calgary. Her research areas are STEM education and assessment.

E-mail: shimeng. liu@ucalgary. ca

两种"复调"：巴赫金与热奈特的理论对话

李雨轩

摘　要：巴赫金的复调理论是从陀思妥耶夫斯基的小说艺术中提炼出来的，主要指的是小说的多声部性、对话性和未完成性，其核心是思想。热奈特的复调理论是从普鲁斯特的小说艺术中概括出来的，认为聚焦形式的变化使得相对于自传叙事者的其他人物的独立性增强，但其理论具有内在的矛盾性：一方面，由于聚焦形式的变化而貌似产生了其他人物的独立性，借助想法相互对照；另一方面，其他人物又从根本上被置于自传叙事者和作者的权威之下，独立性与对话性被消解，只沦为一种表象。两者的比较引向一种理想的创作立场：文学创作本身就应该始终在倾向性和中立性、非公正性与公正性、激情与冷漠等张力之间游移和平衡。

关键词：复调　巴赫金　热奈特　矛盾性　动态平衡

Polyphony and Polymodality: A Theoretical Dialogue between Bakhtin and Genette

Li Yuxuan

Abstract: Bakhtin's polyphony fiction theory is extracted from Dostoevsky's novels, mainly referring to their polyphony, dialogism, and incompleteness, whose core is the thought. While Genette's polymodality theory is summarized from Marcel Proust's novels, which refers to the fact that the change of perspective strengthens the independence of the other characters relative to the main narrator. But the theory carries inherent contradictions: on the one hand, the change of perspective seems to have resulted in the independence of the other characters, contrasted with one another in terms of thought; on the other hand, they are fundamentally at the mercy of the narrator and the author, eliminating the independence and dialogism which is reduced to illusion. The comparison between the two theories leads to an ideal position of literary writing: literary writing itself should always seek to reach a balance between tendentiousness and neutrality, injustice and justice, and passion and indifference.

Keywords: Bakhtin's Polyphony; Gérard Genette's Polymodality; inherent contradictions; dynamic balance

复调已成为一个经典的文艺理论问题，作为一个理论术语，它首创于巴赫金（Bakhtin），而对巴赫金的"复调小说"（polyphonic fiction）理论，学术界已有相当丰富的讨论，如张杰《复调小说理论研究》（1992）等。其实，热奈特（Gérard Genette）在《叙事话语》中也提出过"复调"（polymodality）的问题。译名相同暗示了这两种理论在内在肌理上的可比较性，这种比较能产生何种理论启示？学界目前对这一问题少有关注。李凤亮曾关注到这两者之间的可比较性，并从范畴、内容等角度进行了比较，认为热奈特的"'复调'并非作为一种内在的理论基调，而是热奈特整个叙事结构分析中归结出的一个叙事技巧因素"（李凤亮，2003，p. 94），但将热奈特的复调理论归结为叙事技巧因素是对热奈特的误读。李新亮也注意到这一问题，他所区分的话语的复调、主题的复调与叙述视角的复调就分别属于巴赫金和热奈特，并认为从巴赫金到热奈特的理论流变，是将复调引入了小说的形式层面。（李新亮，2013，p. 31）但是，他未能指出巴赫金的复调理论对文本结构这一形式维度的影响，狭隘化了巴赫金的理论。笔者试图在这两种复调理论间建立联系，并通过对比得出有关文学创作立场的启示。

一、思想的对话：巴赫金的复调小说理论

巴赫金的复调小说理论，最早提出于 1929 年出版的《陀思妥耶夫斯基的创作问题》，此书于 1963 年修订再版，定名为《陀思妥耶夫斯基诗学问题》。巴赫金运思的对象是复调小说，其主要特征是多声部性、对话性和未完成性。巴赫金认为复调小说是陀思妥耶夫斯基原则性的创新，具有文学史的意义，

并认为陀氏长篇小说的基本特点是"有着众多的各自独立而不相融合的声音和意识，由具有充分价值的不同声音组成真正的复调"，"在他的作品里，不是众多性格和命运构成一个统一的客观世界，在作者统一的意识支配下层层展开；这里恰是众多的地位平等的意识连同它们各自的世界，结合在某个统一的事件之中，而互相间不发生融合"，"在作品的结构中，主人公议论具有特殊的独立性；它似乎与作者议论平起平坐"（巴赫金，1988，pp. 29−30）。这并不是否认作品世界的相对统一性（否则这个空间就会崩毁），而是强调陀氏笔下主要人物之间的异质性及平等性。其中，异质性是普遍的，在普鲁斯特（Marcel Proust）笔下，其他人物与自传叙事者之间也存有差异；但他们与叙事者不处在平等的地位上，他们只不过是叙事者观察的对象，在叙事者的意识编织下共同表现叙事者思想的高明和权威。因而，异质性与平等性相互规定，使得陀氏笔下的人物不仅是作者所表现的客体，也是直抒己见的主体，他们不但自身具有内在的矛盾性，而且与作者构成真正的对话关系。这是因为作者本身对某些关键问题的想法并不清晰了然，而是充满混沌困惑，但这种矛盾反而显示出其深刻性。

进一步追问，复调小说的多声部性与小说主要人物的单一性之间是否形成一定的矛盾？从表层看的确如此，但实际上，主要人物的单一性显示的是作者自身的倾向，这仅仅意味着作者作为一种声音加入整体作品的思想讨论中去。作者与人物的平等关系，并不意味着作者没有自己的观点和倾向，只是"纯然客观"地描写人物之间的关系，它也允许作者将自己的观点和倾向通过将一个人物置于作品情节的演进及人物关系的发展中去产生对话，参与讨论，接受检验。比如《卡拉马佐夫兄弟》，陀氏在《作者的话》中就将阿列克塞确定为全书的主人公：

> 我在动笔为本书主人公阿列克塞·费尧多罗维奇·卡拉马佐夫立传之时，心情有点儿困惑。事情是这样的：虽则我把阿列克塞·费尧多罗维奇称做本书主人公，可我自己也知道，他绝对不是一个大伟人，因而我能预见到读者必然会提出一些问题来。（陀思妥耶夫斯基，1998，p. 1）

陀氏的确是在阿列克塞身上寄寓了自身的倾向性，否则就不会特意以他对孩子们的演说及他们彼此的许诺作为全书的结尾。作者在他身上寄寓了理想，即某种纯真而又坚定的精神力量的救世潜能。虽则阿列克塞在前言中被设定为主人公，但就全书而言，他与两位兄长——德米特里、伊万又处在平等的地位上，并没有得到突出强调，他的宗教信仰始终处在伊万的质疑和德米特里之玩世不恭的比照中。也即，作者根本不自行决定主人公的命运，而是让作品世界来决定，这种客观性从根本上体现了作者对自身的限制。多声部性深刻地影响了小说的组织和结构。在《卡拉马佐夫兄弟》中，陀氏特意安排了三章，分别命名为"阿辽沙""米嘉""伊万"，以展现这三个主要人物的心路历程；同时，这些内容并非按照时间顺序先后出现，而是相互交错，人物、事件也有重合。因此，只能将其理解为作者为聚焦于单个人物而进行的组织安排，以致在叙事上留下赘余的痕迹。由此，不是作者将人物限制在时空中，而是时空为人物的登台表演所用。这证明巴赫金的复调理论已经从思想内容层面进入了组织形式层面。

真正的多声部性必然导致对话性，多声部性不但在人物之间、人物与作者之间展开，还在人物的内心世界展开，而对话性就在这些不同主体之间展开。"陀思妥耶夫斯基笔下的人的意识，从不独立而自足，总是同他人意识处于紧张关系之中。主人公的每一感受，每一念头，都具有内在的对话性，具有辩论的色彩，充满对立的斗争或者准备接受他人的影响，总之不会只是囿于自身，老是要左顾右盼看别人如何。"（巴赫金，1988，p. 65）巴赫金对对话性的理解是深刻的：对话的本质是一种争辩，是一个寻求论定的过程；如果两个相反的论断只是并列、融合于同一主体的同一话语中，只是为表现主体在某一问题上统一的辩证立场，就不构成对话关系，因为就其本质来说，辩证的观点仍是陈述式的，它已经论定，不产生争辩。可以说，巴赫金揭示出了"辩证话语"的静态性乃至保守性的一面。对话性深刻地影响了小说的语体风格，具体说来，"双声语的对话是表现复调型话语和共时性语境的主要艺术手段。这种艺术手段又是通过'仿格体'、'讽拟体'和'暗辩体'等具体表现形式来实现的"（张杰，1992，p. 84）。在《卡拉马佐夫兄弟》中，伊万的著名观点——如果没有不朽，那么一切都是允许的，就对德米特里、斯乜尔加科夫等造成了巨大影响，他们反复在思想中对其进行吸纳和重构。

对话性不但体现在即时性的对话关系中，更是一种人物的存在方式，因而具有了本体论的维度。这是巴赫金从《论行为哲学》开始就持有的观点。人必须依赖对话而存在，在与他人的关系中确立、界定自身。从这一点出发，查尔斯·泰勒（Charles Taylor）以政治哲学或哲学人类学为视角，达至对个人主义的否定；而巴赫金则以文艺理论为视角，引向人/人物的不确定性和未完成性。"在陀思妥耶夫斯基的复调小说里，作者对主人公所取的新的艺术立场，是认真实现了的和彻底贯彻了的一种对话立场；这一立场确认主人公的独立性、内在的自由、未完成性和未论定性。"（巴赫金，1988，p. 103）在

《卡拉马佐夫兄弟》中，当佐西马长老回到修室时，大家正在讨论伊万的文章，其中心思想好像可以这样说，也可以那样说，随后两人展开了一段对话，长老说道：

> 您不完全是开玩笑。确实如此。这个问题在您心中还没有解决，并且在折磨着您的心。但是受难者有时喜欢拿自己的绝望取乐，这好像也是由于绝望的缘故。眼下您也是由于绝望而在苦中作乐——又是在杂志上发表文章，又是在社交场中与人辩论，其实您自己并不信服自己的论点，并且忍着心中的痛楚暗自发笑……在您思想上这个问题并没有解决，这是您的大悲哀，因为它执著地要求得到解答……（陀思妥耶夫斯基，1998，p. 78）

其实，对伊万文章的观点可做多种理解，这根源于其思想本身的多重性、混杂性和矛盾性，这也是伊万绝望的根本原因，长老的回答从侧面证明了这一点。从长诗《宗教大法官》可以看出，伊万对上帝的相关问题有非常深刻的思考，他既看到了上帝信仰中那种高于人的精神力量，又看到了教会对上帝的歪曲及权力化利用。他始终希望存在一个真正的上帝，可是他所接受的教育和面对的现实又使他无法真正相信上帝的存在，因此这个矛盾始终折磨着他。智识的思考与现实的困境所造成的矛盾如此尖锐，以致伊万最终患上了精神分裂症，直接在梦境中与另一个人格对话。人物的未完成性与小说的未完成性具有一定的因果联系，伴随着人物的纠结和未定，作品世界也只能向着未知演进。

统览巴赫金的复调小说理论可知，这种复调是以思想为核心的。人物固然有其不同的性格、身份、欲望、情感，是一个综合性、整体性的存在，但陀氏最关注的是人物的思想。"陀思妥耶夫斯基恰恰把思想看作是不同意识不同声音间演出的生动事件，这样来进行观察和艺术描绘的。"（巴赫金，1988，p. 133）这种思想的高扬有时甚至压倒情节的发展，《卡拉马佐夫兄弟》中伊万和阿辽沙关于《宗教大法官》的讨论就属于一个详述，甚至暂停了情节的发展。这种对思想的格外关注使巴赫金的复调理论主要体现在小说的内容层面，虽然客观上也渗透到小说的形式组织层面中。

二、叙事的冲突：热奈特的复调聚焦理论

热奈特的《叙事话语》主体部分写于1972年，他在其中将叙事学分出时间、语式（mood）和语态（voice）三个范畴，而"复调"（polymodality）是

在语式这一范畴中被提出的。语式中又包括距离（distance）和投影/视点（perspective）两个主要范畴，距离指的是叙事者是否介入故事，投影指的是叙事的视点或聚焦，热奈特的复调理论主要与投影范畴相关。热奈特发现复调，是因为他在讨论普鲁斯特的小说叙事时发现了矛盾和困难：一方面普鲁斯特的聚焦设定十分严格，也即聚焦于自传叙事者自身；另一方面他有时又跳出自传叙事者的视点限制，直接描写不经过中介就了解到的其他人物的内心想法。"真正的困难开始于叙事作品直截了当地告诉我们主人公本人在场时另一个人物的想法的时候：……同样，我们不经过任何明显的媒介，直接了解到斯万对其妻的感情，或圣卢对拉歇尔的感情，甚至贝尔戈特临终时的思想，人们经常指出，这些思想实际上不可能转达给马塞尔，因为任何人当然都无法知道。"（热奈特，1990，pp. 142-143）这些思想既然不为主人公当时所能了解，也不为叙事者事后所能了解，那么就必然只能是小说作者的创造，作者在此间出场了。

这种矛盾是否是普鲁斯特叙事的矛盾或缺陷呢？热奈特的确是这样分析的，他指出在某些片段中，"普鲁斯特显然忘记或忽略了自传叙事者的虚构性和由此产生的聚焦，更不必说其夸张的形式，即对主人公的聚焦，因此他处理作品用的是第三种方式，即零聚焦，也就是古典小说家的无所不知"（热奈特，1990，p. 143）。这段话显著地证明了热奈特将这种聚焦上的矛盾指认为普鲁斯特的疏漏，也就构成了叙事的缺陷。但这种疏漏和缺陷却产生了别样的效果，这一效果亦为热奈特所觉察，他指出在这些场景中，自传叙事者"和其他人受到同等对待，仿佛叙事者与康布勒麦尔、巴森、布雷奥泰，与过去的'我'有着完全一样的关系：……这样一篇文字构筑的基础显然是康布勒麦尔夫人和马塞尔的思想（thought）之间的对照，仿佛在某处存在着一个点，从这点出发，我的思想和他人的思想在我看来是对称的（symmetrical）。这样就完全丧失了个性色彩，使普鲁斯特著名的主观主义形象变得有点模糊了"（热奈特，1990，pp. 143-144）。首先要看到，《叙事话语》中译本中的"思想"并非单指知性思维或理性思维，而是各种观念、感受、情绪的综合体，因此更应译为"想法"。这里所说的个性色彩的丧失，是就自传叙事者而非人物而言的，它指的是叙事者自身的影响被弱化，而人物的个性色彩反而增强了。也即，由于聚焦形式的变化，人物从叙事者的统摄下暂时性地解放出来，产生了各自的独立性，而这种独立性突出地表现为想法之间的相互对照，人物的想法并非全然经过叙事者的中介作用（如回忆、理解、判断、阐释）才得到表达，而是直接地展示自身。

　　这种对不同人物想法的关注背后必然有更宏观也更深层的东西，热奈特总结道："实际情况显然是存在着两个互相竞争的准则（code），它们在对立但不相交的两个平面的现实上发挥作用。"（热奈特，1990，p. 144）这两相竞争的准则首先是关于聚焦的：《追忆似水年华》主要聚焦于自传叙事者，这是一种内聚焦；而上述情况却突破了这种视点限制，显示为零聚焦。进一步说，热奈特发现了一种抗争性力量，它来源于作品对自身完整性和相对独立性的要求，他认为"这种双重聚焦当然与组织整个片段的对照法相吻合，拿来做对照的是伤风败俗的粗暴行为和极为细腻的感情，而后者只有无所不知的、与上帝一样能够透过行为探测肺腑的叙述者才能披露"（热奈特，1990，p. 144）。普鲁斯特想要呈现的这种对比，从表层上看是作者对文本的设计和组织，但从深层上看却是作品力量的彰显。这种对照固然受到作者写作目的的影响，但更多地体现了作品所生成的整体世界的召唤。这种复调实际上涉及文艺理论的一个核心议题，即作者与作品的关系：作者想要掌控、设计、规定作品，而作品在被创造的过程中又会获得相对的独立性，形成对作者的挣脱和反抗。在《追忆似水年华》中，不同人物的思想对话只能被解释为作品对世界的模仿冲动，作者在作品中的疏漏显示的是作品的本体性力量，双方的这种竞争关系从根本上展开于作者对作品的限制及作品对这种限制的突破之间：作者采用了聚焦于自传叙事者的艺术策略，这是作者对自身、对作品的限制；但作者在写作过程中，又必然需要展示其他人物的想法，这是完整的作品世界的规定性。总之，《追忆似水年华》的叙事之所以会产生疏漏和矛盾，根本原因就在于作者主观的艺术构思与作品世界客观的完整性，也即主体与客体之间的争夺和较量。

　　热奈特将上述现象概括为"双重聚焦"（double focalization），并最终建立起一套体系。"在一切违规现象（赘叙和省叙）均称作变音的调性（或语式）体系和任何规范都占不了上风、连违规概念本身也失去意义的无调性（无语式）体系之间，《追忆》较好地说明了一种中间状态，一种复数状态，类似于恰好于同年，1913 年，由《春之祭》所开创并流行一时的复调性（复语式）体系。"（热奈特，1990，pp. 144－145）热奈特将调性与语式理解为同一性的，且关联的仅是语式中的投影范畴。他最终区分了三种调性（语式）体系：第一种是调性体系（modal system），其中某一种聚焦形式占据主导地位，虽然变音产生了对规范的某种僭越，但仍仅有一个主导的调性，因此可以将其概括为在规范秩序中存在的失序现象；第二种是无调性体系（amodal system），并没有任何一种聚焦形式占据主导地位，各种聚焦形式随意使用，只能产生混乱的整体效果，因此可以将其概括为纯粹的失序而几乎没有规范；第三种是复调体系（polymodal system），它介于前两者之间，并没有某一种聚焦形式占据主导，但同时各种聚焦形式的交错又能够形成人物的对称关系，因此它拥有自己的规范而绝非全然失序。在热奈特看来，虽然复调在《追忆似水年华》中客观上只是局部现象，但其他人物与自传叙事者的想法对照又实现了对调性体系的突破，形成了所谓的复调体系。

但是，这种复调能否像巴赫金论陀思妥耶夫斯基那样产生本体论意义呢？巧合的是，热奈特也有对陀氏的直接论述，可以参考。在论述叙述者的职能时，热奈特认为雅各布森（Roman Jakobson）提出的"情感功能"（emotive function）可以细分出一种"思想职能"（ideological function），用以指涉发话者的权威性、说教性内容。"在所有叙述外的职能中，只有思想职能不一定为叙述者所有。我们知道有多少象陀思妥耶夫斯基、托尔斯泰、托马斯·曼、布罗赫、马尔罗这样著名的观念派小说家，他们注意把发表议论、进行说教的任务移交给笔下的某些人物，直至把《群魔》、《魔山》或《希望》中的一些场面变成真正的理论讨论会。"（热奈特，1990，p. 182）热奈特对陀氏的论述与巴赫金相通，但这种特点却不为热奈特所标举，反而是作为反例来映衬普鲁斯特作品的特征。在《追忆似水年华》中，尽管各位人物十分聪明，但仍然只是被叙事者（主人公）观察的对象，他们不是真理的宣扬者，甚至不能与叙事者构成真正的对话关系，也即从根本上说，这些人物在小说中缺乏真正的独立性，他们所有的思想只是受到单方面的观看和判断，而没能构成对叙事者更不用说作者的思想的挑战、质疑、协商等对话性关系。叙事者在此间似乎成为全知全能的上帝，这与巴赫金提出的独白型小说异曲同工。既然热奈特的复调理论构筑在《追忆似水年华》的基础上，我们就有理由相信，其复调理论主要关注的是聚焦问题，人物之间、叙事者与其他人物之间、作者与人物之间并不构成实质性的对话关系。因此热奈特对想法的关注，与巴赫金对思想的关注的起因、路径和结果都不一致。由此我们发现了热奈特复调理论内部的矛盾性：一方面，由于聚焦形式的变化而产生了其他人物的独立性，借助想法相互对照；另一方面，其他人物又从根本上被置于自传叙事者和作者的权威之下，独立性与对话性被消解，只沦为一种表象。可以说，生产这种矛盾双方的不平等关系是因为作者最终压制了作品。

三、理论比较：引向一种理想的创作立场

完成上述梳理后，我们进而关注这两种复调理论之间的联系及其启示。

首先，其异同点何在？从理论来源看，热奈特和巴赫金的复调理论都是由音乐和小说的联系生成的。热奈特借镜《春之祭》（*The Rite of Spring*）这一芭蕾舞剧的艺术形式而提出复调理论，而巴赫金也是由复调音乐（polyphony）提出复调理论的，"复调"一词直接借用自音乐术语，这证明了两者在理论来源上的相通性，也体现出彼时不同艺术门类之间普遍的相互借鉴和启发。从核心特征来看，两者的复调理论都或多或少地显示了人物之间借助想法形成的相互对照。

但这两种理论的生成路径存在差异。其一，从学科归属上看，热奈特的复调理论源于叙事学，尤其是其中的语式范畴，其本质是一种聚焦理论；而巴赫金的复调理论则属于一种文体学或类型学，是对一种文体类型的界定，即怎样的小说可以称为复调小说。其二，从发生学的角度看，热奈特所观察的复调现象直接产生于叙事中作者的疏漏，根本上则产生于作者与作品的冲突和张力，主要是一种客观效果；而巴赫金所发现的复调现象产生于作者本身的认知方式和艺术构思，更多是一种主观规划。其三，从作者和作品的关系角度看，巴赫金的复调理论强调的是作者与人物、人物与人物、人物自身的不同想法之间的平等性和对话性，作者自身的存在被限制；而热奈特的复调理论仍突出了叙事者、作者的权威，人物关系也以某一主要人物为主导，其余人物被统摄在主要人物的思想之下。

那么，两种理论的对话又能产生何种启示？首先，两者可以起到相互佐证的作用。巴赫金对陀氏的研究并未考虑叙事者这一维度，但叙事者的引入对于复调小说理论的纵深化具有重要意义。热奈特在论述普鲁斯特时提及了陀思妥耶夫斯基，这可以视为对陀氏的间接论述："叙述者出现在作品中，既是叙事的材料来源，担保人和组织者，又是分析评论员、文体家（马塞尔·米勒尔称之为'作家'），特别是（对此大家十分清楚）'隐喻'的创造者。因此普鲁斯特与巴尔扎克、狄更斯、陀思妥耶夫斯基一样（但更突出，因而更自相矛盾），把最高度的展现（showing）与最纯粹的讲述（telling）熔于一炉（甚至不止于此，他的话语往往丝毫不受讲故事的约束，我们也许可以用英语简单称其为 talking）。"（热奈特，1990，p. 112）这一论述是在距离范畴下进行的，也即叙事者是否介入故事。热奈特认为陀氏实现了展现与讲述的高度融合，如果我们将叙事者对整个文本的架构和组织与讲述联系在一起，那么其他人物的个性、思想等的突显则属于展现的范畴。将展现和讲述融合，指的是叙事者虽然处处在场，但作品世界和人物的客观性又得到保证。可以说热奈特对陀氏的判断，正好印证了巴赫金的复调小说理论。

　　同时，叙事者在讲述故事时显示自身，使得文本成为一个建构性的，同时也是不完整的、未完成的世界，作品并未形成一个具有自足结构的封闭世界。在《卡拉马佐夫兄弟》中，叙事者讲述伊万从莫斯科回来后对卡捷琳娜的爱情："从莫斯科回来之后，最初几天便一头扎入对卡捷琳娜·伊万诺芙娜疯狂的热恋之中，大有至死不悔之势。伊万·费尧多罗维奇这份死灰复燃的激情，以后将影响他的一生，此处不是另起炉灶的地方，暂且按下不表。这一切可能构成另一个故事、另一部长篇的框架，笔者还不知道将来是否会着手撰写。"（陀思妥耶夫斯基，1998，p.738）叙事者指出这份复燃的爱情会影响伊万一生，这是一个预叙，可以为后文情节的发展所证明；但作者在此处还点明了另一个故事的可生成性，这正显示了作品是一个经过截取的片段，因而是建构性产物，也就直接显示出小说的非封闭忄生和未完成性。

　　其次，两者的对比突显出作者和作品的关系，及其背后的艺术思维问题。热奈特的复调理论实际上产生于文学叙事中作者与作品之间的冲突，也即总体性的严格聚焦设计及局部性的对这一设计的违背。具体而言，《追忆似水年华》聚焦于自传叙事者，属于内聚焦，这是作者自我遵行的艺术构思；但在局部，作者又聚焦于其他人物，呈现出零聚焦的特征，在其作用下，人物仿佛从叙事者的压抑中暂时解脱出来（虽然他们仍处在叙事者的观察之下），产生了自身的独立性。这种竞争准则就是复调，因此在热奈特这里，复调绝非一种叙事技巧及艺术思维，而是一种客观的叙事效果。我们进一步关注这种效果产生的原因。首先，这种效果不是产生于作者的艺术设计，相反，它产生于一种"反艺术设计"，它产生的根本原因是作品的完整性、人物的主体性和作者的在场性所形成的合力。作者聚焦于自传叙事者的构思的主要目的是突显叙事者，要将文本表现为叙事者内心的流动、意识的流动，并用这种流动统摄一切；但当这种意识遭遇其他人物尤其是人物的内在世界时，就产生了冲突，因为其他人物的表现如果永远仅在叙事者的观照下，就失却了其根本的客观性，而只有当其他人物显示出其虚幻的客观性时，叙事者的观照才有所附着。其他人物的这种虚幻的客观性必然需要作者的在场，后者是前者的创造者，因此两者实为一个整体。也即，虽然作者因为叙事者的突显而转入暗处，但作者的权威性依然一览无遗。

　　而巴赫金的复调小说理论则展示了人物的内在、人物之间、人物与作者之间的对话性和未完成性，而这种特性根源于作者的一种复调式的思维。这种复调理论及复调思维是巴赫金文艺思想成熟的产物，而在其理论的早期，巴赫金所持的几乎是一种相反的观点。在《审美活动中的作者与主人公》中，巴赫金提出了"外位性立场"，认为"作者所具有的超视超知"，"是在主人公本人原则上所无法企及的领域里"（巴赫金，2009，pp. 109－110）。这实际上是在强调作者对人物的权威和压制。但随着自身理论的发展，巴赫金逐渐摒弃了这种立场，最终借助陀氏的小说发展出复调理论。复调理论的产生，根本上还是建立在对一种新的艺术思维方式的发现上。作者自身对社会问题的思考就是不明晰的、含混的，他本身就拥有种种困惑和疑问，因此他无法因为自己的倾向性就专断地安排人物的结局，而是虚心地将其置于社会生活的试炼场中进行试验。"简直可以说有一种超出小说体裁范围以外的特殊的复调艺术思维。这种思维能够研究独白立场的艺术把握所无法企及的人的一些方面，首先是人的思考着的意识，和人们生活中的对话领域。"（巴赫金，1988，p. 363）在《卡拉马佐夫兄弟》中，陀氏将阿辽沙设定为主人公，但实际上阿辽沙永恒地处在其他人物声音的背景之中，并从根本上处于时代背景之中，他对话的最终对象是生活世界，是社会和时代，否则他就能够预测自己的命运，而实际上他在对孩子们的演说中否定了这一点。因此，巴赫金借由对陀氏的探讨所发现的是一种新的艺术构思方式和认知方式，将自己的声音投入与时代的对话之中，各种人物其实也是时代的一部分，他们共同构成了时代的多元声音。这种对话实际上是作者限制、压抑自身主体性的过程，传统意义上的作家对作品的权威关系被打破，作家对作品的生成关系沉入隐藏面，而显在的则是两者间平等的对话关系。

上述讨论最终指向了一个文学创作立场的问题。在复杂的时代面前，作者强加给人物的东西越多，作品的真实性和艺术性可能越低。对西方文学及文论进行简单的追溯就能发现，福楼拜、莫泊桑、瑞恰慈（Ivor A. Richards）等都强调过文学创作者应秉持公正和客观的态度，如 1852 年福楼拜在致路易丝·科莱的一封信中写道："你对某一事物感受越少，你越有能力把它照原样（照它一贯的样子，本身的样子，它的一般状态，即摆脱了一切昙花一现的偶然成分的状态）表达出来。但必须具有使自己感受它的才能。"（福楼拜，2014，p. 61）福楼拜强调文学的客观性，正如他认为"激情成不了诗"。虽然福楼拜客观上认识到了感受对于书写的必要性，但他力图将这种感受限制在一个合理的范围内，所谓"少"，更应被理解为"恰当"。福楼拜的看法是一种对现象学的挑战：作者感受得越少，主观性就越少侵入事物，事物的客观性就越强。但这种客观性从根本上说是感受的客观性，没有作者的参与，客观性也无所依凭和显现。

修辞学家韦恩·C. 布思（Wayne C. Booth）在讨论作品的修辞性时亦

认为："作者不能选择逃避修辞，他只能选择他要使用的修辞类型。通过对叙述方式的选择，他不能选择是否去影响读者的评价；他只能选择影响得好些或差些。"（Booth，1983，p. 149）布思区分了可靠叙述者（叙述者和隐含作者思想一致）和不可靠叙述者（叙述者和隐含作者思想不一致），又将可靠叙述分为可信与不可信的。布思进一步分析了不可信叙述的多重原因，其中之一是一种"形式一致性的失败"（a failure of formal coherence），"某些被特定追求的特质，会对其他特质或效果形成干扰和妨害"，"这些由大叙事者（the great narrators）指定的（conferred）特质，在实现的过程中可能会转换或破坏作品，而叙事者表面上本该服务于作品"。（Booth，1983，p. 221）有学者已准确地指出，这种形式一致性的失败是"因为它们以方法压倒内容，并没有实现真正的一致性"（周莉莉，2018，p. 127）。布思所谓"影响得好些或差些"，指向作品的效果，而这正与作品的客观性紧密相关。因此，作品对客观性的追求与作品的修辞性之间，便不存在根本性的矛盾。借助布思的理论可以发现，《追忆似水年华》属于可靠叙述，但它用聚焦于自传叙事者的方式使得其余人物处于叙事者的观察和思索之下（热奈特也将其指认为一种"夸张的形式"），就走向了形式一致性的失败。因此其聚焦对象的切换，和由此产生的聚焦形式的切换，正是"其他特质和效果"反拨与抗拒的结果，也是它们彼此争夺的结果。

综上所论，既然作者的感受性不可或缺，作者的倾向性、作品的修辞性无可避免，而作品的客观性又在一定程度上需要维护，那么文学创作就应该始终在倾向性和中立性、主观性和客观性、非公正性与公正性、激情与冷漠等张力之间游移，并把握其动态的平衡。巴赫金所提倡的复调理论及其背后的复调思维，不失为一种可行的艺术尝试、一种理想的创作立场，而热奈特的复调理论更揭示出它的某种必然性。

引用文献：

巴赫金（1988）. 陀思妥耶夫斯基诗学问题（白春仁，顾亚铃，译）. 北京：生活·读书·新知三联书店.

巴赫金（2009）. 巴赫金全集（第1卷）（晓河，等译）. 石家庄：河北教育出版社.

福楼拜（2014）. 福楼拜文集（第5卷）（刘方，等译）. 北京：人民文学出版社.

李凤亮（2003）. 复调：音乐术语与小说观念——从巴赫金到热奈特再到昆德拉. 外国文学研究，（01），92—97.

李新亮（2013）. 论复调小说的诸种形式. 江苏师范大学学报（哲学社会科学版），39（04），31—36.

热奈特（1990）. 叙事话语 新叙事话语（王文融，译）. 北京：中国社会科学出版社.

陀思妥耶夫斯基（1998）. 卡拉马佐夫兄弟（荣如德，译）. 上海：上海译文出版社.

张杰（1992）. 复调小说理论研究. 桂林：漓江出版社.

周莉莉（2018）. 韦恩·布斯小说伦理学研究. 南昌：江西师范大学.

Booth，W. C. （1983）. The Rhetoric of Fiction，2nd ed. Chicago：University of Chicago Press.

作者简介：

　　李雨轩，北京大学中文系博士研究生，主要研究方向为西方文艺理论。

Author：

Li Yuxuan, Ph. D. candidate of Department of Chinese Language and Literature, Peking University. His research mainly focuses on Western theory of literature.

　　E-mail：1103751638@qq.com

双面生活：海明威《士兵之家》中的双重叙事动力

李天鑫

摘　要： 海明威《士兵之家》的主人公克莱勃斯有两副面孔，其生活兼具积极与消极两面。从显性情节来看，他是"迷惘一代"的典型代表。他活在战争带来的创伤之下，被战争异化成与主流社会格格不入的落魄者。显性情节通过展现克莱勃斯的消极生活，把批判的矛头指向战争。然而，隐性进程借由隐蔽的对话性文本逐步赋予主人公话语权，让其为自己辩护，进而颠覆了情节发展中克莱勃斯消极生活的人物形象，展现了其积极的意识。隐性进程揭露了小镇居民的虚伪，并讽刺了资本主义社会意识形态。两种叙事进程塑造了充满冲突的人物形象，但其构筑的主题却互为补充：隐性进程中资本主义扭曲的价值观导致了显性进程中克莱勃斯的异化，并使其心无归处。

关键词： 双重叙事进程　隐性进程　战争　资本主义意识形态　异化

A Double Life: Dual Narrative Dynamics in Ernest Hemingway's "Soldier's Home"

Li Tianxin

Abstract: The protagonist Krebs in Hemingway's "Soldier's Home" has a life with both a positive and a negative sides. In the plot development, the protagonist Krebs is a typical representation of the "lost generation", who walks in the traumatic shadow of the war, and has been alienated as a social outsider. The plot development focuses on the criticism of the war via revealing Krebs'negative life. The covert progression, however, overturns the passive image of the protagonist by virtue of a covert conversational text that gradually endows him with voice and exhibits his positive consciousness. The covert progression exposes townspeople's hypocrisy and ironizes the ideology of capitalist society. The two narrative progressions create a character full of conflicts, while construct two complementary themes. It is the contorted capitalist ideology in the covert progression that brings about the alienation of Krebs in the development of plot, and makes him mentally homeless.

Keywords: dual narrative progression; covert progression; the war; the capitalist ideology; alienation

海明威的《士兵之家》（"Soldier's Home"）首先收录于其 1925 年出版的短篇小说集《我们的时代》（*In Our Time*）。该故事以第一次世界大战为背景，展现了主人公解甲还乡一个多月的生活。《士兵之家》被当作海明威的短篇小说代表作之一，作者本人也曾认为这是他所写过的最棒的故事（Hemingway, 2003, p. 139）。

这则故事的批评文章甚多，却趋向同质化，大多数研究都致力关注海明威的参战背景。1918 年，海明威的左腿曾在战争中受重伤，以致海明威性功能和心理皆受一定程度的影响。这与小说对主人公的刻画不谋而合：主人公战后生活似乎也面临着身体创伤（性无能）与心理创伤两方面的打击。也因此，很多学者会联系海明威的战争经历分析作品。例如，利奥·顾尔科（Leo Gurko）认为《士兵之家》的情景描写是对海明威自身经历的类比，该故事是其 19 岁退伍返回奥克帕克的复现（Gurko, 1968, p. 183）。霍夫曼（Frederick J. Hoffman）在分析人物时评论道，作为在战争中心理受创的人物，克莱勃斯"在找到一个充满意义且新颖的调节方式前，将一直不得安宁"（Hoffman, 1962, p. 90）。另外一些学者注意到战争对人的异化。比如，今蒲坚男（Tateo Imamura）发现小说中家庭对克莱勃斯的疏离，他认为克莱勃斯尚未走出战争的阴影，而故事后半段其母亲的催婚也颇具讽刺意味（Imamura, 1996, p. 103）。埃科尔斯（Katherine Echols）与巴伦（Cynthia M. Barron）分别将该小说与《大双心河》和《麦田里的守望者》进行对比研究，阐释了小说的异化主题与主人公的厌世价值观的成因。（Echols, 2012; Barron, 1982）。在国内，类似的讨论也层出不穷。张宜波与刘秀丽从文体学的视角解读该短篇时分析道："经历过残酷战争洗礼的克莱勃斯已万念俱灰，再也找不到生活的乐趣和意义了。"（张宜波，刘秀丽，2004，p. 58）于王禹而言，小说展现的是主人公对战争的幻灭、其支离破碎的生活目标以及典型的迷惘一代的消极态度与困惑（王禹，2014）。

这些解读无一例外地体现了一种悲观的情愫，最终把批评矛头指向战争。然而，这只是情节发展这一叙事进程中的深层含义。通过文本细读会发现作品中隐藏的一股叙事暗流：克莱勃斯消极的生活态度背后实际渗透着积极的主体意识，而真正应该被批判的是 20 世纪 20 年代美国扭曲的价值观。本文以申丹提出的双重叙事进程为理论依托，来分析小说叙事暗流被忽略的原因，并进一步阐释《士兵之家》的两种叙事动力是如何在矛盾之中协同构建小说的复杂内涵的。

一、双重叙事进程与对话性文本

申丹在其《双重叙事进程研究》一书中指出，从亚里士多德的情节观到当代叙事学家对"叙事进程"（narrative progression）的探讨，学术界一直聚焦于"情节发展"（plot development）（其本身可能含有不同层次和不同分支），这种对情节发展的过度关注，会让读者忽视文本的"叙事暗流"（narrative undercurrent）。这股暗流既不属于文本的深层含义，也不属于情节的支线，它自成一体，构成另外一种与情节并行的叙事进程，即"隐性进程"（covert progression）（申丹，2021，p. 3）。根据申丹的定义，文本的隐性进程是一条兼具审美与伦理意义的叙事暗流，它存在于显性情节背后且贯穿文本始末（Shen，2013，p. 3）。《士兵之家》的传统解释之所以只看到小说主人公的消极面，就是因为这些解释只注意到故事情节发展的内容，而忽略了其背后的隐性进程。若要找到该故事的隐性进程，需要做到两点：其一是打破对作者定见的束缚；其二是要发现该文本的对话性。

《士兵之家》的传统阐释往往受到海明威批评传统的影响，总是把海明威与"迷惘一代"的标签相联系，却没有认真权衡海明威的创作意图。虽然格特鲁德·斯泰因（Gertrude Stein）把海明威那一代的作家称为"迷惘一代"，海明威自己也在他的小说《太阳照常升起》（*The Sun Also Rises*）的扉页引用了这一标签，但他其实比较抵触这一身份烙印。在《流动的盛宴》（*A Moveable Feast*）中，他写道："我觉得所有的世代都会因为某事迷惘，现在如此，以后亦是如此。"（Hemingway，1964，p. 30）之后，他强烈地驳斥道："让她（格特鲁德）关于迷惘一代的言论，以及那些肮脏随意的标签都见鬼去吧！"（Hemingway，1964，p. 31）从这个角度来看，即使海明威的作品在一定程度上能代表所谓的"迷惘一代"，他自己也并不希望自己的作品内涵都被简单地标签化，所以作为读者的我们要打破这一定见。那么海明威的创作意图为何？从他的书信中我们可以略窥一二。在一封寄给父亲的信里，海明威坦言："阅读我的任何一部作品时，如果您发现并不记得类似的事，那是我为了实现某种目标而有意为之。"（Hemingway，2003，p. 153）这就是说，海明威不希望读者全盘接受小说的呈现，而希望其认真揣摩文本中的事件。另外，海明威在创作时会刻意赋予其作品多元的意义。他在信中表示，他的作品既包含生活的积极面，也包括它的消极面，甚至会折射生活的第三面或第四面。他的作品不只是在记录生活，批评生活，更重要的是让生活"活过来"（Hemingway，2003，p. 153）。理解海明威的这些创作原则，能突破传统阐释对作者的思维定见，使我们超越"迷惘一代"的烙印，并努力把握海明威小说中所反映的现实的多面性，以及其创作目的的多样性，进而看到他在《士兵之家》中铺设的隐性进程。在这部短篇小说里，主人公的生活具有双面性，海明威把与情节并行的隐性进程藏到了对话性的文本当中，如不加注意，便很难发现。

　　《士兵之家》的结构十分工整，大致可分为上下两篇。其中上篇主要是克莱勃斯在乡镇中的生活状况，由故事外第三人称叙述者讲述，没有任何人物间的直接对话；而下篇主要是克莱勃斯与母亲的对话（中间穿插了一段他和妹妹的对话）。乍一看，对话只存于故事下篇。但实际上，故事上篇也具有一定的对话性。关于这点有三条证据：首先故事的上下篇篇幅几乎完全相等，由于下篇几乎全是人物对话，从对称性的角度来说，上篇可能也暗藏对话；其次，上篇的某些叙述自相矛盾，在上篇中部表现得尤为明显，这种矛盾的叙述就像是从两个截然不同的角度发出的，在一定程度上可视为两个人物的对话；最后，小说上篇尾部频繁使用自由直接引语，表达的是叙述者与克莱勃斯的观点，可视为克莱勃斯争取对话权利的表现。通过文本细读，会发现这种对话性贯穿小说始末，且越来越强烈。在小说上篇，叙述者通过转换视角、使用自由直接引语的方式逐渐赋予克莱勃斯发声权利。如果读者没有看到上篇隐藏对话中克莱勃斯自己的想法，便会忽略掉他积极生活的态度与其主体意识，转而片面地把克莱勃斯理解成下篇中与母亲顶嘴的叛逆青年。发现作者布置的隐性进程后，读者会看到故事的两面性。在情节发展中，它展现了克莱勃斯的消极生活，并批评战争的消极影响；在隐性进程里，它又暗藏主人公的积极生活，并控诉了资本主义扭曲的意识形态。

隐性进程与情节发展的关系大体上表现为"互为补充"或"互为颠覆"两种。补充性的隐性进程不会影响读者对显性进程的理解，在某些作品中，这种互补关系表现为两种人物形象并置："情节发展描绘出人物的一种形象，而隐性进程则勾勒出另外一种。"（申丹，2021，p. 43）《士兵之家》中克莱勃斯的人物形象表现为积极与消极并置。两种人物形象冲突的同时又相互补充，使得人物形象由单一变得复杂。复杂的人物形象进一步让读者发现作品中并置的反讽主题轨道，战争的负面性和社会价值观的消极性都成了海明威的反讽对象，后者在一定程度上加大了前者的消极影响。笔者试图紧扣贯穿小说始终的对话性文本，进而展现其双重叙事进程的构建。

二、消极生活 *vs*. 积极生活

故事伊始，叙述者对两张照片进行了简单概述[①]：

> There is a picture which shows him among his fraternity brothers, all of them wearing exactly the same height and style collar. He enlisted in the Marines in 1917 and *did not return* to the United States *until* the second division returned from the Rhine in the summer of 1919.
>
> There is a picture which shows him on the Rhine with two German girls and another corporal. Krebs and the corporal look too big for their uniforms. The Ger man girls *are not beuuti f ul*. The Rhine *does not show* in the picture. (Hemingway, 1996, p. 69)

如果只看到显性的情节发展，会仅仅把这两张照片当成对战争背景和克莱勃斯生活的消极介绍。例如，吴冰认为这两张照片一方面暗示了主人公的参战经历，另一方面又体现了战争异化个体的力量。她认为第二段末尾莱茵河的缺场暗示主人公被战争摧毁的心，战争使他无法发现生活中的美好（1995，pp. 22—23）。兰姆（Robert Paul Lamb）有类似的看法，他表示这两则背景介绍为战争对克莱伯斯的异化做了铺垫（1995，p. 99）。

但在隐性进程中，一股对话性叙事暗流正开始涌动。两段引文中未画线的部分渗透着克莱勃斯的意识，这部分叙事对主人公的刻画是积极的；画线部分其实渗透了小镇居民的意识，这部分叙事对主人公的描述是消极的。两段引文的积极描写中，克莱勃斯有自己的战友和朋友陪伴，并不孤独。而衣

---

① 引文下划线与斜体由笔者自己标注，此后不再予以说明。

物的变化不只暗示他体格的成长，还暗示他变得成熟的内心。可见战争给主人公带来了一定的益处。但画线部分却充满了小镇居民对克莱勃斯参战经历真实性的怀疑。小说后文交代了小镇居民对主人公过晚归乡的态度。人们认为克莱勃斯的晚归太过"荒谬"（ridiculous）（Hemingway，1996，p. 69）。这与第一张照片概述末尾画线的部分相呼应，句型"did not return ... until ..."实际上就映射了小镇居民对克莱勃斯参军时间真实性的怀疑——如果叙述者以中立的视角叙述这段话，他应该用肯定句式表达。另外，对莱茵河的讲述其实也暗含着小镇居民的怀疑，因为一张声称是在莱茵河拍的照片，却没有取莱茵河为景，在小镇居民看来着实没有任何证明意义。第二段对德国女孩的否定其实也渗透着小镇居民的价值观念。后文中，小镇居民普遍认为美国女孩比德国女孩好，但克莱勃斯更喜欢德国女孩，并把后者视为朋友，所以这段叙述应该是从小镇居民的视角讲出的。可见，隐性进程在故事楔子部分就展现了主人公与小镇居民视角的对立。

小说接下来概述的是克莱勃斯归乡后的一些行为活动。回到家乡后，小镇居民并没有给予他足够的关注。作为久经沙场的战士，克莱勃斯起初并不在意，之后却开始撒谎以获得人们的注意：

> His lies were quite unimportant lies and consisted in attributing to himself things other men had seen, done or heard of, and stating as facts certain apocryphal incidents familiar to all soldiers. Even his lies were not sensational at the pool room.
>
> His acquaintances, who had heard detailed accounts of German women found chained to machine guns in the Argonne forest and who could not comprehend, *or were barred by their patriotism* from interested in, any German machine gunners who were not chined, *were not thrilled* by his stories. (Hemingway, 1996, p. 70)

从情节发展来看，这两段描述进一步展现了主人公的异化困境。主人公开始被主流社会排挤，他想通过撒谎的方式获得关注，却无济于事。克莱勃斯被异化成一个失败者，连谎都撒不好，还净把小镇居民早就听过的奇闻逸事往自己身上揽。在显性情节中，他虚伪、失败。他编的故事只求讨好而全然不见小镇居民的爱国情怀，他与小镇居民的爱国热情格格不入，而在被异化的过程中，他也一步步迷失了自己。

但在隐性进程中，这段引文也是对话性的。前一段是基于小镇居民视角的叙述，而后一段采用的视角是克莱勃斯的。两段开头的短语"His lies"（他的谎言）和"His acquaintance"（他的熟人）暗示了视角的差异。其中"lies"（谎言）一词对应前文隐性进程中小镇居民对克莱勃斯参战经历的看法，他们对主人公的参战经历抱有质疑。所以引文第一段基本上都在描述主人公的谎话有多么失败和可笑。而"acquaintance"（熟人）明显与主人公的亲密度更高，如果叙述者保持中立而不想表示这种亲近关系，他大可使用"townspeople"（镇民）这类偏中性的词进行替代。联系"were barred"和"were not thrilled"两个被动结构，可以看出第二段的讽刺性。克莱勃斯实际上认为，他的那些所谓的熟人早就被自己盲目的爱国热情遮蔽，他们其实不在乎事情的真伪，而对那些耸人听闻的"残暴故事"（atrocity stories）感到十分兴奋（Hemingway，1996，p.70）。这是一种缺乏人性的表现，因此这里的第二段引文暗藏着克莱勃斯对小镇居民意识的抵抗和讽刺。他起初确实编故事以换取小镇居民的同情，但他很快意识到小镇居民的虚伪，所以他为自己编造的谎言感到一阵"恶心"（nausea）（Hemingway，1996，p.70）。读者如果只看到情节发展，就会默认第一段中克莱勃斯的撒谎，而忽略掉他的醒悟。

接下来的故事继续描写克莱勃斯在镇上的各种行为：

> During this time, it was late summer, he was *sleeping late* in bed, getting up to *walk down town* to the library to get a book, eating lunch at home, *reading* on the front porch *until he became bored* and then *walking down* through the town to spend the *hottest hours* of the day in *the cool dark* of the pool room. *He loved to play pool.*
>
> In the evening he *practiced* on his clarinet, *strolled down* town, read and went to bed. He *was still a hero* to his two young sisters. His mother would have given him breakfast in bed if he had wanted it. She often came in when he was in bed and asked him to tell her about the war, but *her attention always wandered*. His father was *non-committal*. (Hemingway, 1996, p.70)

在显性进程中，这两段叙述展现的是迷惘一代典型的消极形象。克莱勃斯消极地面对战后生活，整天无所事事。他每天重复着枯燥的活动以打发时间，赖床，闲逛，吹单簧管，看书看到无聊才停下。他会到"阴凉灰暗"（cool dark）的桌球室，度过一天中"最燥热的几小时"（hottest hours）。这里阴凉和炎热的对比突出了克莱勃斯对现实与责任的逃避。他还沉醉于做小孩眼中的超人，却把父母的体谅当成虚情假意的过场。他的消极、逃避和幻想无不体现战争给其带来的巨大创伤，创伤尚未愈合的他正在被慢慢异化成社会的局外人。

但在隐性进程中，这两段也需要从不同的视角重新审视。节选中的第一段主要是小镇居民的视角，一直到该段最后一句话，叙述才转入克莱勃斯的视角。第一段最后一句话直接阐释了醒悟后的主人公内心的真实想法，他打桌球是因为他喜爱（loved），而不是为了逃避现实。进入第二段会发现，叙述者的遣词也有刻意的改变。相较于前一段的一系列动词，"practice"带有明显的积极意义；另外，前一段中使用两次的动词短语"walked down"在后一段中变成了"strolled down"，后者比前者多了一种怡然自得的闲适心境。这些动词的转变其实就渗透着主人公的积极意识。认识到这种视角切换，就会发现在前一段基于小镇居民视角的描述中，克莱勃斯是失败者；但在后一段基于他自己视角的叙述中，他是乐观生活的人，而他的父母不过和小镇居民一样，给他的只有冷漠与无视。

可以看到，隐性进程视角的转换带来了一种抵抗性的对话，克莱勃斯和小镇居民分别占用了故事叙述者的叙述，悄悄地把自己的意识隐藏在叙述中。在克莱勃斯的视角下，他自己是积极的，小镇居民是冷漠的；但在小镇居民的视角下，克莱勃斯却是个撒谎者，消极又虚伪。在接下来的叙述中，这种抵抗性的对话十分明显。读者如果只看到情节发展，就会忽略主人公的自我意识，进而继续把他当作被战争异化的消极个体。

三、渴望两性之爱 *vs*. 渴求陪伴与关爱

克莱勃斯在返回家乡后，经常坐在自家门廊上看镇上的女孩，之后有两段叙述把他对女孩的想法记录下来。为了方便分析，本文把相似结构的语句重新整理如下：

(1) He liked to look at them, though.

(2) He liked to look at them from the front porch as they walked on the other side of the street.

(3) He liked to watch them walking down under the shade of trees.

(4) He liked the round Dutch collars above their sweaters.

(5) He liked their silk stockings and flat shoes.

(6) He liked their bobbed hair and the way they walked.

（引文节选自原文第 10 自然段）

(1)* He did not like them when he saw them in the Greek's ice cream Parlor.

(2)* He did not want them themselves really.

(3)* He did not want to have to spend a long time getting her.

(4)* He did not want to get into the intrigue and politics.

(5)* He did not want to have to do any courting.

(6)* He did not want to tell any more lies.

（引文节选自原文第 11 自然段）

显然，这两组话在语义上是前后矛盾的。叙述者重复的句子结构在感官上会加强克莱勃斯喜欢或是厌恶的情感。如果只看到情节发展，这种矛盾的**重复**会被视作主人公矛盾内心的客观展现。他渴望恋情，却又不想行动。其起伏的心理活动表明战争给他留下的心理创伤还未褪去，而他残缺的意识让他不能有所奢望。发展一段简单的两性关系在他看来都变得复杂且极费精力，所以即使他心有余，也变得"无法继续去爱"（王禹，2014，p. 218）。

但在隐性进程中，这两段节选还是变换视角的对话性叙述。第 10 自然段最开始以克莱勃斯的视角展开叙述："镇上的女孩生活在她们那个'复杂的世界'（complicated world）中，那个世界满是'联合'（alliances）与'纷争'（feuds），而克莱勃斯却没有精力与勇气介入。"（Hemingway，1996，p. 71）克莱勃斯认为女孩的世界是复杂的，他将自己与女孩们的界限划分得十分清楚。但选段句（1）中的"though"（然而）一词却在一定程度上暗示从主人公视角向小镇居民视角的转换，讽刺克莱勃斯一面没有勇气接近女孩，一面又抵不住诱惑而喜欢看她们。第 10 自然段之后没再出现视角转换的提示词，因此，第 10 自然段的选句（1）—（6）都能视作基于小镇居民视角的叙述，符合小镇居民的价值观。荷兰领、波波头、长丝袜和平底鞋是 20 世纪 20 年代美国风潮女郎（flappers）的标志。小镇居民喜欢这样穿着的女孩，并且把这种想法投射到主人公身上。主人公的妈妈就是个很好的例子。小说下篇，她劝克莱勃斯找对象，她说："我知道你肯定受诱惑包围"，于是她劝主人公晚上驱车出门找女人玩（Hemingway，1996，p. 75）。主人公母亲的话带有很强的性暗示。在当时的美国，由于性意识的解放，异性间相互调情并发生关系变成一种主要的消遣（Purdy，2009，p. 42），这种行为被称为"bameymugging"①。不过即使性观念更加开放，发展两性关系时还是会仔细权衡婚姻等长期目标（Fass，1979，p. 268）。但主人公并不喜欢这样的两性关系。第11自然段中的6个"He did not"强调了他的否定态度。他不想要性爱，不想要女性本身［(2)*］，他也不想花时间追求婚姻［(3)*(5)*］。句(1)*中"Greek"与"ice cream"的并置表达了镇上女孩与主人公不同的价值观。②受小镇价值观影响的女孩和前文的小镇居民别无二致，为了讨好他们，主人公无疑会像之前一样费尽心思"撒谎"［(6)*］，而主人公并不想再被卷入这种谎言和真实的"阴谋与政治纠纷"了［(4)*］，他不想被小镇居民的思想同化。克莱勃斯实际上并不想找伴侣。隐性进程的对话性不仅暗示了这点，还暗示了小镇居民与克莱勃斯价值观念的不合。

在这两个自然段之后，隐性进程中的叙述者逐渐和克莱勃斯统一战线。小说开始频繁使用自由直接引语，进而赋予克莱勃斯发言权，让克莱勃斯控诉小镇上关于两性关系的价值观：

> It was all right to pose as if you had to have a girl. Nearly everybody did that. But it wasn't true. You did not need a girl. (Hemingway, 1996, p. 71)

人称代词"you"（你）在小说中首次出现，它并没有明确的指称对象。但由于自由直接引语一般可以当成叙述者或者故事人物的共同声音，这里的"你"可以看成是叙述者与克莱勃斯对彼此的指称。一方面，这句话可以看成是叙述者对克莱勃斯的宽慰与同情，他在对主人公表明他俩的共同立场。另一方面，这句话可以看成克莱勃斯对叙述者说的话，他在表明他觉得正确的道理，并希望在为自己辩驳的同时获得支持。显然，即使小镇上的每一个人都觉得男性必须有伴侣，克莱勃斯也觉得他自己一个人足矣。这句自由直接引语是主人公和叙述者统一立场的标志，如果忽视了这句话，则会曲解小说之后的内容。

---

① 又作"barney-mugging"，是美国20世纪20年代的俚语。在维基百科中，这个词指以获取性快感为目的的"性交"。

② 笔者认为Greek象征战争，在这里反映了海明威的战争记忆。海明威在做记者时，曾报道过希土战争（Greco-Turkish War）。详见 Hagemann, E. R. "'Only Let the Story End as Soon as Possible': Time-And-History in Ernest Hemingway's '1996'", *Modern Fiction Studies*, vol. 26, no. 2, The Johns Hopkins University Press, 1980, pp. 255-262. 另一方面，冰激凌象征镇上生活与美国价值观。在20世纪20年代的美国，冰激凌被年轻人簇拥，成为一种风尚食品。详见 Evans, Farrell. "Why Ice Cream Soared in Popularity During Prohibition". https://www. history. com/news/ice-cream-boom-1920s-prohibition. Accessed 11 Sept. 2021. 笔者认为，生活富足的镇民对克莱勃斯的战争回忆并不能感同身受。

克莱勃斯在军旅生活中也经常听到一些关于两性关系的观点。有的军人觉得他们不需要女人，但有的军人觉得"没有女人就不能活"或者"没有女人就睡不着"。小说以一大段自由直接引语评论了这两种观点：

> That was all a lie. It was all a lie both ways. You did not need a girl unless you thought about them. He learned that in the army. Then sooner or later you always got one. When you were really ripe for a girl you always got one. You did not have to think about it. Sooner or later it would come. He had learned that in the army. (Hemingway, 1996, p. 72)

在显性进程中，画线的自由直接引语被看成是克莱勃斯的狡辩。他觉得有没有女人都无所谓，是因为他觉得女人会自己送上门来。克莱勃斯只愿消极等待，而不知用行动去争取，但他硬要说这是他在军旅生活中学到的真理。只看到显性进程的读者会把这一段叙述与后文克莱勃斯对德国女性的看法联系起来。后文中，克莱勃斯表示他喜欢能主动走向他却无需交谈的女孩，他更喜欢德国女孩，因为与德国女孩相处"没有任何谈话"（Hemingway，1996，p. 72）。在情节发展中这些叙述被当成克莱勃斯无能的表现，他因为不能融入战后美国主流，而不能得到美国女孩。他喜欢德国女孩，是因为他们之间有语言障碍，所以能轻而易举地与之发生关系，而不负任何责任。[①] 可见，显性进程中克莱勃斯渴望两性之爱。归乡之后，他渴望恋爱，但是战争的消极影响让他无法去爱美国女性。

但如果读者注意到了隐性进程中主人公和叙述者的联合立场，便会认真剖析选段中的积极意义。其实，克莱勃斯在军旅生活中学到的真理是：两性之爱的有无并不重要，人成熟了自然会有，关爱和理解对一个人才是最重要的。只看到显性情节的批评家曲解或遗漏了文中至关重要的叙述：克莱勃斯之所以喜欢德国女孩，是因为"It was simple and you were friends"（Hemingway，1996，p. 72）。这句话也是自由直接引语，表达的是主人公和叙述者共同的观点。隐性进程中，克莱勃斯是较为抵触两性关系的，但他并不是无法去爱，也不是只想等待而不行动，他只想要简单的朋友甚至

---

① 类似的观点见王禹：《公众"真知"VS个人事实：对〈士兵之家〉的分析》，载《海外英语》，2014年第21期，第218页；张宜波，刘秀丽：《难以愈合的心理创伤——〈士兵之家〉的功能文体学解读》，载《中国海洋大学学报（社会科学版）》，2004年第4期，第58页；Imamura, Tateo. "'Soldier's Home': Another Story of a Broken Heart", *Hemingway Review*, vol. 16, no. 1, Fall 1996, p. 103.

无声的陪伴。讽刺的是，镇上的人（包括女孩）与他价值观并不吻合，他们看到的东西并不相同。所以她们即使与他语言相通，也不能给他最简单的理解与沟通。

目前为止，情节发展进一步展现了战争对主人公的异化。他失去了爱的能力，无法追求镇上的女孩，而只能慢慢被边缘化；但隐性进程渐渐揭示了主人公和小镇居民对立的两性观。同时，隐性进程中的叙述者不断赋予克莱勃斯话语权，让其主体意识突显，并讽刺小镇居民的两性观念，进而表明克莱勃斯对关爱与陪伴的渴求。

四、战争之罪 *vs* . 社会之罪

故事后半部分的情节发展继续展现主人公的消极形象，并开始借克莱勃斯的母亲之口抨击战争。但隐性进程却开始抨击 20 世纪 20 年代美国的其他价值观。后半部分主要是母亲与克莱勃斯的对话，为了方便分析，本文根据谈话内容，截取了重要的几个片段[①]：

对话最开始，母亲刚刚把克莱勃斯喊醒，准备和他谈一谈有关家里的车的事：

M:"I had a talk with your father last night, Harold," she said, "and he is willing for you to *take the car out in the evenings.*"

K:*"Yeah?"* said Krebs, who was not fully awake. *"Take the car out? Yeah?"*

M:"Yes. Your father has felt for some time that you should be able to take the car out in the evenings whenever you wished but we only talked it over last night." (Hemingway, 1996，p. 73)

在显性进程中，车是工作与婚姻的象征。小说前文曾提到，父亲谈生意时会开车载着顾客去参观乡下的农地。所以车一方面象征着工作。另一方面，车象征着一段婚姻关系的开始。在后文，母亲曾说，如果克莱勃斯能载几个不错的姑娘游乐，她和主人公的父亲将感到很开心（Hemingway, 1996，p. 75）。车是克莱勃斯父亲的，之前也只限父亲自己使用，主人公"从来都不被允许驾驶它"（Hemingway, 1996，p. 70）。而现在主人公父母授予其车的使用权，其实就象征着父母对其工作和生活上的期望，他们希望克莱勃斯能

---

① 在本文所引对话中，M 代表母亲，K 代表主人公 Krebs，S 代表主人公的妹妹，此后不再予以说明。

振作起来，并回到生活的正轨。但克莱勃斯疑问式的回答则透露了他的迷惘，作为一个刚刚从战场上回来的人，他并不能满足父母的期望。

不过在隐性进程中，车却象征着 20 世纪 20 年代美国的经济情况，它是美国人当时的消费主义价值观的表征。前文的细节表示，父亲的车经常停在国家第一银行的建筑前（Hemingway，1996，p. 71）。作者有意把车和银行并置，其实就是在隐喻美国当时的经济形势。在克莱勃斯参战那几年，汽车也确实是美国经济繁荣的象征。[①] 但作者却故意补上一句："而过了战争这几年，这个车还是同一辆。"（Hemingway，1996，p. 71）这句话与后文另一个细节——"镇上除了女孩们都长大了，其他任何东西都没有改变"（Hemingway，1996，p. 71）联系起来，可见这里的车象征着美国的泡沫经济，它看似在高歌猛进，实则在原地踏步。普尔蒂（Elizabeth R. Purdy）曾指出，"汽车的普及虽然带来了一种自由与流动，却也催生了普遍的贷款消费现象"（Purdy，2009，p. 42）。贷款消费背后是肆意蔓延的消费主义，镇上长大的摩登女郎从一定程度上讲就是这种膨胀的消费主义的隐喻。因此，在隐性进程中，上述对话是母亲让主人公接受美国式生活与消费主义价值观的表现，但主人公的反问表明了主人公的抵抗和质疑。

下一段对话主要围绕兄妹关系展开。妹妹很崇拜克莱勃斯，她甚至反复问他，她是否能成为他的女朋友。

> S:"I tell them all you're my beau. Aren't you my beau, Hare?"
>
> K:"You bet."
>
> ...
>
> S:"Couldn't you be my beau, Hare, if I was old enough, and if you wanted to?"
>
> K:"Sure. You're my girl now."
>
> S:"Am I really your girl?"
>
> K:"Sure."
>
> S:"Do you love me?"
>
> K:"Uh, huh."（Hemingway, 1996, p. 74）

---

① 克莱勃斯入伍的时间是 1917 年，返乡的时间是 1919 年。这段时间，美国汽车产业高歌猛进。据统计数据显示，1916 年，美国国内汽车的年均产量高达 100 万台，到了 1920 年，这个数值激增到 800 万台。见 McNeese, Tim. *The Great Depression*, 1929—1938. New York: Chelsea House, 2010, p. 80.

在显性进程中，受战争创伤影响的克莱勃斯无法追求镇上纯洁的女性，所以只能从妹妹身上获得男性魅力上的认同。而这个场景被解读成不道德的伦理关系。[①] 虽然海明威的许多作品都聚焦男女关系，但这里强行把兄妹间纯洁的情谊与两性关系关联，显然是不合理的。若关注到隐性进程，这个疑惑便迎刃而解。

在之前的隐性进程分析中，克莱勃斯并不迫切想要发展恋情或两性关系，他更需要的是理解和陪伴。而妹妹在这里就提供了主人公所需要的东西。她当他是英雄（Hemingway, 1996, p. 70），她把自己的爱与信任都展现给了他。妹妹的出现在这里与前文的母亲形成了鲜明的对比，她是故事发展到目前为止唯一一个能和克莱勃斯友好对话的人。而她之所以能走进哥哥的心，是因为她并不像镇上那些摩登女郎，浑身散发着消费主义的气息。她还小，还没受镇上的价值观的影响。也因此，在隐性进程中，妹妹的作用是把小镇居民和支配小镇居民的价值观剥离，让读者看到，真正需要被批判的是小镇居民价值观的消极面，而不是小镇居民本身。

妹妹邀请主人公去看她的室内棒球赛，后者还未回答，便被母亲拉入与工作相关的对话：

M: "Don't you think it's about time?" His mother did not say this in a mean way. She seemed worried.

K: "I Hadn't thought about it," Krebs said.

M: "God has some work for everyone to do", "There can be no idle hands in His Kingdom."

K: I'm not in his Kingdom," Krebs said.

M: "We are all of us in His Kingdom."

Krebs looked at the bacon fat hardening on his plate. (Hemingway, 1996, p. 75)

在情节发展中，这段对话被看成是克莱勃斯信仰破碎的标志。主人公的母亲劝其找个工作，她在担心主人公。但主人公却看向盘子，冷漠不言。只注意到情节发展的读者会把这段话与母亲后面的话语联系在一起。母亲说："哈罗德，我知道人有多么脆弱，我知道你亲爱的祖父，也就是我的父亲，所告诉我们的关于内战的一切。而我一直在为你祈祷。日复一日地祈祷。"

---

① 请参见 De Baerdemaeker, Ruben. "Performative Patterns in Hemingway's 'Soldier's Home'", *Hemingway Review*, vol. 27, no. 1, Fall 2007, pp. 65—66.

（Hemingway，1996，p. 75）可见，显性进程借母亲之口，把批判的矛头指向战争，母亲一直认为克莱勃斯现在的消极就是为战争所害。战争摧毁了克莱勃斯的生活、工作、信仰，摧毁了他的一切，所以母亲很担忧。看到情节发展的读者也会因此同情母亲和克莱勃斯，并认识到战争的消极影响。

但隐性进程中，克莱勃斯的辩护并不是意味着他信仰破碎了，他只是单纯暂时不想找工作。他才刚返回家乡一个月，在前文的隐性进程中，他都在积极调整自己的心态和生活，但他的父母却都不理解，硬要让他为所谓的名利努力。前文提到，隐性进程中的叙述者早已与主人公统一立场。所以以上选段中画线的两句话要从克莱勃斯的角度理解。母亲看似担心（seemed worried）莱勃斯，实际上是在把所谓"美国梦"的成功标准强加在克莱勃斯身上。在后文中，她觉得克莱勃斯现在就是无所事事，并把他和同龄的成功者查理（Charley Simmons）作比较，希望他也能像后者一样成家立业（Hemingway，1996，p. 75）。虽然她嘴上说理解克莱勃斯参战的痛苦，但她每次听克莱勃斯倾诉故事的时候都会精神游离，而克莱勃斯的父亲对克莱勃斯也并不关心（Hemingway，1996，p. 70）。父母的形象是具有讽刺意味的，不过因为前文的隐性进程已经把人物和价值观剥离，所以隐性进程真正的批评对象是支配主人公父母言行的价值观。他们或许真的在担心主人公，但他们背后的扭曲价值观早就让他们与自己的本意背道而驰。克莱勃斯感受不到关爱与家庭的温暖，所以他感到心灰意冷，盘子里逐渐变冷发硬的肥油其实就是克莱勃斯内心的客观对应物。

之后，主人公就工作问题和母亲发生了激烈的矛盾，并在言语上不小心伤害了后者。在道歉之后他决定弥补过错并打算去堪萨斯城找工作。叙述者告诉我们："他为自己伤害了母亲而感到很抱歉。但她让他撒了谎。"（Hemingway，1996，p. 77）在显性进程中，这段话暗示了主人公找工作的不确定性，主人公或许在以找工作为由继续逃离现实，逃离母亲的善意管束。但在隐性进程中，因为叙述者早在中腰部分就和克莱勃斯统一立场，这句话也要从主人公的视角来理解。其实，这是主人公一种无奈的妥协，他不想让生活过得复杂，之前他的生活方式就挺让他满足的，"但现在都结束了"（Hemingway，1996，p. 77）。这句话是用直接引语的形式说出的，可以看出主人公确实是去找工作了。但这种行为并不是完全向小镇居民的价值观屈服的表现。故事最后，他决定先去看妹妹的棒球表演。从他坚定的选择中我们可以看到主人公内心的价值观并未被扭曲。他在"家"的生活结束了，但他可以在另外的地方积极生活。

结　语

　　《士兵之家》的隐性进程通过隐秘的对话展现了克莱勃斯与小镇居民的博弈，呈现出与情节发展背道而驰的人物形象。显性情节中落魄、迷惘的退伍士兵在隐性进程中成了乐观积极、有自我意识的主体。在显性情节中，读者只看到故事中人物生活的消极描述，进而由下篇的母子对话导向对战争的批驳。面对战争的负面影响，像克莱勃斯这样的人物只能迷失自我，失去爱的能力，进而变得与社会格格不入。但双重叙事动力的结合使人物形象更加饱满。克莱勃斯在隐性进程中或许确实受着战争影响，但他在积极地调整自我，且依旧能去爱。隐性进程旨在揭示 20 世纪 20 年代美国资本主义意识形态的扭曲面，其盲目的爱国主义、消费主义、"美国梦"无时无刻不把克莱勃斯的积极生活逼入穷途。面对势不可挡的价值观的压迫，屈服意味着被同化，而抵抗意味着被异化。隐性进程中克莱勃斯的抵抗性对话揭示了他在显性情节中被逐渐异化的深层原因。但故事最后克莱勃斯的选择表明他正在被同化与被异化的夹缝中寻找另一条积极生活的道路。双重叙述进程相辅相成，互相映射，不仅展现了退伍士兵所面对的战争创伤，更展现了西方意识形态下"家"的虚伪。而克莱勃斯也成了 20 世纪 20 年代每一个退伍士兵的缩影，他们面临着战争的创伤，他们的身心需要抚慰，但他们自己的家早就被西方话语扭曲，他们失去了心灵的栖息之地。

引用文献：

吴冰（1995）. 从《士兵的家》看海明威的文体风格. 外语教学与研究，2，22−29+80.

张宜波，刘秀丽（2004）. 难以愈合的心理创伤——《士兵之家》的功能文体学解读. 中国海洋大学学报（社会科学版），4，59−63.

王禹（2014）. 公众"真知"VS 个人事实：对《士兵之家》的分析. 海外英语，21，216−218.

申丹（2021）. 双重叙事进程研究. 北京：北京大学出版社.

Barron, C. M. (1982). The Catcher and the Soldier: Hemingway's "Soldier's Home" and Salinger's "The Catcher in the Rye", *Hemingway Review*, 2(1), 70−73.

Echols, K. (2012). Exploring Ernest Hemingway and Gene Stratton-Porters' Representations of the WWⅠ Veteran Home from the Front. *Plaza: Dialogues in Language and Literature*, 2(2), 31−39.

Fass, P. S. (1979). *The Damned and the Beautiful: American Youth in the 1920's*. Oxford and New York: Oxford University Press.

Gurko, L. (1968). *Ernest Hemingway and the Pursuit of Heroism*. New York: Thomas Y.

Crowell Co.

Hemingway, E. (1964). *A Moveable Feast*. New York: Scribner.

Hemingway, E. (1996). *In Our Time*. New York: Scribner Paperback Fiction.

Hemingway, E. (2003). *Ernest Hemingway Selected Letters 1917－1961* (C. Baker, Ed.). New York: Simon and Schuster.

Hoffman, F. J. (1962). *The Twenties: American Writing in the Postwar Decade*. New York: The Free Press.

Imamura, T. (1996). "Soldier's Home": Another Story of a Broken Heart. *Hemingway Review*, 16(1), 102－107.

Lamb, R. P. (1995). The Love Song of Harold Krebs: Form, Argument, and Meaning in Hemingway's "Soldier's Home", *Hemingway Review*, 14(2), 18－36.

Purdy, R. E. (2009). Material Life. In R. P. Carlisle (Ed.), *The Roaring Twenties 1920 to 1929 : Vol. Ⅵ* (pp. 27－43). New York: Facts on File.

Shen, D. (2013). *Style and Rhetoric of Short Narrative Fiction: Covert Progressions behind Overt Plots*. London: Routledge.

作者简介：

李天鑫，四川大学外国语学院硕士研究生，主要研究方向为英美文学。

Author：

Li Tianxin, postgraduate of College of Foreign Languages and Cultures, Sichuan University. His main research field is English and American literature.

E-mail: marcus_fulter@163.com

文类研究 ●●●●●

1949 年前的德国科幻小说（下）

索尼娅·弗里切 著 潘静文 译

摘 要：论文聚焦第二次世界大战末至 1949 年苏占区德国科幻小说的发展状况和创作特点。受苏联意识形态影响，这一时期苏占区德国科幻作品以创作社会主义现实主义科幻小说为要务，旨在满足工人阶级需要。这些故事展示西方资本主义的罪恶，刻画理想的马克思主义－列宁主义乌托邦社会，以鼓励德国人民积极参与社会主义建设事业。

关键词：德意志民主共和国 科幻小说 苏占区 乌托邦

German Science Fiction before 1949(Part Ⅱ)

Sonja Fritzsche, Pan Jingwen, Trans.

Abstract: This paper focuses on the development and characteristics of German science fiction in the Soviet Sector from the end of World War Ⅱ to 1949. Influenced ideologically by the Soviet Union, the science fiction of the Soviet Sector gave priority to creating socialist realist science fiction aimed at meeting the needs of the working class. Such stories portrayed the evils of Western capitalism and depicted an ideal Marxist Leninist Utopian society, with the intent of encouraging Germans to take an active part in the cause of socialist reconstruction.

Keywords:GDR;science fiction;the Soviet Sector;Utopia

苏占区的科幻小说

第二次世界大战末期，同盟国把德国划分为法、英、美、苏四个占领区。在 1945 年 8 月 2 日的波茨坦会议上（the Potsdam Conference），同盟国一致同意以在德实行非军事化、去纳粹化、民主化、去卡特尔化作为指导原则，来协调各占领区的政策制定。苏联随即在占领区进行了改造和重建工作，其对这些原则的诠释明显与其他盟国大相径庭。西方占领区的管理机构开始灌输西方自由市场民主的政治、经济和社会价值观；而苏联驻德军事管理机构（Soviet Military Administration in Germany，SMAD）将马列主义理想和方法移植到德国。虽然共同的德国敌人曾经让同盟国暂时搁置了意识形态分歧，但这些思维方式上的差异很快再度显现，使得德国最初的统一努力陷于停顿。于是法、英、美占领区于 1949 年成立了德意志联邦共和国（FRG），苏占区（SBZ）则成立了德意志民主共和国（GDR）。

文化历史学家曼弗雷德·雅格（Manfred Jäger）强调，苏联希望战后的德国能与 1933 年之前的德国保持一致。他还指出，长期以来，苏联都尊重德国启蒙运动的古典传统，而马列主义承继了这一传统（1995，p. 19）。苏联驻德军事管理机构以共产主义国际在 30 年代宣布建立的"人民阵线"（Volksfront）为基础，首先致力在苏占区实施反法西斯主义和民主政策，中心要素是对德国人进行再教育，使他们明了德国启蒙运动的解放性质，从而根除法西斯倾向。苏联驻德军事管理机构文化办公室主任亚历山大·迪姆希兹（Alexander Dymschiz）和信息办公室主任谢尔盖·图尔帕诺夫（Sergei Tulpanov）都特意强调不仅德国拥有伟大作家，世界各国也有伟大作家。图尔帕诺夫认为，随着社会日渐民主化，德国也能创作出自己的社会主义文学。然而，这还需要一定的时间（"Zeit des Neubeginns"，1979，p. 9）。

按照同盟国的要求，刚经历过改革的德国共产党（KPD）立即创建文化基础设施，开始了去纳粹化和再教育进程。1945 年 8 月，前德国共产党员约翰内斯·贝歇尔（Johannes Becher）帮助成立了"德国民主复兴文化协会"（Kulturbund zur demokratischen Erneuerung Deutschlands；Cultural Alliance for the Democratic Renewal of Germany），其出发点是："我们必须再次站在人民的政治道德立场上，果断、有力、令人信服而又热情洋溢地表述人文主义、古典时代以及工人运动时期的丰厚传统。"（Manifest，1945，p. 39）

与苏联驻德军事管理机构对资产阶级人文主义和社会主义文学的支持相

配合，文化协会的奥夫保出版社（the Aufbau Verlag）出版了歌德（Goethe）、席勒（Schiller）和海涅（Heine）的作品。这些作家被认为代表了德国历史上的开明和理性时期，此后的浪漫主义时期引入了非理性思潮，与法西斯主义的联系日渐紧密（Feinstein，2002，pp. 19—27）。

当时大部分德国通俗文学不适合政治局势，新作品奇缺。造成这种局面的部分原因是自 1945 年 9 月 16 日始，同盟国禁止刊行任何纳粹或军国主义的内容。创作于 1945 之前的德国间谍、科幻和侦探小说大多含有以下内容：宣传法西斯主义、种族理论，暗示对他国的征——反苏联及同盟国，以及用科技手段打赢战争（"Ausschaltung der nazistishen und militaristishcen Literatur"，1951，p. 1）。汉斯·多米尼克（Hans Dominik）的一篇文章进入了 1946 年和 1948 年版的"文学清除名单"（Liste der auszusondernen Literatur），即苏占区禁书目录。截至 1953 年，汉斯·多米尼克共有四部著作出现在修订版禁书目录中，包括《国家竞赛》（*Der Wettflug der Nationen*）。[①]

战后的德国混乱不堪，很难找到可以创作出令德国共产党精英们满意的科幻作品的作家。与战争期间流亡莫斯科在反法西斯学校学习的其他德国人一起，瓦尔特·乌布利希（Walter Ulbricht）把斯大林崇拜带到了苏占区，试图使德国"苏维埃化"。在文化领域中，这意味着对斯大林式社会主义现实主义的全然接纳。作家扮演起"灵魂工程师"的角色，文学的存在是为了凸显政党的各项政策，几乎没有个人发挥主动性或进行尝试的空间（Staritz，1986，pp. 70—71）。

此外，东德管理的出版社必须得到苏联驻德军事管理机构的批准，获得执照，方能出版作品。颁发执照时首先考虑（作品）政治上是否正确，以及（物资）极度匮乏时期是否能搞到纸张。虽然德国出版委员会（Kultureller Beirat）希望提高出版能力，给公众提供更多便宜的社会主义文学作品，但苏联掌握着纸张配给权，苏联驻德军事管理机构才有决定权（"Protokoll der internen Besprechung"，1947，p. 5）。

西方占领区也有类似的执照发放流程，但是那里的科幻小说几乎立即恢

---

① 古斯塔夫·斯罗德（Gustav Schröder）称多米尼克的《国家竞赛》（*Per Wettflug der Nationen*）的两个版本在苏占区出版（"Zur Geschichte"，p. 33）。我没有找到佐证信息，认为这一说法不实。多米尼克这部小说的两个版本当时由西方占领区的格布吕德·魏斯出版社（the Gebrüder Weiss Verlag）出版，现已编入东德国家图书馆（the East German National Library）的微缩胶片目录。

复到了战前繁荣的状态。1948 年，格布吕德·魏斯出版社（the Gebrüder Weiss Verlag）重印了多米尼克的《原子重量 500》（*Atomic Weight 500*，1935）。1946—1947 年间，法、英、美占区出版了至少 20 部科幻小说，1948—1951 年间更是多达 84 部。许多作家以前在纳粹德国时期就很有名。[1]据纳格尔的看法，西德出版的科幻作品集中关注德国战败引发的挫败情绪。一开始，读者对外国科幻作品，特别是同盟国的科幻故事并不感兴趣（Nagl，1972，pp. 195−196）。

为了在意识形态上与这些科幻作品竞争，苏联驻德军事管理机构的 SWA 出版社（SWA Verlag）推出了精选科幻书单，作品数量极为有限。这家出版社和德国人民与世界出版社（the German Verlag Volk und Welt）都出版了由伊万·埃夫雷莫夫（Ivan Efremov）、谢尔盖·别列亚耶夫（Sergei Belyayev）、拉塞尔·拉金（Lasar Lagin）、瓦伦丁·伊万诺夫（Valentin Ivanov）等广受欢迎、极具影响力的作家创作的俄语小说译本。在这一时期，上述作家都把冒险科幻小说放在为期不远的共产主义世界的背景之下。这一未来图景展现了共产主义的技术优势与和平愿，作品中的主要人物是社会主义者或理想的共产主义者。这类小说为 20 世纪 50 年代的东德作家提供了写作范例，他们从中找寻政治上可行的创作风格。[2] 科幻学者霍斯特·海德曼（Horst Heidtmann）认为，科幻小说文类之所以能被认可，原因在于苏占区当局和俄罗斯本土科幻小说传统在意识形态上是一致的，后者源自"泛意义上的人文主义和社会主义思想的重要传统和倾向"（Heidtmann，1982，p. 47）。

就其本质而言，这一时期其他的苏联科幻小说更趋于反乌托邦。例如，谢尔盖·别列亚耶夫的《第十星球》（*The Tenth Planet*，1945，苏占区 1947）从当代视角审视太阳系第十个行星塞尔玛（Syalme）上科技臻至完

---

① 保罗·阿尔弗雷德·穆勒（Paul Alfred Müller）、库尔特·沃尔特·罗肯（Kurt Walter Röcken）、弗里茨·马迪克（Fritz Mardicke）、保罗·欧根·希格（Paul Eugen Sieg）、埃里希·多尔扎尔（Erich Dolezahl）和阿克塞尔·伯杰（Axel Berger）等人继续出版作品，其中许多作品用笔名发表。见纳格尔（Nagl）《德国科幻》（*Science Fiction in Deutschland*，1972，pp. 195−196）。有意思的是，我在苏占区的禁书名单上找不到他们的名字或笔名。而且，我在苏占区也未找到任何与他们作品相关的信息。他们的作品后来在东德也在被禁之列。

② 在此期间，伊万·埃夫雷莫夫（Ivan Efremov）的《过去的阴影》（*Ten' minuvshego*，*The Shadows of the Past*，苏占区 1946），拉塞尔·拉金（Lasar Lagin）的《AV 专利》（*Patent AV*，1947）以及瓦伦丁·伊万诺夫（Valentin Ivanov）《能量是我们的仆人》（*Energia podvlastna nam*，*Energy is Our Servant*，1949）出版（Simon and Spittel，p. 21；Schröder，p. 32）。这些俄语姓名的拼写是德语式的，英语拼写方式如下：Iwan Jefremov，S. Beljajew，Iwanow。

美的社会。[①] 塞尔玛星人拥有先进的建筑技术，以空中汽车作为交通工具，拥有隐身本领。在许多方面，他们可说是已进入共产主义社会。但是，这一迷人之地并不总能安享和平。三百年前，为抵御侵略成性的类猿生物，他们就打过世界大战。在历任"元首"（Führers）的改造下，这种生物"仅在外表上保留一些先前的特征，但整个内心已为原先的盗贼式的强烈原始本能所控制。他们不再无害，变成了非人生物"（Belyayev，1947，p. 112）。

这些敌对生物四处袭击，以极其残暴的方式成功征服并摧毁所接触的一切。在这里，别列亚耶夫的故事与当代地球历史不再类似，而是截然不同。塞尔玛星人决定歼灭敌人。一位塞尔玛星人对来访的俄罗斯教授说："看，塞尔玛星人正在净化这些怪物呼出的空气。"（p. 115）而在东德科幻小说中，共产主义社会中的暴力依旧是禁忌话题。

苏占区还出版了一些英美科幻作品。其中一位作家是杰克·伦敦（Jack London），东德发行了他的许多作品。他的作品《铁蹄》（*The Iron Heel*）（苏占区 1948）尤其有趣，这本书虚构了法西斯在美国的发展，与法西斯控制德国的方式如出一辙（Heidtmann，1982，p. 47）。伦敦的小说把"法西斯"西方和美国联系在一起，恰好契合苏联驻德军事管理机构"反法西斯""反帝国主义"的合法化说辞。[②]

为了抵消"晚期资本主义"文学的影响，苏联驻德军事管理机构还允许出版大量早期科幻小说和乌托邦经典作品，包括托马斯·莫尔（Thomas More）的《乌托邦》（*Utopia*）与爱德华·贝拉米（Edward Bellamy）的《回顾》（*Looking Backward*）——此书是东德 1949 年首批出版物之一。1914 年，女权主义及社会主义活动家克拉拉·蔡特金（Clara Zetkin）将这部小说译为《2000 年回顾》（*Ein Ruckblick aus dem Jahre 2000*），以此抗议第一次世界大战。东德编辑认为她为该书所写的前言时至第二次世界大战末期仍具有现实意义，就保留了下来。蔡特金写道："虽然《回顾》缺乏科学社会主义思想的深刻和明晰，但这部小说为现在和未来的社会提供了丰富的建议，包含了许多既具批判意义又富含成效的思想……如今，《回顾》也有许多讲给工人阶级听的话……是的，也许与其他任何时代相比，今天的世界大战已经撕下了最后一层面纱，让我们认识到，要建设社会主义社会，无产阶级必须

---

① 据我所知，这部小说没有英译本。
② 1922 年，德国共产党的马利克出版社（the Malik Verlag）也出版了《铁蹄》（*Mallinckrodt*，p. 18）。

进行斗争。"(Zetkin，1914，pp. 10－11)

蔡特金的这番话为这部小说在东德得以较早出版提供了充足理由，也使此后东德社会主义科幻作品的出版得到认可。

苏占区的首部德国科幻作品

1948 年，冷战开始升温，德国统一的可能性愈发渺茫，新成立的统一社会党（Socialist Unity Party，SED）宣布要在苏占区奠定"社会主义基础"。1948 年 5 月该党召开第一次文化代表大会，会上宣布要密切工人与"新文化"的联系。相应地，所有科学和艺术作品创作均要依据"工人阶级的需要"（Mallickrodt，1984，p. 25）。同年，苏联驻德军事管理机构把出版社移交给德国人。奥夫保出版社、迪茨出版社（Dietz Verlag）、新莱本出版社（Verlag Neues Leben）及当时的其他出版社都由统一社会党及其支持者管理（"Regelung der Tätigkeit von Verlagen"，p. 1）。

1947 年，汉斯·弗雷德里希·朗格（Hans Friedrich Lange）在莱比锡（Leipzig）《财经杂志》（Börsenblatt）上发表文章，公开支持马利克出版社（Malik Verlag）和刊物《左转弯》（Die Linkskurve）重新出版或发表社会主义通俗文学作品的努力。他建议举办有奖竞赛以鼓励新老作家参与通俗文学创作（Lange，1947，p. 235）。这一比赛是否真的举办过尚不清楚。但 1949 年，新莱本出版社首次成功推出《新冒险》（Das Neue Abenteuer；New Adventure）丛书，出版了 11 部作品。[1] 一年后，前进出版社（Verlag Vorwarts）推出了《书写生活的故事》（Geschichten，die das Leben schrieb；Stories That Wrote Life）丛书，但出版时期不长。1952 年《新冒险》丛书再次推出，一直持续至 1990 年，同时冒险、侦探、科幻等类型的小说也相继出版（Neumann，2002，pp. 884－885）。

1949 年德意志民主共和国（GDR）成立前不久，两部科幻小说面世。[2] 一部是路德维希·图雷克（Ludwig Turek）的长篇小说《金色球体》（Die golden Kugel，The Golden Sphere），以不远的未来为背景。另一部是弗雷茨·恩斯卡特（Fritz Enskat）的《囚禁在世界之巅 迷失在北海》

---

[1] 新莱本出版社原名是青年文学出版社（the Verlag für Jugendliteratur），成立于 1946 年 7 月（Mallinckrodt，1984，p. 26）。

[2] 据诺伊曼《文献》（Bibliography）记载，阿尔伯特·西克斯图斯（Albert Sixtus）的《巨山的秘密：年轻人的冒险书》（Das Geheimnis desRiesenhügels. Ein Abenteuerbuch für die Jugend）最初于 1941 年在德国出版，1949 年在苏占区出版。到目前为止，我未能找到 1949 年的版本。

(*Gefangen am Gipfel der Welt. Im Nordmeer verschollen*；*Imprisoned at the Top of the World. Lost in the North Sea*），由两个为年轻读者创作的短篇故事组成。这两部书的出版都由苏联驻德军事管理机构颁发了执照。

图雷克的小说用科幻的质疑空间来表述核战争的内在危险，教育读者西方列强对东德构成了危险。他的作品无论在内容还是在形式上都创下了先例，是首部遵照统一社会党审查机构的要求创作而成的科幻作品，这个审查机构一直（随形势发展）在调整。因此，这部小说的出版标志着科幻小说在东德成为被认可的社会主义文学形式。由于审查的限制，在作品中呈现德国的现状困难重重，因此当时苏占区大多数小说和电影都以过去的德国作为背景。与这一总体趋势不同，图雷克试图通过阐释未来的构想使德国人参与到东德建设中来。图雷克小说的另一独特之处在于它借鉴了库尔德·拉斯维茨（Kurd Lasswitz）的作品，而且，对美国资本家的刻画与汉斯·多米尼克的作品类似。

图雷克本人曾积极参加创始于 1912 年的社会民主工人青年团（Sozialdemokratische Arbeiterjugend；Social Democratic Worker Youth），后来在魏玛共和国时期加入了德国共产党。1929 年他的自传《一个无产者的故事》（*Ein Prolet erzählt*；*A Proletarian Narrates*）一直是德国共产主义"工人文学"（Arbeiterliteratur）的典范之作，即由工人而非文学知识分子来讲述本人的经历。图雷克还与他人合作，为斯拉坦·杜多（Slatan Dudow）的电影《每日的粮食》（*Unser tägliche Brot*；*Our Daily Bread*，1950）创作剧本，该电影由德国国家电影制片厂（DEFA）出品。

《金色球体》主要聚焦迫在眉睫的全球核战争威胁。小说中，西德和美国取代德国成为入侵国，这一修辞策略融入基本叙事之中，用以表明东德的政治合法性。然而，图雷克的小说出版时，"两个德国"尚未成为事实。虽然小说以纽约为背景，但叙事者既非美国人，也非东德人或西德人，而是欧洲人。在这位叙事者看来，战争的起因是资本家的贪婪以及军事上的担忧，这种情绪在美国占据主流。这些"人类孩童摆弄着危险武器和弹药。从上次战争开始，欧洲人就对战争厌烦至极，战战兢兢，但最初目睹即将到来的新屠杀时，他们指望的却是能提高自己的地位"（Turek，1949，p. 10）。

多米尼克的科幻小说和魏玛共和国时期社会主义科幻作品的共同之处是都把资本家视作恶棍。在多米尼克的作品中，外国（通常是犹太）资本家对德意志民族主义构成威胁。贝歇尔的作品《利维西特》（*Levisite*）中，德国和外国资本势力奴役德国工人，还打算再度征召他们入伍参加另一场毁灭性的世界大战。苏占区读者更熟悉的是多米尼克的作品，而图雷克的小说试图一改当时纳粹对外国资本家的偏见，转而支持共产主义。虽然小说本身的反犹倾向不明显，但读者很可能会从小说描写伯利恒钢铁厂厂长的方式推断出其与资本主义的联系。[①]

托马斯·福克斯（Thomas Fox）注意到，东德认为应为纳粹大屠杀担责的是西德，这"无助于激发东德（对纳粹大屠杀的）深入思考"（Fox，1999，p. 12）。到 1949 年，这些政策开始明确下来。抹去德国的负疚感，然后摇身一变成为正派的社会主义受害者，这些做法会带来很多问题，但在苏占区又很普遍，因为需要动员德国人来重建几成废墟的国家。早期东德的科幻小说中，东德和西德判然有别，西德沉沦在好战的、法西斯主义的过去，而东德面向的是和平的、共产主义的未来。与多米尼克精选小说类似，图雷克小说的叙述者也是欧洲人，但小说中不再出现德国叙述者。图雷克的小说并未完全认同莫斯科，而是用被两个世界大国——苏联和美国——前后夹击的欧洲取代了德国。

小说中的"金色球体"是一艘来自金星的宇宙飞船，飞船为了躲避即将爆发的全球核战争，降落在纽约市。小说的主人公是《纽约先驱论坛报》的记者比尔·拉森（Bill Larsen），他同读者一道查明了宇宙飞船的性质和目的。拉森见证了金星人的到来，逐渐深信他们带来的和平信息。他目睹金星人把那些造成世界危险政治局势的人——某些美国资本家和国防部长——变成只有小孩心智的成年人。当米桑托化学公司（Misanto Chemical）的总经理理查德·沃尔顿（Richard Worlton）投票赞成"用核武器攻击"金色球体时，他变得像婴儿般一团稚气。而且，金星人还把伯利恒钢铁厂厂长罗伯特·谢菲尔德（Robert Sheffield）和赫斯特出版社（Hearst Publishing）社长费尔兰·阿兰（Fernand Allain）的想法向全世界广而告之，揭露他们发动战争的图谋以及贪婪罪恶的本性。

对付了敌人后，金星人任命五名美国人担任信使，策动地球和平革命。入选人包括比尔·拉森和他的女同事辛乔索格洛夫（Sinjossoglough），后者又名辛恩，是一名希腊裔美国记者。同时，作家厄普顿·布里顿（Upton Britten）也公开了自己共产党人的身份，他的书在美国曾被封禁。[②] 布里顿

① 实际上，伯利恒钢铁厂以美国宾夕法尼亚州伯利恒市而得名，该厂由阿萨·帕克（Asa Packer）、罗伯特·塞尔（Robert Sayre）和约翰·弗里茨（John Fritz）共同创办。后来该公司在第二次世界大战期间成为美国海军的主要供应商。见《锻造美国：伯利恒钢铁厂的故事》（"Forging America：The Story of Bethlehem Steel"）。

② 此处暗指厄普顿·辛克莱（Upton Sinclair）。

是一位备受尊敬的知识分子，他大声疾呼社会主义革命即将到来。在目睹所奉行的军国主义道路的错误后，美国的阿佩尔斯将军（General Appels）也加入进来。五人中最后一人是詹姆斯·韦斯特兰（James Westerland），他是一名矿工，也是工会会员，罢工失败后被关押在辛辛监狱（Sing Sing）。

金星人在许多方面都代表了理想化的苏联。图雷克的小说把 H. G. 威尔斯（H. G. Wells）的《世界大战》（*The War of the Worlds*，1898）中满怀敌意的火星人改成了热爱和平的金星人。1938 年奥森·威尔斯（Orson Welles）在一次电台节目中播出了这部小说，当时美国听众大为恐慌，以为这是一场真的袭击。图雷克小说中的外星访客派人类使者安抚住惊慌失措的民众。金星人消灭了好斗的帮派，让全世界（尤其是德国人/欧洲人）都拥有实现共产主义革命的能力。在《金色球体》中，呼吁进行共产主义革命的并非金星人，而是地球上的人类。但金星人代表的是一个高度发达的社会，这个社会与马列主义乌托邦有着许多共同的价值观，包括妇女解放这一理念。就其本质而言，金星科技是救赎性的，金星人与地球人分享先进科技，从而开创崭新的时代。

有趣的是，《金色球体》在介绍外星人时，使用的是带有基督教色彩的救赎用语。例如，书中有好几处把聚集在宇宙飞船前的群众称作"朝圣者"（Turek，1949，p. 42）。赫斯特出版社社长费尔兰·阿兰不仅是资本家，而且是渎神者。但为了对抗金星人的读心术，他又拿起了圣经："我父亲的圣经哪儿去了？我三十年都没用过了。把圣经拿过来！我马上就看，我自己的想法得抛到一边。就从这儿开始看吧。"（p. 134）

他一边看，一边逐一批驳每段经文。然而，在这一场景中，阿兰不仅感受到自己正受到一种来自更高处的审判，还意识到手中的权力即将丧失。此外，金星人有神一般的能力，能立即中断地球上所有的通信。他们用一种威严的声音向全世界宣讲。后来，鉴于官方的马列主义无神论立场，此类宗教式的暗指在东德科幻小说中不再出现。这些暗指给正向社会主义事业过渡的人民提供了共同超越的承诺。

与贝歇尔 1931 年以来撰写的小说不同，在《金色球体》中，金星人甫至地球，战后的德国就加入了和平的国际社会主义革命。金星社会没有阶级战争，只有人道主义矛盾；他们的各项法律都建立在诚实、理性、平等的基础上，用金星人艾雷亚（Ereaya）的话说，"（体现了）真正的、包罗万象的自然法则"（p. 107）。如果人类采用新的技术，所有个人的想法都一目了然，战争也就无从发生。虽然美国国防部长谴责这些措施是反民主的，但这类抗议无关紧要（p. 135）。《金色球体》所强调的是金星科技带给个人的好处大于个人损失的自由。

除了引介新科技，《金色球体》还与库尔德·拉斯维茨（Kurd Lasswitz）的故事《零点存在》（*Bis zum Nullpunkt des Seins*；*To the Zero Point of Existence*，1871）和《反世界法》（*Gegen das Weltgesetz*；*Against World Law*，1871）形成了互文。《零点存在》中的一大特色是"奥多迪翁"（Ododion），即"香味钢琴"（Geruchsklavier；Scented Piano），它不仅能奏出和谐的乐声，还能散发出香味迷住听众。玩心未泯的拉斯维茨在第二则故事《反世界法》中加入了类似的乐器——一台"大脑风琴"（Gehirnorgel；brain organ）。金星飞船中传出的音乐声与拉斯维茨的音乐发明效果类似。小说中有好几处都特别强调了这种音乐的舒缓、催人入眠，尤其是在飞船上举办音乐会的时候。与拉斯维茨的故事一样，《金色球体》也未对这种神妙莫测的音乐作出解释，而多米尼克作品以及早期东德科幻小说均给出了冗长的技术描述。此外，《金色球体》把音乐和文学相结合，也呼应了拉斯维茨所强调的批判文学应影响人文价值观发展的观点。但早期东德科幻作品中却几乎找不到美术的一席之地。

而且，图雷克小说虽与拉斯维茨的《双行星》（*Auf zwei Planeten*；*Two Planets*，1897）都基于相似的假设，但态度更为积极。在《双行星》中，外星文化和人类文化融合到一起。然而，人类却无力与外星人共享技术进步。而图雷克小说中的社会主义者接纳了外星生活方式，并成功将其融入地球的环境中。东德文学批评家汉斯·施洛瑟（Hans Schlösser）这样形容图雷克与拉斯维茨的不同之处："路德维希·图雷克提及拉斯维茨的《双行星》时颇有微词，1972 年 10 月的一次谈话中他表达了上述看法。两位作家的共同之处是虽然作品表述严肃，但都充满了幽默、讽刺和释然的欢笑。两人思想观点各异，阶级立场不同，时代背景迥然。"（Schlösser，1982，p. 1）讽刺的是，在这篇评论文章中，施洛瑟认为，既然图雷克是社会主义作家，那么 1988 年东德也理应为拉斯维茨平反。

对图雷克这部小说的评价不多，1950 年《图书管理员》（*Bibliothekar*）刊登了一篇文章，阐明了对该书的两种观点。这也是科幻小说在东德首次被提及。第一位图书管理员评论说《金色球体》填补了现有文学的空白。第二位图书管理员从意识形态角度来阐述对小说的看法，认为小说除后记外，整个基调过于消极，完全依赖外星人这一外来力量才发现资本主义的危险，从而引爆星际革命。为了使作品的理解与东德的目标协调一致，他建议，此类文学必须安排社会主义人类来解决当前世界的问题（"Wir Stellen", pp. 46－47）。

有趣的是，这些批评意见并未指出外星人的存在的异想天开，也没有说金色球体上的技术神妙莫测，它们关注的是动荡分裂的德国出现的阶级冲突。图雷克在小说标注的"必要后记"中，解释了采用"非真实"元素的用意。他建议读者积极参与战后东德的和平与进步斗争。"看完这本书，不要坐在自家屋顶上凝视太空，等待'金色球体'……如果就这样无所事事没有抱负的'作为'，那么，猝不及防间从天而降的只能是原子弹了"（Turek, 1949, p. 171）。图雷克论及逃避现实可能会带来危险，而这也是科幻小说经常招致的批评。图雷克试图通过定义，把"真实"和"幻想"明确区分开来，以便厘清混乱，避免任何不当的解读。

恩斯卡特的一卷本小说《囚禁在世界之巅　迷失在北海》包含两个短篇故事：第一个故事讲述年轻的伯霍尔德·海因勒（Berthold Heinle）的故事。伯霍尔德在耶拿市（Jena）一家机械厂当学徒，就在即将成为工程师，成功开启职业生涯之时，他突然收到失踪已久的哥哥安德烈亚斯·海因勒（Andreas Heinle）发来的神秘紧急呼救信号。安德烈亚斯也在这家工厂工作，是厂里的总工程师，一年多之前在攀登珠穆朗玛峰时失踪。伯霍尔德发现了哥哥的秘密远程通信设备，接收到信息，随即赶往喜马拉雅山展开搜救。最后，凭借伯霍尔德的独创技术，他和哥哥安全返回德国。

第二个故事《迷失在北海》中有三位主人公。第一位名叫保罗·加尔茨（Paul Gartz）。1943 年 9 月，保罗陪同母亲（德国人）冒险登船从美国去莫斯科看望父亲，途中遭遇德国海军袭击。保罗在袭击中登上了一艘弃船，漫无目的地在北冰洋上漂流了十年。第二位主人公亚历山大·奥斯金（Alexander Oskin）就读于北西伯利亚泰加市（Taiga）一所培养青年飞机技师和飞行员的学校。他对北极圈外的未开发之地很着迷，希望成为一名苏联海岸警卫队飞行员。实现当飞行员的目标后，他与以前的同学合作开发出了能飞往北极的飞机。第三位主人公是美国人威廉·韦斯特（William West）。威廉想留在缅因州学物理，但他父亲是一位成功商人，坚持让他去纽约承继家业；威廉虽然还是去了纽约，但偷偷攻读自然科学学位。后来，他在科罗拉多州丹佛市天文台找到了工作。威廉是一位成功的发明家，制造出了一种类似短波收音机的通信设备，能把信息发送到很远的地方。他发明的人体导向信号在全世界都可使用。不出所料，1953 年威廉侦测到保罗的船就在北冰洋，随即用亚历山大那架能飞往严寒地域的飞机救出了保罗。

恩斯卡特小说的重要性在于延续了"未来技术小说"（*technischer*

Zukunftsroman）传统。1936 年弗里茨·马迪克出版社（Fritz Mardicke Verlag）出版了他创作的《马尔索二世》（*Marso der Zweite*；*Marso the Second*）；[①] 第二版改名为《尤尼莫斯飞船》（*Weltraumschiff Unimos*；*Spaceship Unimos*），1941 年在柏林出版。这部小说存世不多，而他后来写的两个短篇故事风格与汉斯·多米尼克的作品类似。恩斯卡特的主人公都是勤奋忠诚、才华横溢、献身科技的年轻人，而非努力工作、从集体中来到集体中去的模范社会主义者。与多米尼克的主人公一样，这些人物完全是自发自愿地发挥自己的天赋。与多米尼克主人公不同的是，他们绝非纳粹分子，也没有公开宣扬种族主义。[②] 恩斯卡特作品的社会主义倾向不像图雷克的那样明显，内容表明作者本人正处于从纳粹出版审查过渡到苏占区出版审查的阶段。恩斯卡特的人物更关心帮助人类获取科技优势，而现阶段建立社会主义并非他们关注的首要问题。

《囚禁在世界之巅》和《迷失在北海》还有其他相似之处，表明德国科幻正从纳粹时期向共产主义时代过渡。多米尼克在多部小说中用新发明来推动情节发展，同时主要以政治经济间谍活动渲染出紧张气氛。恩斯卡特在两部短篇作品中也适当采用了技术创新推动故事进程，但主要关注的还是个人的成功经历。恩斯卡特赞颂珠穆朗玛峰登山队员们表现出的团体意识，但这种同志情谊在生死关头并不罕见。《囚禁在世界之巅》虽在苏占区出版，但书中指涉的是全体德国人民。由于纳粹文化通常与高山环境相关联，这一含义尤为突出。此外，探险队中还保持着等级制度。与德国人相比，尼泊尔的切尔巴人低人一等，甚至在某一场景中被视作次等人类。最后，恩斯卡特把小说的背景设置在地球上的偏远地区，如喜马拉雅山、北极等，与多米尼克、卡尔·梅、儒勒·凡尔纳等的冒险之旅形成呼应。

据官方说法，社会主义现实科幻小说旨在摆脱过去的影响，在苏占区勾勒出崭新的苏式未来图景。然而，这一时期德国科幻的这两部作品都沿用了德国原有的科幻传统，结合了流行度和知名度最高的两位作家拉斯韦茨和多米尼克的特点。此外，这些作品也承继了魏玛共和国早期共产主义科幻的使命，只不过创作时间和地点大不相同。图雷克和恩斯卡特的作品均表明，苏占区重现对科幻小说的兴趣，但这一文类身后仍蒙着厚重的纳粹历史阴影。

---

① 弗里茨·马迪克是纳粹时期知名科幻作家，曾用笔名沃尔夫冈·马尔肯（Wolfgang Marken）、路德维希·奥斯丁（Ludwig Osten）出版作品（Nagl，1972，p.196）。

② 多米尼克人物类型更多资料，参见威廉·费舍尔论著（Fischer，1984，pp.203-213）。

引用文献：

"Ausschaltung der nazistischen und militaristischen Literatur. Bekannt gegeben am 16. September 1945". (1951) BArch DR 2 Page [Bl.] 1.

Belyayev, S. (1947). *Der Zehnte Plante*. Trans. A. Memorskij. Berlin: SWA Verlag.

Chris Krewson, ed (2005). Chapter "'Birth of a Giant' Forging America: The Story of Bethlehem Steel", 2005. 5 November 2004.

Enskat, Fritz (1949). *Gefangen am Gipfel der Welt. Im Nordmeer verschollen*. Halle: Mitteldeutsche Druckerei und Verlagsanstalt.

Feinstein, Joshua (2002). *The Triumph of the Ordinary: Depictions of Daily Life in the East German Cinema, 1949−1989*. Chapel Hill: University of North Carolina Press.

Fischer, William B. (1984). *The Empire Strikes Out: Kurd Lasswitz, Hans Dominik, and the Development of German Science Fiction*. Bowling Green, Ohio: Bowling Green State University Popular Press.

Fox, Thomas (1999). *Stated Memory: East Germany and the Holocaust*. Rochester, NY: Camden House.

Heidtmann, Horst (1982). *Utopische-phantastische Literatur in der DDR*. Diss. Universität Hamburg. Münich: Wilhelm Fink Verlag.

Jäger, Manfred (1995). *Kultur und Politik in der DDR*. Cologne: Edition Deutschland Archiv.

Lange, I. M. (1947). "Von Kolportage, Kriminalroman und Unterhaltungsliteratur". *Börsenblatt* (Leipzig), 22, 234−235.

Mallinckrodt, Anita M. (1984). *Das kleine Massenmedium: Soziale Funktion und politische Rolle der Heftreihenliteratur in der DDR*. Cologne: Verlag Wissenschaft und Politik.

Manifest und Ansprachen bei der Gründungskundgebung des Kulturbundes am 4. Juli 1945 *im Haus des Berliner Rundfunks*. (1945). Berlin, n. p.

Nagl, Manfred (1972). *Science Fiction in Deutschland*. Tübingen: Tübinger Vereinigung für Volkskunde.

Neumann, Hans-Peter (2002). *Die grosse illustrierte Bibliographie der Science Fiction in der DDR*. Berlin: Shayol Verlag.

"Protokoll der internen Besprechung über Verlags—und Buchhandelsfragen." (1947) Barch DR 2/1149 Pages [Bl.] 1−19.

Redlin Ekkehard (1948). "Regelung der Tätigkeit von Verlagen", 1.

Redlin, Ekkehard (1948). "Regelung der Tätigkeit von Verlagen und Druckereien und der Herausgabe von Druckschriften durch den Präsidenten der Deutschen Verwaltung für Volksbildung in der sowjetischen Besatzungszone." Barch DR 2/1149 Pages [Bl.] 1−19.

Schlösser, Hans(1982). Rev. of *Bis zum Nullpunkt des Seins*, by Kurd Lasswitz. BArch DR 1/5432 Pages [Bl.] 1—5.

Simon, Erik and Olaf Spittel(1988). *Die Science-fiction der DDR. Autoren und Werke*. Berlin: Verlag Das Neue Berlin.

Startiz, Dietrich(1986). *Geschichte der DDR*. Neue Folge Band 260. Frankfurt am Main: Suhrkamp.

Stites, Richard(1989). *Revolutionary Dreams: Utopian Vision and Experimental Life in the Russian Revolution*. New York: Oxford.

Turek, Ludwig(1949). *Die goldene Kugel*. Berlin: Dietz Verlag.

"Wir stellen ein Buch zur Diskussion. Turek, Ludwig: Die golden Kugel." (1950). *Bibliothekar* 4.1, 46—47.

"Zeit des Neubeginns. Gespräch mit Sergej Tulpanow." (1979). *Neue Deutsche Literatur* 9:42.

Zetkin, Clara(1914). Introduction. Bellamy, Edward. *Rückblick aus dem Jahre* 2000(Trans. Clara Zetkin; Ed. Hermann Duncker). Berlin: Dietz Verlag, 1949. Trans. of *Looking Backward* 2000—1887. 1888, 10—11.

"Zur Geschichte der utopischen Literatur in der DDR", Potsdamer, 33.

作者简介：

索尼娅·弗里切，美国密歇根州立大学德国研究专业教授，学术人员管理与行政副院长，科幻研究协会副主席，尤为关注东德和东欧的科幻电影和文学。已出版 *Science Fiction Literature in East Germany*（彼得·朗出版社，2006），编辑 *The Liverpool Companion to World Science Fiction Film*（利物浦大学出版社，2014），合编 *Science Fiction Circuits of the South and East*（彼得·朗出版社，2018），目前她参与的项目包括合编 *The Routledge Companion to Gender and Science Fiction*（即将于 2023 年出版）。

Author：

Sonja Fritzsche is professor of German Studies and associate dean of Academic Personnel and Administration at Michigan State University in the United States. She is vice president of the Science Fiction Research Association and has published a number of articles and book chapters on European culture especially science fiction film and literature in East Germany and Eastern Europe. She published *Science Fiction Literature in East Germany*(Peter Lang, 2006), edited *The Liverpool Companion to World Science Fiction Film*(2014, Liverpool UP) and co-edited *Science Fiction Circuits of the South and East* with Anindita Banerjee (Peter Lang, 2018). Her current projects include co-editing *The Routledge Companion to Gender and Science Fiction*(forthcoming 2023)

E-mail: Fritzsc9@msu.edu

译者简介：

潘静文，博士，四川大学外国语学院副教授，研究方向为英美文学与基督教研究。

Pan Jingwen, Ph. D. , associate professor of School of Foreign Languages and Cultures, Sichuan University. Her research interests are British and American literature and Christian studies.

E-mail:1404398087@qq.com

赛博朋克科幻的界定：基于小说时间、作家、作品范围的初步考察[①]

余泽梅

摘　要：赛博朋克科幻主要表现为科技叙事与底层书写的张力结合。本文立足美国的赛博朋克科幻小说，基于其主题和风格特征，从时间、作家和作品三个维度尝试界定赛博朋克科幻，认为就时间维度而言，赛博朋克是一个以 20 世纪 80 年代为轴心的百年科幻连续体；就作家维度而言，是核心作家（吉布森、斯特林、拉克、谢纳、雪利和卡迪根）与相关作家构成的作家群；就作品维度而言，是核心作品和外围作品构成的作品汇聚。三个维度均有广义和狭义之分，彰显了赛博朋克科幻的多面性，折射出 20 世纪复杂的文化变迁，是颇为值得关注的一个领域，而轴心时期的核心作家作品，是赛博朋克科幻研究的首选文本。

关键词：赛博朋克　时间范围　作家群　作品群

Positioning Cyberpunk Science Fiction: A Tentative Survey Based on Ranges of Periods, Authors, and Works

Yu Zemei

Abstract: Cyberpunk science fiction is mainly a hybridity of sci-tec narrative and understratum writing. Based on the themes and styles of the US cyberpunk fiction, this paper offers a tentative definition of this subgenre

① 本文系国家社科基金西部项目"美国赛博朋克科幻小说中的后人类主义研究"（项目批准号：17XWW002）的阶段性成果。

in terms of three ranges: periods, authors, and works. It holds that cyberpunk science fiction, with the 1980s as its axis, involves a continuum of a century-old SF tradition. It is a group of core authors (William Gibson, Bruce Sterling, Rudy Rucker, Lewis Shiner, John Shirley, and Pat Cadigan) and related authors. It is thus a collection of core works by core authors and peripheral works by related authors. Each of the three dimensions presents a cyberpunk fiction either in the narrow sense or in the broad sense, making a multi-faceted cyberpunk world which represents the complex cultural changes in the 20th century. Cyberpunk is therefore a genre worthy of further attention, and the core authors and their works in the 1980s are the first-choice to enter the field of cyberpunk studies.

Keywords: cyberpunk; range of periods; group of authors; group of works

"赛博朋克"似乎已经成为一个热词，从科幻创作、学术研究、文化生产到大众日常，都有赛博朋克的影子出现，不仅指小说、影视、动漫、游戏、音乐、时尚、人物等，还可以指城市，如赛博朋克之都重庆，甚至指某种风格，几乎是只要沾边就可以顺手牵来，其中不乏一些误认，使赛博朋克的内涵无比含混与多变。目前对于什么是赛博朋克，尚无统一的界定。这并非使用者偷懒，而是因为赛博朋克的先锋性决定其来去如风、叛逆性强而拒斥被定义，更是因为赛博朋克涵盖非常复杂的文化现象，具有难以界定的多面性和开放性，任何界定都难免挂一漏万。因此本文仅尝试以美国赛博朋克科幻小说①为切入点，从时间、作家、作品三个维度进行初步的考察，提供一个进入异质纷呈的赛博朋克科幻世界的参考路径。

一、时间：以"轴心赛博朋克时期"为核心的百年科幻连续体

"赛博朋克"一词的构成及词源，已经不是一个陌生的知识点，不再赘述。关于主题，学界内外目前也已经基本上将其与近未来、跨国大公司、人工智能、赛博空间、赛博格、生物医学、纳米技术、边缘人物、亚文化等挂

---

① 赛博朋克科幻是一个全球性的科幻文化现象，限定在美国是因为赛博朋克是以美国为主发展起来的科幻运动，其他国家与地区的赛博朋克科幻在特点、发展轨迹、与美国的关系上，都各不相同，宜另行展开讨论，而限定为小说也是因为影视、动漫、游戏、音乐等领域的赛博朋克表征也跟小说不同，均是可以另起探讨的话题。

钩。关于风格，则认为是"高科技与低生活"的反差型混杂，偏向敌托邦（dystopia）的颓废压抑与反抗（尽管实际上赛博朋克是介于敌托邦与乌托邦之间的存在）。关于赛博朋克科幻小说的出现和发展，也大致认可这么一条线索：1983 年贝斯克（Bruce Bethke）发表短篇小说《赛博朋克》（"Cyberpunk"），"赛博朋克"一词正式出现（当然赛博朋克型的写作其实早就开始[①]）；1984 年科幻编辑杜佐伊斯（Gardner Dozois）撰文使用该词使其进入公众视野；同年吉布森（William Gibson）的长篇《神经漫游者》（Neuromancer）出版，奠定了赛博朋克科幻主题和风格的基调[②]；随后布斯特林（Bruce Sterling）在各种场合的推介加速了赛博朋克的传播与流行，后在杂志和出版社的助推下，形成所谓的"赛博朋克运动"，赛博朋克走向更广阔的大众文化领域，促成了"赛博朋克文化"的出现。1988 年赛博朋克科幻小说被宣告终结[③]，进入所谓的后赛博朋克时期（Person，1998，p. 11）[④]。

这条线索意味着赛博朋克科幻的发展有两个关键节点——1984 年和 1988 年，区分出了赛博朋克科幻小说的三个时期——前赛博朋克时期、赛博朋克时期、后赛博朋克时期，这构成广义的赛博朋克科幻的时间范围，也是目前坊间流传较广的用法。但是赛博朋克还有狭义的也更重要的时间范围，那就是赛博朋克时期，并由此连接起现代科幻的百年传统。

赛博朋克时期是核心时期，可称"轴心时期"，特指整个 20 世纪 80 年

---

① 比如文奇（Vernor Vinge）1981 年的中篇《真名实姓》（True Names），吉布森 1977 年的短篇《全息玫瑰碎片》（"Fragments of a Hologram Rose"）和 1981 年写就、1982 年出版、首提"赛博空间"（cyberspace）一词的短篇《燃烧铬萝米》（"Burning Chrome"），更不用说再往前布鲁纳（John Brunner）等人的作品了，详见后文。

② 赛博朋克的视觉美学奠基者当属 1982 年上映的电影《银翼杀手》（Blade Runner）和《电子世界争霸战》（Tron）。

③ 更有论者认为"赛博朋克在 1986 年就死了，如果不是更早话"（Butler，2000，p. 16），这应当是针对赛博朋克的先锋性减弱和模仿泛滥而言。1986 年也是斯特林编辑的《镜影》（Mirrorshades：The Cyberpunk Anthology）出版的年份，是《廉价真理》（Cheap Truth）出完 17 期（另一期无时间和编号）宣布停刊的年份（斯特林宣布"革命结束"，杂志完成了让科幻真问题得到关注的历史使命），也可以说经典的赛博朋克科幻终结。当然事实是关于赛博朋克的争论这时才刚刚开始，所以也有赛博朋克未死的观点，因为它已经永久地"感染"了科幻，并在经历了沉睡之后，在 21 世纪又开始了复兴（Wheeler，2016，pp. 1−2），但是具有新的特征，成为后赛博朋克科幻的新生力量。

④ 有考证认为"后赛博朋克"一词最早见于作家珀森（Lawrence Person）1998 年发表于《新星速递》（Nova Express）杂志上的《后赛博朋克宣言札记》（"Notes Toward a Postcyberpunk Manifesto"）（Kelly & Kessel，2007，p. ix）。

代。1984 年是"赛博朋克"开始成为一个比较有辨识度的标签的年份①，因为当年出版的《神经漫游者》次年罕见地同时获得雨果奖（Hugo Award）、星云奖（Nebula Award）和菲利普·迪克奖（Philip K. Dick Award），反响巨大，引来众多效仿，成为赛博朋克运动标志性事件，赛博朋克也引起多方关注与热议。但以吉布森为代表的赛博朋克核心作家其实在这之前就已经开始写作这种风格的小说了，《神经漫游者》不过是吉布森之前的短篇小说的汇聚与升华。斯特林的长篇《人造孩子》（*The Artificial Kid*）出版于 1980年，同年还有雪利（John Shirley）的《城市走来》（*City Come A-Walkin*）。吉布森与斯特林早在 1977 年就已有作品出版，前者有短篇《全息玫瑰碎片》，后者有药物主题的长篇《回旋海》（*Involution Ocean*）。所以，赛博朋克科幻的出现时间，可以略微宽泛地往前划到 1980 年左右。而赛博朋克的"终结"时间被认为是在 1988 年②，这一年吉布森出版了"蔓生三部曲"终结篇《重启蒙娜丽莎》（*Mona Lisa Overdrive*），赛博朋克的"光由此关闭"（Landon，1991，p. 240），斯特林的《网内岛》（*Islands in the Net*）也跟《神经漫游者》中的赛博朋克原型写作风格拉开了距离，有意对抗当时泛滥的赛博朋克模仿风潮，之后就出现了越来越多可称为"后赛博朋克"的作品（Person，1998，p. 11）。同年雪利出版"日蚀"系列之二《日蚀半影》（*Eclipse Penumbra*），拉克（Rudy Ricker）出版"件"系列之二《湿件》（*Wetware*），谢纳（Lewis Shiner）出版《心之废城》（*Deserted Cities of the Heart*）且于1991 年 1 月在《纽约时报》（*New York Times*）上发表"赛博朋克已死"的声明。

赛博朋克在短短几年之内从耀升到退场，原因很多，比如其作为一场先锋运动来去如风的特质，迅速程式化引起的过度模仿与滥用，营销的过度与

---

① 奥威尔（George Orwell）的小说《一九八四》（1984）使得 1984 年成为一个备受关注的年份，这一年也确实成为一个具有众多纪念意义的年份：里根政府振兴美国经济政策开始见效，互联网进入第二个年头，苹果公司以回应《一九八四》的广告推出麦金托什个人电脑，赛博文化杂志《梦都 2000》（*Mondo 2000*）的前身《高边疆》（*High Frontiers*）面世，黑客杂志《2600：黑客季刊》（*2600：The Hacker Quarterly*）创刊，首届黑客大会召开并提出"信息生而自由"的宣言，美国国会通过了《1984年综合犯罪控制法案》（*Comprehensive Crime Control Act of 1984*）扩大联邦的犯罪控制司法权，列维（Steven Levy）出版《黑客：电脑革命的英雄》（*Hackers：Heroes of the Computer Revolution*），詹姆逊（Fredric R. Jameson）发表著名论文《后现代主义，或晚期资本主义的文化逻辑》（"Postmodernism, or, the Cultural Logic of Late Capitalism"），等等，这一切都表明，20 世纪 80 年代是一个风起云涌的时代，一个诞生赛博朋克的时代。

② 但是同年《密西西比评论》以两期的规模刊发关于赛博朋克的文章，掀起学界对赛博朋克的讨论热潮，这意味着赛博朋克科幻创作退潮的时候却是赛博朋克科幻研究升温的时候。

退热，朋克运动本身的自毁透支与朋克风格的苍白失势，等等。当然，1988年更多是一个象征性年份，赛博朋克的"终结"之年可以更宽泛一点划到1989年，因为这一年斯特林的《水晶特快》（*Crystal Express*）、雪利的《寻热者》（*Heatseeker*）、卡迪根（Pat Cadigan）的《模式》（*Patterns*）出版，均为80年代创作的短篇小说合集。而1990年雪利、谢纳分别出版了《日蚀冕冠》（*Eclipse Corona*）和《猛击》（*Slam*），赛博朋克科幻小说站到了后赛博朋克时代的门槛上。

后赛博朋克时期指20世纪90年代，也可以指从那时延续至今的30年。这又是一个新的时代，世界局势发生了很大的变化，东欧剧变，欧盟崛起，东亚进一步发展，美国出现"赛博社会"①，公共网络进入日常生活，人们的注意力转向网络世界是怎么样而非可能怎样，科幻的写作也必然发生改变。1991年斯特林就曾撰文明确地表达时代已变的观点，呼吁新人出场："90年代不属于赛博朋克们②，我们还在这里写作，但已经不再是那场'运动'，甚至都不再是'我们'了。90年代属于新一代，属于那些成长于80年代的人，力量和好运属于90年代的地下世界。我不认识你们，但我知道你们就在那里。站出来，抓住机遇，上桌起舞，实现一切，你们可以做到的。我就知道，因为我也曾经在那里。"③ 在斯特林看来，新的时代有新的问题，需要新的作品，需要新的一代人来表达这个时代！果不其然，1992年，比斯特林小5岁、比吉布森小11岁的斯蒂芬森（Neal Stephenson）出版《雪崩》（*Snow Crash*），这部作品比前辈们的赛博朋克多了乐观明丽、饱满精致和黑色幽默，加上之后的《钻石年代》（*The Diamond Age*，1995）、《编码宝典》（*Cryptonomicon*，1999），在延续80年代主题和风格的同时，更集中展现计算机技术以及文化的多元性，是90年代后赛博朋克科幻的优秀代表。与此同时还出现了卡迪根以外的女性赛博朋克作家，如梅森（Lisa Mason）、皮尔西

---

① 该术语为琼斯（Steven Jones）于1994年首创，用于描述计算机技术条件下新的社区形式和社会类型，参见其著作《赛博社会：计算机化的传播与社区》（*CyberSociety*：*Computer-Mediated Communication and Community*）。

② 这里的"赛博朋克"显然是指20世纪80年代那批赛博朋克科幻作家。

③ 此文题目是《90年代的赛博朋克》（"Cyberpunk in the Nineties"），1991年6月发表于科幻杂志《中间地带》（*Interzone*）第48期上，因笔者暂缺纸质版资源而采用了网络资源，此处无页码标注，下同，可参见：http：//lib. ru/STERLINGB/interzone. txt _ with-big-pictures. html。

(Marge Piercy)① 等。另外，吉布森这一批赛博朋克作家们也在 90 年代继续创作，当然内容和风格也在发生变化，某些元素的色彩没那么浓重，或者说另有侧重，但并没有和之前的风格彻底决裂，市场和大众文化也依然为他们保留着赛博朋克的标签。1991 年斯特林和吉布森合作出版了蒸汽朋克作品《差分机》（*The Difference Engine*），拉克分别在 1997 年、2000 年出版《自由件》（*Freeware*）、《真实件》（*Realware*），完成了"件"系列四部曲的创作。雪利的"日蚀"三部曲也是在 1990 年完结，1996 年还出版了赛博朋克中短篇集《爆炸的心》（*The Exploded Heart*）。卡迪根的长篇都是在 90 年代出版的，短篇有不少是在 80 年代写就，但结集出版也都是在 1988 年之后了。后赛博朋克科幻小说在"赛博"与"朋克"的程度与组合上各有千秋，风格也开始与 80 年代的原型若即若离。这种赛博朋克倾向的写作一直延续到 21 世纪，30 年后依然有作品被冠之以（后）赛博朋克的名号进行出版，如 2007 年的《再连接：后赛博朋克选集》（*Rewired：The Post-Cyberpunk Anthology*）②，2014、2016 年的《别样状态：赛博朋克科幻选集》（*Altered States：A Cyberpunk Sci-Fi Anthology*）系列。③ 拉克和斯特林也在 2016 年合作出版了短篇小说集《超写实赛博朋克》（*Transreal Cyberpunk*）。斯蒂芬森的作品有时候被称为后赛博朋克，有时又被称为赛博朋克，他 1999 年的《编码宝典》在 2017 年出版汉译本时，编辑推荐语中使用的标签是"赛博朋克圣经"。波兰女作家、诺贝尔奖获得者托卡尔丘克（Olga Tokarczuk）的小说《世界坟墓中的安娜·尹》（*Anna in the Tombs of the World*，2006）中文版于 2021 年面世时，就有"'赛博朋克'冒险"的推介词，这其中自然不乏出版社营销的需要，也说明赛博朋克的泛化。更不用说各种以"朋克"为后缀的亚类写作了，如太阳朋克（solarpunk）、废土朋克（wasteland punk）、丝绸朋克（silkpunk）等，足见"赛博朋克"一词的深入人心。赛博朋克科幻在进入其他国家之后又衍生出新的内涵。近年来随着人工智能技术的发展，

---

① 皮尔西是 70 年代成长起来的女性科幻作家；梅森则是斯特林同辈中后起的女作家，有法律专业背景，1990 年出版的《阿拉克涅》被收入斯特林的"赛博朋克图书馆藏书清单"。卡迪根一直被视作唯一的女性赛博朋克作家，但事实应该并非如此，具体情况可进一步探究。

② 编者是凯利（James Patrick Kelly）和凯塞尔（John Kessel），作品包括吉布森、斯特林、卡迪根等在 20 世纪 90 年代的作品，也包括一些 20 世纪六七十年代出生的新秀作家在 21 世纪的作品。

③ 编者是布思（Roy C. Booth）和萨尔加多－雷耶斯（Jorge Salgado-Reyes），职业背景均比较多元化，入选的作者年轻化、族裔背景多元化，作品多为 2010 年以后出版，比较契合当今的文化现实，与 20 世纪 80 年代的赛博朋克写作既呼应又疏离，比较宽泛，标志着新一代赛博朋克（或曰后赛博朋克）写作方式的形成。

又出现一轮新的后赛博朋克科幻写作热，并与后人类主义思潮相呼应，如意大利科幻作家沃尔索（Francesco Verso）的《继人类》（*Nexhuman*，2015）。而以色列作家提德哈（Lavie Tidhar）的《中央星站》（*Central Station*，2016），以杂糅风格向 80 年代的赛博朋克科幻致敬，但在主题和风格上更突出人工智能和虚拟技术以及边缘书写，这是和当今的技术发展同步的，突显了科幻的现实性、多样性和国际化，也暗含着地缘政治的新格局，与"轴心时期"的赛博朋克科幻已经有比较明显的区别了。当然，2000 年以来的后赛博朋克的发展还有待进一步观察和梳理。

前赛博朋克时期指 20 世纪 80 年代之前的时段，意味着赛博朋克对科幻传统的超越与继承。赛博朋克科幻小说的根在欧洲的文学传统中，其利用想象针砭当下的做法可以追溯到柏拉图的《理想国》，更不用说还有更早的人类想象传统做铺垫，只是后来随着 18 世纪下半叶现实主义小说的兴起，幻想型虚构才与一般意义上的文学区分开来。这个虚构传统为我们奉献了玛丽·雪莱（Mary Shelley）、威尔斯（H. G. Wells）、斯蒂文森（Robert Louis Stevenson）、伦敦（Jack London）、康拉德（Joseph Conrad）和福特（Ford Madox Ford）等（Butler，2000，pp. 9—10）。但是这样一来，赛博朋克的时间范围确定将是没有尽头且徒劳无功的[1]，唯有将镜头拉近，才能更好地看清赛博朋克的特点。

斯特林在赛博朋克短篇集《镜影：赛博朋克选集》序言中明确指出，赛博朋克科幻小说是 20 世纪 80 年代社会语境的产物，但它深深地扎根于过去 60 年来的现代通俗科幻之中（Sterling，1986，p. x）。如此算来，他指的是 1926 年根斯巴克创办科幻杂志《惊奇故事》（*Amazing Stories*）以来的这一段时间，其间的科幻经历了纸浆杂志时代、黄金时代、新浪潮三个时期，积累了诸多的题材、风格、主题等供后世批判、继承、发扬、超越，才有后来的赛博朋克科幻时期的出现。[2] 赛博朋克科幻扎根的这段时期，可以称作前

---

① 比如网上流传的一份"赛博朋克书单"，类型杂、数量多，颇有特色，应当是资深人士编辑，初入赛博朋克之门者大概率是会迷失在其中的。参见 https：//kyomahooin. github. io/back/Jason Harrison. html.

② 但是需要指出的是，赛博朋克科幻只是科幻的一个亚文类，因为 20 世纪 80 年代本福德（Gregory Benford）和罗宾逊（Kim Stanley Robinson）等作家仍然继续着主流科幻的创作且不乏优质之作。这也体现在罗伯茨（Adam Roberts）《科幻小说史》（*The History of Science Fiction*，2006）、詹姆斯（Edward James）和门德尔松（Farah Mendlesohn）《剑桥科幻文学史》（*The Cambridge Companion to Science Fiction*，2003）的编撰理念中，二者均未以"赛博朋克"来标记 20 世纪 80 年代的科幻，说明"赛博朋克"的标志性尚未达到与"黄金时代""新浪潮"比肩的程度。

赛博朋克时期，也是赛博朋克科幻的前期语境，从中诞生了赛博朋克科幻的各路前辈。

黄金时代的科幻继承了 19 世纪对工业化的热情和对技术与社会进步的向往，在作品中畅想着美好的乌托邦未来，是硬科幻写作的典型代表。赛博朋克的"赛博"部分即是对这种硬派科技写作传统的批判继承，比如阿西莫夫（Isaac Asimov）的机器人主题（只是不一定严守他的机器人定律），尼文（Larry Niven）、安德森（Poul Anderson）、海因莱因（Robert A. Heinlein）的冷峻等，但在斯特林看来，最重要的还是继承经典科幻最核心的东西：有想法！这才是让他们的赛博朋克得以摆脱并反拨当时主流的新浪潮科幻影响的东西，就像朋克音乐脱离华丽摇滚的俗套一样（Sterling，1986，p. x）。当然，黄金时代也不乏敌托邦的写作，认为技术的革新势必将威胁人类的未来，这在新浪潮科幻中得到更充分的展开并被赛博朋克继承下来。

到 60 年代，黄金时代的乐观科幻逻辑面临窘境，因为当时的人造卫星发射、登月计划成功实现了科幻中的太空旅行，但没有进一步走向星辰大海的迹象，却迎来了轰轰烈烈的反文化运动，对抗当时主流的社会政治文化氛围。新一代的作家融合主流文学的元素改造科幻写作，开创了先锋激进、碎片悲观的新浪潮科幻写作模式，弥补黄金时代忽略内心世界的缺陷。赛博朋克的"朋克"部分在很大程度上其实就是新浪潮的延续，但是比新浪潮更"赛博"。新浪潮是科幻跻身主流文学殿堂的尝试，阿尔迪斯（Brian W. Aldiss）、巴拉德（J. G. Ballard）、迪希（Thomas M. Disch）、哈里森（M. John Harrison）、泽拉兹尼（Roger Zelazny）等人也如愿以偿，而艾里森（Harlan Ellison）的街头智慧、德拉尼（Samuel R. Delany）的梦幻性、法默（Philip José Farmer）的沸腾想象、瓦雷（John Varley）的生动性、迪克（Philip K. Dick）的真实游戏、贝斯特（Alfred Bester）"垮掉一代"式的技术想象也很吸引赛博朋克作家（Sterling，1986，p. x）。值得注意的是，同期的主流文学作家，巴勒斯（William S. Burroughs）、德里罗（Don DeLillo），尤其是斯特林，认为在技术与文学的融合上无人能比的后现代主义小说家品钦（Thomas Pynchon）[①] 为了创新也涉足科幻领域，吸取科幻元素和主题写出了一些实验性的、类科幻的作品，推动了新浪潮运动的发展，成为赛博朋克科幻的灵感之源，如巴勒斯的毒品和生物学狂想，他也因此获得"赛博朋克教父"和"赛博朋克第一人"的称号。贝斯克于 1997 年谈到赛博朋克科幻的

[①] 品钦的《万有引力之虹》被拉克称为典型的赛博朋克经典之作（Rucker，1999，p. 315）。

时候，也不忘前人的贡献，并列出了布鲁纳（John Brunner）、伯吉斯（Anthony Burgess）①、贝斯特等作家，认为他们都是重要的赛博朋克科幻前辈。② 新浪潮中有很多英国作家，可见美国科幻发展与英国之间的密切联系。另外，70 年代成长起来的女性主义科幻，代表作家包括勒古恩（Ursula le Guin）、拉斯（Joanna Russ）、皮尔西和小提普特瑞（James Tiptree，Jr.③）等，尽管由于笔触悲观且夹杂着魔幻元素，被硬科幻派视为对现实视而不见的逃避主义者，但她们对科技与性属关系的关注，正是从 80 年代的女性赛博朋克作家卡迪根那里继承下来的。

到 70 年代末 80 年代初的时候，新浪潮科幻失去了当初的锐利与锋芒，赛博朋克科幻是对此颓势的直接反拨。斯特林在 1983 年《廉价真理》的头两期里就明确指出，当时的科幻已经萎靡不振，让位给奇幻写作，挽救岌岌可危的科幻的希望在新兴作家尤其是吉布森身上。④ 这批年轻新锐的科幻作家不满当时的科幻状况，倡导回归科幻本体，回归黄金时代的硬科幻风格，书写当时正蓬勃发展的控制论、信息论、计算机及网络、生物工程等新兴技术，同时融入自己成长过程中经历的反文化元素，而这又恰是新浪潮科幻的底色。所以所谓独具特色的赛博朋克科幻，其实在一定程度上是有选择性的集大成者，是黄金时代科幻和新浪潮科幻的杂糅，是对新浪潮科幻的反叛（类似于朋克音乐对华丽摇滚的反叛）与继承，也是对黄金时代科幻之根的回归（类似于朋克音乐对早期摇滚乐的回归）与超越（并非单纯的技术乐观主义），既是乌托邦的，也是敌托邦的，难怪可以称作"在科幻领域发起了后现代运动"（詹姆斯，门德尔松，2018，p. 270）。他们的成就在于汇聚了那些与当时科技与亚文化密切相关的主题与风格，既突显了科幻的现实关切，也坚持了技术畅想的追求，"赛博"与"朋克"的张力结合，而不是其中任意一面，才是真正的"赛博朋克"作品。这种结合映射着 20 世纪 80 年代的时代精神和文化活力：坦然接受技术已经不可逆转地改变世界的现实，同时又坚信拥有足够

---

① 布鲁纳和伯吉斯都是英国作家，前者有《立于桑给巴尔》（*Stand on Zanzibar*，1968）、《冲击波骑士》（*Shockwave Rider*，1975），后者有著名的《发条橙》（*A Clockwork Orange*，1962），均可看作赛博朋克科幻的前奏。

② 参见 Bruce Bethke，"The Etymology of Cyberpunk"（1997/ 2000）. http：//textfiles. meulie. net/russian/cyberlib. narod. ru/lib/critica/bet _ c0. html.

③ 这是谢尔登（Alice Sheldon）的男性笔名。

④ 该期刊已经电子化，可在网上获取，详情参见 https：//fanac. org/fanzines/Cheap _ Truth/Cheap _ Truth01－01. html；https：//fanac. org/fanzines/Cheap _ Truth/Cheap _ Truth02－01. html.

专业知识的个人可以借着第四次技术变革的浪潮到达系统预料不到的地方（McCaffery，1992，p. 177），再加上拉克意义上高度的信息论复杂性（Rucker，1999，p. 319），才有可能通过时间的检验，成为赛博朋克经典。

综上所述，就时间维度而言，赛博朋克科幻小说拥有一个跨度长达百年的传统，赛博朋克科幻实际上是一个连续体，但这是就广义划分而言的，这期间赛博朋克从萌芽到崛起于科幻圈，再到溢出科幻圈进入大众文化甚至主流文化[①]，乃至被各种爱好者挪用，"但是跟赛博朋克科幻几乎已经没有任何关系"（Levy，2009，p. 156）。"赛博朋克"术语泛化为一个无所不包的标签，任何东西，只要有那么一点相似或联系，都可被称为赛博朋克，这对于赛博朋克文化本身而言，既是必要也是必然，但是对于研究者来说，就可能会因太过宽泛而难以把握。因此，就研究而言，不妨采纳狭义上的赛博朋克时间范围，也就是20世纪80年代这十年的轴心时期，因为这是标记了一个时代的事件和现象，再往前、往后推移就又是另一种时代景观，不宜混为一谈，否则容易对其的研究就会因为"赛博朋克"泛化成科幻的代名词而迷失方向，难以展开，需要做必要的区分。

二、作家：核心作家与相关作家组成的作家群

基于前述时间维度三个时期的区分，赛博朋克科幻作家可以大致分为核心作家和相关作家两类，分属三个不同的时期。赛博朋克核心作家指20世纪80年代那一批新锐赛博朋克作家，相关作家包括同期其他赛博朋克作家、前赛博朋克和后赛博朋克时期的相关作家。但这里依然存在着界定不易的问题。

赛博朋克科幻作家之所以不容易界定，原因之一是作家风格的不稳定性。这首先表现在作家群风格的不统一上。赛博朋克科幻不是吉布森一个人的跑马场，而是一群作家在一个时间段内集体创作的结果，他们可谓生逢其时，差不多同时在科幻界亮相，"突然成熟地、全副武装地出现在一个毫无戒备的世界上"（詹姆逊，2004，p. 2）。这必然意味着风格的差异性，仅常被提及的几位作家的风格差异就足以说明问题。吉布森擅长意识流写作，很符合人的多模态立体感受，所以带入感强，同时因为借鉴硬汉派侦探小说的风格，故事节奏推进快，还擅长融合各种大众文化元素，阅读体验很好。斯特林则长于太空流浪叙事，全新的场景设定、大型的地貌改造等有史诗的气度，展示

---

① 如1988年美国国家航空和宇航局曾研发过一个虚拟电子存在系统，其灵感就来自吉布森《神经漫游者》中凯斯（Case）和莫莉（Molly）共感的情节，该系统也取名为"莫莉"（穆尔，2007，p. 54）。

人——无论是传统的血肉之躯还是增强型的后人类——在太空顽强坚韧的生存意志，当然叙事也因此有拖沓之嫌，不过也可以将其看作一种慢工出细活的风格，同时斯特林喜欢在叙事中插入自己的社会评论。谢纳比较偏爱外太空和国际政治叙事，如《边疆》（*Frontera*，1984）的故事主要发生在火星上，里面涉及苏联的历史；《心之废城》是地球叙事，故事场景罕见地设在作品出版之前的 1986 年，涉及美国干涉墨西哥抵抗武装的历史。相对而言，这两部作品中的赛博特征确实不突出，甚至有学者认为他的作品只能算沾了赛博朋克的边（Butler，2000，p. 16），这可能和谢纳志在主流文学领域有关。谢纳其实也做过摇滚乐手，音乐元素贯穿在他的很多作品中。雪利是一个才华横溢、风格变化多端的多类型写手，他的摇滚乐手身份也使得他长于音乐形象的塑造，《城市走来》《日蚀》（*Eclipse*，1985）中都不乏音乐人的角色，音乐描写极富感染力，"读雪利的作品，有时候我能听到吉他，就像一个可怕无形的声音之墙在啃噬着文本的边缘"（Gibson，1989，p. v），足见其写作的表现力度。拉克长于机器人系列的探索，数学家、哲学家、计算机科学家和朋克乐队主唱的背景使得他的作品具有数学的深奥性，想象激进，还充满"对底层人物的人文关怀"（Sterling，1986，p. 43），朋克性颇浓；《软件》（*Software*，1982）及续集《湿件》（*Wetware*，1988）讲述突破阿西莫夫机器人三定律的机器人的故事，反叛精神浓厚，具有颇深的思想内涵和强烈的反文化活力。身处于赛博朋克这一"大男孩俱乐部中"的女性作家卡迪根则长于多重人格的心理探索，故事主人公多为女性，关注女性与技术的关系。杜佐伊斯在那篇发表在《华盛顿邮报》上的著名文章中提到 16 位新锐作家时，也说他们并不属于某一审美流派或者运动，有的甚至对对方的作品颇为不屑，把他们"团结"在一起的是在新时代变革科幻写作的雄心壮志和文学冒险精神（Dozois，1984，p. 9），正因为如此，赛博朋克世界才显得多姿多彩。

不仅如此，作家风格的不稳定性还体现在同一赛博朋克作家风格的多变上，尤其是他们不会只局限于赛博朋克写作。文奇（Vernor Vinge）在 1981 年完成《真名实姓》之后，就改变了对近未来的关注，后来的《深渊上的火》（*A Fire Upon The Deep*，1992）则属于太空歌剧了（詹姆斯，门德尔松，

2018，pp. 151−152）①。吉布森在《神经漫游者》之后的作品也都逐渐偏离了自己奠定的风格和主题，到 90 年代更是出现了一些比较明显的差异，比如《虚拟偶像爱朵露》（*Idoru*，1996）和之前的作品相比就要温暖不少，他还开始写幽默短篇。其他几位也在赛博朋克获得主流媒体的关注且被大量模仿后主动改变写作方向了。斯特林的《人造孩子》讲述一个朋克的流浪，《分裂矩阵》（*Schismatrix*，1985）是一部太空歌剧，《网内岛》则开始探讨最初的赛博朋克未深入涉及的技术的政治问题，一定程度上标志着斯特林与赛博朋克原型的分道扬镳。斯特林对历史幻想情有独钟，后来还跟吉布森合作出版了蒸汽朋克经典《差分机》。谢纳也写主流小说和神秘小说，雪利写恐怖小说，卡迪根《脑玩者》（*Mindplayers*，1987）内心描写细腻，《合成人》（*Synners*，1991）则多了硬朗，更不用说拉克早在 1983 年就发表的著名的《超写实宣言》（"A Transrealist Manifesto"）探索先锋写作（Rucker，1999，pp. 301−303）②，还关注中空地球说。1986 年入选斯特林《镜影》的菲利波（Paul Di Filippo）在 1996 年以短篇集《核糖放克》（*Ribofunk*，1996）开创了生物朋克的亚文类。种种迹象表明，赛博朋克作家本身就具有不同的科幻审美，更不愿意落入模式化写作的窠臼，这也是赛博朋克科幻多样性、丰富性和复杂性的体现。不过在斯特林看来，这些都无关紧要，只要他们 5 人之中有一个人活着，赛博朋克就不会真的"死亡"③。时间也证明了这一点，25 年后的 2016 年，他与拉克合作出版了短篇小说集《超写实赛博朋克》，收录 1985 年到 2015 年间二人合作完成的故事 9 篇，让我们又看到别样的赛博朋克。

赛博朋克作家不易界定的第二个原因在于人们理解的差异性，人们对哪些作家算是赛博朋克作家看法不一。在国外，让赛博朋克进入大众视野的杜佐伊斯所用的"赛博朋克"指涉斯特林、吉布森、谢纳、卡迪根、贝尔（Greg Bear）5 人，因为他们书写的是奇异犀利的高科技内容（Dozois，

---

① 文奇因为《真名实姓》有时也被称为赛博朋克之父——吉布森的同样描写赛博空间的《神经漫游者》是在 3 年后才出版的。当然，《神经漫游者》的前身之一《燃烧铬萝米》也是在 1981 年完成并在同年秋季在科罗拉多的一个科幻研讨会上宣读，但是次年才出版，参见 https://en. wikipedia. org/wiki/Burning_Chrome，可见当时对赛博空间的想象并不局限于某一位作家，而是整个时代的思考，问题只是由谁最早以什么方式将其表达出来而已。

② 即"超写实主义"，英文为 transrealism，这是一种解放作者和文本的创新写作论，是写实主义与科幻小说的结合。为避免跟 surrealism（超现实主义）和 hypereal（超真实）相混淆，本文暂时将其译为"超写实主义"。另，艺术界还有"转思写实主义"（trans-realism）的译法。

③ 参见 http://lib. ru/STERLINGB/interzone. txt_with-big-pictures. html.

1984，p. 9），但是其中开创纳米技术主题的贝尔本人却不太认同自己的赛博朋克身份，否认自己属于赛博朋克运动的成员，觉得这无非是一个营销标签而已。吉布森也有否认自己是这场运动成员的时候（詹姆斯，门德尔松，2018，p. 153），而拉克则不介意这个标签，认为这个词还是颇能说明一些关于科幻的基本问题的（Rucker，1999，p. 319）。斯特林将自己与吉布森、雪利、拉克、谢纳 5 人封为赛博朋克的核心人物，是最"赛博朋克"的作家，"赛博朋克"是可以刻在他们墓碑上的词，无论什么人，无论什么事，都抹不去这个铭刻，因为他们是在 80 年代早期最先被称为赛博朋克作家的人，他们的写作构成了赛博朋克风格的内核，为其他作家提供了可资借鉴的元素，并引发了赛博朋克运动，而被他纳入 1986 年《镜影》中的其他 6 位作家［卡迪根、贝尔、凯利①、菲利波、马多克斯（Tom Maddox）、莱德罗（Marc Laidlaw）］，倒是可以自由决定自己与赛博朋克运动的关系。② 首创"赛博朋克"名字的贝斯克③在 1997 年提到过以下几位赛博朋克代表人物：吉布森、卡迪根、拉克、贝尔、奎克（W. T. Quick）、威廉姆斯（Walter Jon Williams）、斯万维克（Michael Swanwick）。④ 而卡迪根 2002 年在自己编辑的《终极赛博朋克》（*The Ultimate Cyberpunk*）中收入了自己、斯特林所称 5 位核心作家和贝尔在 80 年代的作品，还增加了前赛博朋克时期作家贝斯特、迪克、考德维纳·史密斯（Cordwainer Smith）、小提普特瑞以及后赛博朋克时期英国的作家麦考利（Paul J. McAuley）的作品。⑤ 研究赛博朋克科幻的学者一般都有比较明确的分类意识。⑥ 美国学者麦克黑尔（Brian McHale）区分了内圈核心作家（斯特林、吉布森、雪利、拉克、谢纳）和外圈松散作家群［贝尔、卡迪根、莱德罗、马多克斯、斯万维克、威廉姆斯、

---

① 凯利被收入的故事是《至日》，有浓郁的基因改造和药物元素，但他认为自己当时更偏向人文主义科幻，其实是赛博朋克的对立面（Kelly，Kessel，2007，p. vii），由此可见《镜影》选文标准的不统一性，但这并不影响斯特林借此为新兴的赛博朋克运动造势目的的实现。

② 参见 http://lib. ru/STERLINGB/interzone. txt _ with-big-pictures. html.

③ 有学者认为这名字可能在贝斯克之前就有了（Butler，2003，p. 9）。

④ 参见 http://textfiles. meulie. net/russian/cyberlib. narod. ru/lib/critica/bet _ c0. html.

⑤ 这也是 90 年代的一个特点：后赛博朋克中有不少英国作家。这也可以从英国学者巴特勒的梳理中看出来（Butler，2000）。

⑥ 赛博朋克科幻研究的领军人物麦卡弗瑞（Larry McCaffery）也在 1991 年编辑出版了《猛击现实工作室：赛博朋克与后现代小说选辑》（*Storming the Reality Studio: A Casebook of Cyberpunk and Postmodern Science Fiction*，1991），其中收录了 25 位作家的作品节选，但是没有分类，包括了一部分前赛博朋克时期的作者，1992 年在与谢纳的一次访谈中将吉布森、斯特林、谢纳、拉克和雪利 5 人归在"赛博朋克作家"名下（McCaffery，1992，p. 177）。

卡德雷（Richard Kadrey）、谢泼德（Lucius Shepard）]（McHale, 1992, pp. 243－244）。英国学者巴特勒（Andrew Butler）给出了核心作家名单（吉布森和斯特林），然后在"赛博朋克运动"的名称下列入了贝尔、卡迪根、莱德罗、马多克斯、拉克、谢纳和雪利，另外还提供了一系列后赛博朋克和有赛博朋克元素的作家名单（以英国作家为主），其中不乏女性作家（2000, pp. 19－71）。《科幻百科全书》（*The Encyclopedia of Science Fiction*）在"赛博朋克"词条中除了列出斯特林、吉布森、拉克、谢纳、雪利5位主要倡导者，还列举了其他一些或近或远的作家，甚至在卡迪根之外还另增了5位女作家①，这是不太常见的，因为常被跟赛博朋克联系在一起的女作家常常只有卡迪根。除此以外，读者群中也流传各种相关名单，零散性就更强了，但也可见一定的集中性，且不乏有见地的提名，如有网文提到布拉德伯里（Ray Bradbury）1950年的短篇《大草原》（"The Veldt"）和波尔（Frederik Pohl）1955年的短篇《地下隧道》（"The Tunnel under the World"）。② 而网络数据库"赛博朋克工程"（The Cyberpunk Project）列出的赛博朋克作家也颇为宽泛，涵盖前、后赛博朋克时期的作家，多达18人（近70部作品）③，包括不太常被提及的贝斯克④，布鲁纳、文奇、布鲁姆林（Michael Blumlein）、墨菲（Pat Murphy）、迈克尔·马歇尔·史密斯（Michael Marshall Smith）等。

中国对赛博朋克作家的认定有比较明显的过滤性，主要集中在几位核心作家以及少数相关作家身上，如吴岩提到吉布森、斯特林、卡迪根、贝尔、拉克、谢纳、雪利以及偶被提及的杰特（K. W. Jeter）等。⑤ 郑军提过吉布森、斯特林、贝尔、谢纳等人（2011, p. 181）。萧星寒提到过赛博朋克包括吉布森、斯特林、斯蒂芬森、文奇、雪利、谢纳、拉克、卡迪根、贝斯克等9位作家，比较推崇前4位（2011, pp. 77－83）。学者中，方凡认为赛博朋

---

① 包括多尔茜（Candas Jane Dorsey）、汉德（Elizabeth Hand）、阿克尔（Kathy Acker）、康斯坦丁（Storm Constantine）、米莎（Misha Nogha）等，参见 https://sf－encyclopedia. com/entry/cyberpunk. 另外，著名的《科幻百科全书》在线版（第四版）于2021年10月6日上线，编辑说明参见 https://sf-encyclopedia. com/entry/introduction _ to _ the _ third _ edition.

② 参见 http://www. fpwap. com/article/page/251563. html.

③ 参见 http://project. cyberpunk. ru/idb/books. html.

④ 贝斯克贡献了第一篇以"赛博朋克"命名的故事，却很少被视作核心的赛博朋克作家，他自己也很谦虚，认为吉布森的《神经漫游者》才是赛博朋克主题的标志性作品，参见 http://textfiles. meulie. net/russian/cyberlib. narod. ru/lib/critica/bet _ c0. html.

⑤ 参见 http://www. chinawriter. com. cn/2013/2013－10－17/177918. html.

克作家包括吉布森、卡迪根、菲利波、斯蒂芬森、斯特林、雪利和拉克，并将重点放在前 4 位身上（2012，pp. 3－5）；姜振宇提到吉布森、斯特林、雪利、《镜影》中的作者谢泼德（2019，p. 29）；江玉琴提到了贝斯克、斯特林、卡迪根和吉布森（2021，p. 145）。读者中，吉布森、斯蒂文森和文奇①的作品享有颇高的知名度，当然还有赛博朋克的号手斯特林。

从上述长长的名单梳理中不难发现，赛博朋克作家有自封和他封的，有接受和不接受的，所以名单各有千秋，难以达成统一，因此赛博朋克作家是一个松散的群体。但是仔细分析这些名单，不难发现，有一些名字的出现频率非常高，代表着赛博朋克作家群的公约数，基本上可以认为是比较典型的赛博朋克作家，且刚好主要集中在轴心时期，这也符合赛博朋克是 20 世纪 80 年代产物的事实，不妨将他们视作核心作家。除此以外，还可以考虑作家的影响与自我界定、国内外学界和读者的认定以及与赛博朋克主题的相关性，这样名单中的作家就可以分为核心作家和相关作家。核心作家指 80 年代那批赛博朋克科幻作家中辨识度和接受度高的作家，同期其余的赛博朋克作家和此前、此后的赛博朋克作家则划归相关作家，他们共同构成赛博朋克作家群。这是一个涵盖了美国、英国、澳大利亚和加拿大作家的群体，以下名单仅包含美国作家：

表 1　赛博朋克小说作家名单（美国）

类　型		作　家
核心作家		吉布森，斯特林，谢纳，雪利，拉克，卡迪根
相关作家	轴心赛博朋克时期	文奇，穆尼（Ted Mooney），贝尔，贝斯克，杰特②，谢泼德，墨菲，莱德罗，凯利，威廉姆斯，斯万维克，布鲁姆林，卡德雷，奎克
	前赛博朋克时期	布拉德伯里，沃尔夫（Bernard Wolfe），波尔，安德森，贝斯特，C. 史密斯，巴勒斯，迪克，艾里森，德拉尼，法默，斯宾拉德，品钦，小提普特瑞，瓦雷
	后赛博朋克时期	汉德，梅森，马多克斯，斯蒂芬森，皮尔西，凯利，贝斯克，菲利波，布思

需要说明的是，前赛博朋克时期名单中多新浪潮时期的作者，或可说明

---

①　对比国内外的名单，有个有意思的现象：以《真名实姓》著称的文奇在国外名单中不怎么出现，但在国内却有颇高的知名度，这表明赛博朋克科幻在中国的译介与传播有其自身的接受机制。

②　杰特是迪克与赛博朋克之间的桥梁，他的第一部小说《阿德医生》（Dr. Adder）完成于 1972 年，但因内容原因迟至 1984 年才出版，故此处仍将杰特放在轴心时期。

赛博朋克与新浪潮的血缘关系。另外，后赛博朋克时期的相关作家还有待补充和完善，尤其是2000年以后的，这是科幻写作更趋多样和杂糅的时代，作家的写作类型稳定性变弱，亚文类之间的界限日趋模糊，更需要时间的沉淀。

三、作品：核心作品和外围作品构成的作品汇

有了上述时间和作家范围的划分，作品范围就相对容易确定了，但是这个名单的制定依然存在一些困扰。因为多数作家的写作生涯跨越了几个时期，前赛博朋克时期的作家在轴心时期甚至之后继续有所创作，比如新浪潮时期作家法默的《返回地球的宇宙人》（*Behind the Walls of Terra*，1970）所属的"层级世界"系列一直延续到90年代，70年代女性主义科幻作家的皮尔西在90年代也还有作品可以归入后赛博朋克范畴。轴心时期的作家也会进入后赛博朋克时期，创作也会有变化。斯特林曾发文称，如果说他们5位核心作家就是"赛博朋克"的话，那赛博朋克作品就是"赛博朋克们所写的一切"[①]，那他们在80年代之后的作品算赛博朋克还是后赛博朋克？本文认为，可以将名单锁定在作家主要的创作期（创作活跃期），一般在10~20年之间，尤其是前、后赛博朋克时期相关作家的作品，一两部代表作即可，这可以避免名单的冗长，也利于突出核心时期的创作。

就具体的名单而言，现有的一些做法也颇有启发意义。斯特林曾编制过"赛博朋克图书馆藏书清单"，将作品分成两类，一类是"经典"，包括前文表1中6位核心作家以及贝尔的作品，一类是"其他有用的"，包括他们以及斯蒂芬森等后赛博朋克作家的作品，这样的划分很具代表性（Cadigan，2002，pp. 383－387）。另外，巴特勒将作品分为4类：核心类（吉布森和斯特林的作品），赛博朋克运动类，后赛博朋克类，有赛博朋克元素类。本文结合斯特林和巴特勒的分类方式，加入前述时间和作家的维度，同时考虑具有代表性的赛博朋克主题以及在国内的认知度，将赛博朋克小说分为核心作品和外围作品，分别置于3个时期：轴心赛博朋克时期、后赛博朋克时期、前赛博朋克时期。据此制作如下名单：

---

① 参见 http://lib. ru/STERLINGB/interzone. txt _ with-big-pictures. html.

表 2　赛博朋克小说作品名单（美国）

类型	时期	作家	作品
核心作品	轴心赛博朋克时期	吉布森	《神经漫游者》、《零伯爵》（*Count Zero*，1986）、《重启蒙娜丽莎》、《燃烧铬萝米》（*Burning Chrome*，1986，短篇集）
		斯特林	《回旋海》①、《人造孩子》、《分裂矩阵》、《网内岛》、《镜影》（多人短篇集）、《水晶快车》（短篇集）
		拉克	《白光》（*White Light*，1980）、《时空甜圈》（*Spacetime Donuts*，1981）、《软件》、《湿件》、《超写实！》②（*Transreal！*，1991，短篇集）、《符号文本科幻》③（*Semiotext（e）SF*，1989，多人短篇集）
		谢纳	《边疆》《心之废城》《关于宇宙的九个难题》（*Nine Hard Questions About the Universe*，1983，短篇集）
		雪利	《城市走来》《日蚀》《日蚀半影》《寻热者》（短篇集）
		卡迪根	《脑玩者》《模式》（短篇集）
	后赛博朋克时期	吉布森	《差分机》（与斯特林合著）、《虚拟之光》（*Virtual Light*，1993）、《虚拟偶像爱朵露》、《明日之星》（*All Tomorrow's Parties*，1999）
		斯特林	《恶劣天气》（*Heavy Weather*，1994）、《圣火》（*Holly Fire*，1996）、《精神错乱》（*Distraction*，1998）、《全球头脑》（*Globalhead*，1992，短篇集）
		拉克	《黑客与蚂蚁》（*The Hacker and the Ants*，1994）、《自由件》、《真件》、《超写实赛博朋克》（与斯特林合作短篇集）
		谢纳	《猛击》、《力物边缘》（*The Edges of Things*，1991）、《瞥见》（*Glimpses*，1993）
		雪利	《日蚀冠冕》、《爆炸的心》（中短篇集）
		卡迪根	《合成人》、《傻瓜》（*Fools*，1992）、《空杯茶》（*Tea from an Empty Cup*，1998）、《海边之家》（*Home by the Sea*，1992，短篇集）、《苦活》（*Dirty Work*，1993，短篇集）

①　本书出版于 1977 年，为便于阅读纳入此时期。

②　本书出版于 1991，但收录拉克之前的所有短篇，故放在轴心时期。

③　这是由学术刊物演变成独立出版物的《符号文本》［*Semiotext（e）*］的科幻特辑，拉克是编辑之一，入选作者跨度较大，作品内容尺度也比较大，较有争议。具体目录参见"因特网推想小说数据库"（Internet Speculative Fiction Database），http://isfdb. stoecker. eu/cgi-bin/pl. cgi?29574.

续表2

类型	时期	作家	作品
外围①作品	轴心赛博朋克时期	文奇	《真名实姓》（中篇）、《塔迦·格林的世界》（*Tatja Grimm's World*，1987）
		穆尼	《异星速达》（*Easy Travel to Other Planets*，1981）
		贝尔	《血里的音乐》②（"Blood Music"，1983，短篇）、《永世》（*Eon*，1985）
		贝斯克	《赛博朋克》（短篇）
		杰特	《阿德医生》
		谢泼德	《绿眼》（*Green Eyes*，1984）、《战时生活》（*Life During Wartime*，1987）
		墨菲	《坠落的女人》（*The Falling Woman*，1986）
		莱德罗	《爸爸的原子弹》（*Dad's Nuke*，1986）
		威廉姆斯	《硬链接》（*Hardwired*，1986）
		布鲁姆林	《群山的运动》（*The Movement of Mountains*，1987）
		斯万维克	《真空之花》（*Vacuum Flower*，1987）
		卡德雷	《地下噬菌体》（*Metrophage*，1988）
		奎克	《肉与沙之梦》（*Dreams of Flesh and Sand*，1988）、《神与人之梦》（*Dreams of Gods and Men*，1989）
		凯利	《望太阳》（*Look into the Sun*，1989）
	后赛博朋克时期	汉德	《冬日漫长》（*Winterlong*，1990）
		梅森	《阿拉克涅》（*Arachne*，1990）、《赛博网》（*Cyberweb*，1995）
		马多克斯	《光晕》（*Halo*，1991）
		皮尔西	《他，她和它》（*He，She，and It*，1991）
		斯蒂芬森	《雪崩》（1992）、《钻石年代》（1995）、《编码宝典》（1999）
		凯利	《野生命》（*Wildlife*，1994）、《再连接：后赛博朋克选集》（多人短篇集）
		贝斯克	《脑崩》（*Headcrash*，1995）
		菲利波	《核糖放克》（短篇集）
		布思	《别样状态：赛博朋克科幻选集》（Ⅰ、Ⅱ，多人短篇集）

---

① 外围作品这一部分主要按出版时间先后排序。

② 本故事出版于 1983 年，后来扩展成长篇于 1985 年出版。

类型	时期	作家	作品
外围作品	前赛博朋克时期	布拉德伯里	《大草原》（短篇）
		沃尔夫	《林波态》（又译《地狱边境》，*Limbo*，1952）
		贝斯特	《可爱的华氏度》（"Fondly Fahrenheit"，1954，短篇）、《计算机互联》（*The Computer Connection*，1975）
		安德森	《脑波》（*Brain Wave*，1954）
		波尔	《地下隧道》（短篇）
		C. 史密斯	《龙鼠博弈》（"The Game of Rat and Dragon"，1955，短篇）
		巴勒斯	《赤裸午餐》（*The Naked Lunch*，1959）
		迪克	《全面回忆》（"We Can Remember It for You Wholesale"，1966，中短篇）、《仿生人会梦见电子羊吗?》（*Do Androids Dream of Electric Sheep?*，1968）
		艾里森	《危险的幻想》（*Dangerous Visions*，1967，短篇集）
		德拉尼	《新星》（*Nova*，1968）
		法默	《走向你们散落的身体》（*To Your Scattered Bodies Go*，1971）
		斯宾拉德	《铁梦》（*The Iron Dream*，1972）
		品钦	《万有引力之虹》（*Gravity's Rainbow*，1973）
		小提普特瑞	《接入的女孩》（"The Girl Who was Plugged In"，1973，中篇）
		瓦雷	《蛇夫座热线》（*The Ophiuchi Hotline*，1977）

同样需要说明的是，表 2 中的外围作品，尤其是前赛博朋克时期所列名单远不完整，这没必要也不可能，仅列举部分代表性作家及他们的一两部代表作，因为对赛博朋克有影响并不等于就是赛博朋克，具体作品还需要进一步筛选。后赛博朋克时期的名单还有较大的完善空间，但目前这一块的梳理尚未展开，留待将来或有意的同行来完成。所以这是一个动态的表格，读者可以根据自己的阅读来判断并增删，形成自己的阅读和研究名单。但是无论什么样的名单，作品与作品之间，哪怕是同一个作家的作品，都必然存在各种差异，这正是赛博朋克小说多样性的体现，其原因多种多样，值得探究。

开创科幻文类严肃研究的苏恩文（Darko Suvin）曾指出，全面考察赛博朋克科幻不仅不可能，在方法论上也是颇难解决的，所以他倾向于选取具有代表性的作家作品（Suvin，1991，p. 351），足见赛博朋克的界定之难。上述梳理也证明了这一点，所以本文仅是一个初步的尝试，希望借此管窥 20 世纪 80 年代科幻的活力之所在，以及赛博朋克小说为什么会是如此复杂的存在。其实作家们总是以这样或那样的方式延续着科幻的传统，但他们之间又是那么的不同，将他们联系起来共享一个名称的或许正是对创新的永恒追求，对现实的永恒关切，对人类命运的深切关怀。就研究而言，20 世纪 80 年代（轴心时期）核心作家的作品是进入赛博朋克世界的首选，因为它们糅合了之前的传统，并在之后被发扬光大，从这里进入，可以透视整个科幻传统；同时这一时期也是计算机、网络、生物技术等开始突飞猛进的时代，赛博朋克科幻也记录和表达了这样的时代，从中可以窥见 20 世纪波谲云诡的文化变迁，是颇为值得关注的一个领域。

引用文献：

方凡（2012）. 美国后现代科幻小说. 杭州：浙江大学出版社.

江玉琴（2021）. 中国赛博朋克文化表征及话语建构. 深圳大学学报，38（5），143−151.

姜振宇（2019）. 赛博朋克的跨洲演变：从菲利普·迪克到陈楸帆. 南方文坛，4，29−34.

穆尔（2007）. 赛博空间的奥德赛——走向虚拟本体论与人类学（麦永雄，译）. 桂林：广西师范大学出版社.

萨萨（2016）. 科幻小说一直在虚构的世界中进行虚拟的想象. http：//www. fpwap. com/article/page/251563. html. ［2021−12−23］.

吴岩（2013）. 世界科幻小说发展简史. http：//www. chinawriter. com. cn/2013/2013−10−17/177918. html. ［2021−08−25］.

萧星寒（2011）. 星空的旋律：世界科幻小说简史. 苏州：古吴轩出版社.

詹姆斯，门德尔松（2018）. 剑桥科幻文学史（穆从军，译）. 天津：百花文艺出版社.

詹姆逊.（2004）. 全球化与赛博朋克（陈永国，译）. 文艺报，07−15，02.

郑军（2011）. 第五类接触：世界科幻文学简史. 天津：百花文艺出版社.

Bethke, B.（1997/2000）. "The Etymology of Cyberpunk". http://textfiles. meulie. net/russian/cyberlib. narod. ru/lib/critica/bet_ c0. html. ［2019−07−23］.

Butler, A. M.（2000）. *Cyberpunk*. Harpenden, Herts, UK：Pocket Essentials.

Butler, A. M.（2003）. "Postmodernism and Science Fiction". In James, Edward and Farah Mendlesohn（Eds.）. *The Cambridge Companion to Science Fiction*. Cambridge, UK：Cambridge University Press.

Cadigan, P.（2002）. *The Ultimate Cyberpunk*. New York. ibooks.

Dozois, G.（1984）. "Science Fiction in the Eighties". *Washington Post*, December 30, Science Fiction/Book World Section, 9.

Gibson, W.（1989）. "Introduction". In Shirley, John. *Heatseeker*. Los Angeles：Scream/Press.

Kelly, J. P. , Kessel, J. (2007). "Hacking Cyberpunk". In Kelly, J. P. , Kessel, J. (Eds.). *Rewired: The Post-Cyberpunk Anthology*. San Francisco, CA: Tachyon Publications.

Landon, B. (1991). "Bet on It: Cyber/video/punk/performance". In McCaffery, Larry(Ed.). *Storming the Reality Studio: A Casebook of Cyberpunk and Postmodern Science Fiction*. Durham: Duke University Press.

Levy, M. (2009). "Fiction, 1980−1992". In Bould, Mark et al (Eds.). *The Routledge Companion to Science Fiction*. London and New York: Routledge.

McCaffery, L. (1992). "Skating Across Cyberpun's Brave New Worlds: An Interview with Lewis Shiner". *Critique*, 33(3), 177−196.

McHale, B. (1992). *Constructing Postmodernism*. London and New York: Routledge.

Person, L. (1998). "Notes Toward a Postcyberpunk Manifesto". *Nova Express*, 4(4), 11−12.

Riche, D. "The Cyberpunks Reinvent Science Fiction". http://project. cyberpunk. ru/idb/ cyberpunks _ reinvent _ scifi. html. [2021−12−12].

Rucker, R. (1999). *Seek!*. New York: Four Walls Eight Windows.

Sterling, B. (1986). *Mirrorshades: The Cyberpunk Anthology*. New York: Ace Books.

Sterling, B. (1991). "Cyberpunk in the Nineties". http://lib. ru/STERLINGB/interzone. txt _ with-big-pictures. html. [2021−12−20].

Suvin, D. (1991). "On Gibson and Cyberpunk SF". In McCaffery, Larry(Ed.). *Storming the Reality Studio: A Casebook of Cyberpunk and Postmodern Science Fiction*. Durham: Duke University Press.

Wheeler, I. L. (2016). "Introduction". In Booth, R. C. , Salgado-Reyes(Eds.), *Altered States Ⅱ: A Cyberpunk Anthology*. London: Indie Authors Press.

作者简介：

余泽梅，博士，重庆大学外国语学院副教授，主要研究领域为文化理论与赛博朋克科幻。

Author:

Yu Zemei, Ph. D. , associate professor of School of Foreign Languages and Cultures, Chongqing University. Her research focuses on cultural theories and cyberpunk science fiction.

E-mail: yuzemei@cqu. edu. cn

批评理论与实践 ●●●●●

危机中的构建：论马韦尔早期诗歌中的认同与诗学

崔梦田

摘　要：论文聚焦马韦尔早期诗歌中的认同与诗学，分析诗人危机时刻于多个维度构建认同的尝试，并揭示其如何经由诗学缓解时代冲突。首先，面对传统与现代性认同的分野，马韦尔承认现代性认同难以避免，选择勇敢面对并以诗歌记录抗争。其次，马韦尔早期诗歌中的政治认同并不明确，对比之下，他对巧智运动的文化认同更为显著。最后，目睹内战带来的撕裂，洞察英国未来的不确定性，马韦尔无法泰然安放自己的政治认同，他选择构建含混诗学，以此缓和自身的内在张力，并寻求冲突双方的和解。

关键词：马韦尔　认同　诗学　含混

The Construction during the Crisis: On Identity and Poetics in Marvell's Early Poems

Cui Mengtian

Abstract: This article focuses on identity and poetics in Marvell's early poems, analyzes the poet's multidimensional attempts at constructing identity, and reveals how he alleviates the contemporary conflicts by means of

106

poetics. Firstly, confronted with the divergence between traditional and modern identities, Marvell finds the latter inevitable, chooses to face up to it, and recounts the story of his struggle in poems. Secondly, Marvell does not demonstrate a distinct political identity in his early poems. By comparison, the cultural identification with the cause of wit is more prominent therein. Finally, witnessing the polarization after the English Civil Wars, and perceiving uncertainty about the nation's future, Marvell cannot construct a political identity with equanimity. Hence, he chooses to develop the poetics of ambiguity so as to relieve his own inner tension and strive to bring about a reconciliation of conflicting sides.

Keywords: Marvell; identity; poetics; ambiguity

安德鲁·马韦尔（Andrew Marvell）的文学生涯跨越了英国内战、共和国、王朝复辟三个时期，其早期抒情诗继承并发扬了玄学派诗人的主要特征，中期为克伦威尔创作的一系列诗歌形成了独特的含混诗学，后期的讽刺诗则预示了英国即将盛行的新古典主义诗学。客观来看，马韦尔的作品数量并不算多，但在政治动荡、文化断层的 17 世纪，他的诗歌在反映时代症候的同时，弥合了意识形态分歧，成为 17 世纪文学中少见的跨越界限者，形成评论家所说的"中间状态诗学"（poetics of liminality）（Augustine，2011，p. 54）。然而，身处中间状态，对于诗人本人来说并非易事。他如何做到平衡两种相反的理念或意识形态？他何以承受异质或矛盾的思想集于一身的痛苦？他又如何通过艺术方式化解这些冲突，不仅经由诗歌缓解自身内在紧绷的张力，还使其成为矛盾双方的润滑剂？本文聚焦马韦尔在文学创作初期经历冲突的时刻，尝试从个人、政治、文化三个层面回答上述问题。

一、传统与现代性认同之间：《一滴露珠》和《不幸的爱人》中的自我

马韦尔的两首抒情短诗《一滴露珠》（"On a Drop of Dew"）、《不幸的爱人》（"The Unfortunate Lover"）均写于 17 世纪 40 年代末，同马氏的大部分抒情诗歌一样，基本以抄本形式传播，直至 1681 年方收于印本《马韦尔诗集》（*Miscellaneous Poems*）中（Smith，2013，p. 39，p. 85）。两首短诗从不同角度展现了诗人的自我：前者维系着与传统宇宙观的联系，后者则表现出于天地间孑然一身的孤绝。两相对照，我们可以看到诗人在传统与现代性

认同之间的徘徊。

《一滴露珠》一开始，诗人描述了清晨从天而降、落于玫瑰花瓣的露珠。接下来，他准确地呈现了露珠与天空的关系：

> 赋予露珠生命的澄澈大气，
> 在它降生后依然将它环绕，
> 它以自己小小的球形之躯，
> 呈现自身的母体苍穹之美。（"Dew"，5-8）①

评论家科利（Rosalie Littell Colie）指出，上面7~8行中的意象可能受到凡·爱克（Jan van Eyck）画中凸面镜的启示，即通过很小的空间呈现宏大的场景（Smith，2013，p. 41）。如果确实如此，马韦尔应该对文艺复兴时期的绘画传统和自然科学有所涉猎。这几行诗呈现出一幅和谐的画面，其中极其微小的露珠和宏观的宇宙苍穹互相反衬，彼此辉映：苍穹依然通过大气环绕保护着露珠，露珠则尽己所能呈现其发源地——宇宙之美。

而且，在诗人笔下，露珠毫不在意自己新的居所——娇艳的紫红色花朵，它面朝天空闪烁着悲伤的光芒，仿佛自己便是自己的眼泪，这悲伤原来是源于担忧，唯恐与天空分离太久不再纯洁。温暖的太阳怜惜它的伤痛，最后将它重新吸收至空中（"Dew"，10-19）。这些诗行中的自然原理不难理解，值得注意的是"自己是自己的眼泪"一行，露珠不仅朝向宏观的苍穹，亦照向自身的局部。在这里，自我的一部分（眼泪）、自我（露珠）、宇宙（苍穹）之间的界限和区别消失了，它们形成同构关系，不仅可以互相映照，更能相互转化。马韦尔在同时期的另一首诗《眼睛和眼泪》（"Eyes and Tears"）中有类似说法：

> 因此，让眼泪之溪尽情奔涌，
> 直到其与眼睛之泉难分伯仲：
> 各自具备对方之不同，成为
> 流泪的眼睛，能看见的眼泪。（"Eyes"，XⅢ，53-56）

如果说，《一滴露珠》中眼泪、露珠和苍穹还具备相互转化的潜在基础，那么此处，眼睛和眼泪则存在根本不同，但诗人一样消弭了二者间的差异，

---

① 本文中马韦尔的诗句均引自史密斯（Nigel Smith）编的《安德鲁·马韦尔诗集》（*The Poems of Andrew Marvell*）（文中简称 AMP），由笔者译成汉语。以下只随文标注诗歌简称及诗歌行数，不再另注。

让眼睛具备泪水的特征，令泪水承担眼睛的功能。这些意象体现了马韦尔独特的认知特征：他不仅能通过整体看到部分，经由部分看到整体，亦能弥合异质存在之间的差异，将其转变为同一的存在。

《一滴露珠》的后半部分基本是对前半部分的重复，不过是将露珠和苍穹的关系转变为灵魂和天国的关系。同露珠一样，灵魂以"微型天堂表达了更伟大的天国"（"Dew"，25—26），结尾时灵魂自身消亡，步入了全能者太阳（th'Almighty Sun）的光芒（"Dew"，39—40）。此处的全能者太阳有双关意味：既指太阳本身，亦有神子之意。由此可见，露珠如同诗人的自我，诗中的自我和宇宙、上帝保持着和谐共处、互为一体的关系。我们如将这首诗和《不幸的爱人》对读，上述和谐一体的关系就体现得尤为明显。

《不幸的爱人》因其卓绝的意象和复杂的主题赢得不少马韦尔评论家的青睐，一些学者将该诗与马韦尔的生平联系，从心理学角度挖掘其思想深度（Hirst & Zwicker，2012，pp. 74—102），另外一些则将其置于当时的历史语境与文学场域，考察其与保王派诗歌的内在联系（McDowell，2008，pp. 217—221）。笔者认为，这首诗再现了自我与传统宇宙观之间关系的断裂，同时，不同于《一滴露珠》，上帝在《不幸的爱人》中是缺场的。

本诗的诉说者是一位不幸的爱人，其中却没有对爱慕对象只言片语的描述，呈现的是自我的痛苦。根据范德勒（Helen Vendler）的说法，抒情诗多为内心——而非与外界——的争论，可靠的自我往往是内在生命中那个私密、存在分歧的自我（Vendler，1997，p. 179）。可以说，马韦尔在《不幸的爱人》中如实再现了这个自我诞生的过程。

诗歌第一节描述了理想的爱侣世界，年轻的爱侣正在热恋之中，快乐地徜徉于冰泉、绿荫之畔，但"很快爱情的火焰便消失殆尽，/如夏日夜晚的流星般短暂易逝"（"Lover"，Ⅰ，5—6）。史密斯在注释中将这一理想场景中的"泉水"（fountain）和柏拉图作品中激发生命的超验力量相联系，很有道理（Smith，2013，p. 89）。笔者认为，相比完美的爱情，诗人更像是在描摹一个理想世界，它如伊甸园一般，具备《一滴露珠》中呈现的和谐和秩序。遗憾的是，年轻爱侣的爱情之火如流星般旋即消逝，平凡如他们，受制于易逝的韶华、尘世的变化，无法永远持守那令人向往的理想世界。

于是，诗歌第二节意象迥异，诗人重现了不幸的爱人降生时风云突变的场景：

> 那是场船难，海浪翻滚，
>
> 狂风肆虐，为所欲为，

> 可怜的爱人漂浮其中，
>
> 还未降生，便成弃婴，
>
> 至最终大浪翻滚袭来，
>
> 将他母亲抛至巨石畔，
>
> 在那里她背靠着巨石，
>
> 经由剖腹产下这孩子。（"Lover"，Ⅱ，9—16）

此处的"剖腹"一词，原文用的是（凯撒切口"Caesarean section"），史密斯认为这预示着我们的爱人将拥有凯撒那样不同寻常的政治生涯（Smith，2013，p. 89）。笔者认为，在狂风巨浪中的诞生标志着一个崭新自我的降临，但甫一降世便成为弃儿，似乎又暗示其命运多舛。诗歌第三节继续描写他的种种痛苦：流泪不止、终日叹息，所处的环境则是电闪雷鸣，似乎永无宁日。第四节接着写了他所处的周围环境及其影响：

> 大自然为他的降生上演起
>
> 各要素互相竞争的假面戏。
>
> 大群黑色的鸬鹚飞将过来，
>
> 它们本在遇难船上空徘徊，
>
> 现将这不幸、孤苦的孤儿，
>
> 套上它们残酷的护佑之轭：
>
> 它们接手了这飓风的孤儿，
>
> 哪里还有更合适的监护人？（"Lover"，Ⅳ，25—32）

值得注意的是，此处的大自然不再是围绕着露珠呵护它的苍穹，而是土、气、水、火几种要素互相竞争的假面戏，这些要素分别对应的是诗歌前两节出现的巨石、狂风、巨浪、闪电（Smith，2013，p. 90）。自然的秩序不再存在，只剩下弱肉强食。"飓风的孤儿"这一意象准确表达了残酷的大自然中无依无靠的孤立感，不止如此，还要被争抢腐尸的鸬鹚监护，大概没有比这更悲惨的命运了。很明显，在这首诗里，自我和自然之间不再是互相依存、彼此映照的关系，二者间的关系不仅断裂，甚至彼此对立——自然可能成为自我的戕害者。从 17 世纪思想史的角度看，这是自我与传统宇宙观脱嵌（disengagement）的必经之路。泰勒（Charles Taylor）总结道，脱嵌与客体化相互关联，"将某一特定领域客体化，意味着这一领域对人不再有规范性力量。假设有这样一个存在领域，其中事物运作的方式一直以来为人们提供规范、确立标准，现在我们却以新的中立态度看待它，我会说，我们将该领域客体化了"（Taylor，1989，p. 160）。就马韦尔这首诗来说，被客体化的领域正是传统宇宙秩序。自我与传统宇宙观脱嵌，并将自然客体化，这是 17 世纪认识论的重大突破，但这个过程同时带给自我前所未有的孤独和恐惧，马韦尔在这一节中用准确的诗歌意象呈现了自我在这种剧烈冲击下的无助与被动，读来令人动容。笔者认为，他实际上是用诗歌语言揭示了现代性认同的窘境：一个新的自我俨然已经诞生，但自然不再是他温情的母体，更像是其虎视眈眈的敌人。这个新自我该何去何从？

诗歌的第五节，马韦尔描述了一种两栖状态，这在他的诗歌中经常出现：

> 鸬鹚们喂给他信心和希望，
> 但它们很快便演变为绝望。
> 当一只正在喂养他的时候，
> 另一只却在啄着他的心口。
> 它们让他既饱餐，又挨饿，
> 他同时经历着成长与毁灭：
> 伴着不稳定的呼吸日渐倦怠，
> 这是介于生与死的两栖状态。（"Lover"，V，33—40）

本节最接近传统爱情诗，我们当然可以把它理解为爱人为情所困，处于希望和绝望之间的煎熬状态。但延续上文对于现代性自我的阐释思路，我们可以看到，自我和自然（鸬鹚）之间成为互相提供食物、满足对方食欲的工具性关系。自我时而满足，时而挫败，在生与死之间不断徘徊。当天人合一沦为奢望，物我两忘不再可能，"介于生与死的两栖状态"便成为现代性认同不得不承受的结果。

这虽是爱人的新自我必须面对的残酷现实，他却并非被动地接受宿命。接下来两节中，他与不可抗拒的命运展开激战，诗人将他称为希腊英雄埃阿斯（Ajax）（"Lover"，VI，48）。他伤痕累累却初心不改，俨然一副西西弗斯的模样。诗人在诗歌结尾指出，他虽然厄运缠身，不得不生活于风暴和战争中，死后却会留下香气，将在故事中永远矗立（"Lover"，VIII，59—63）。这就是新自我做出的抉择：面对"生与死的两栖状态"，他将鏖战到底，即便以痛苦告终，死后仍会通过叙述——他的诗歌——在这世间留下些许香气。

值得注意的是，在《不幸的爱人》中上帝并未出现，诗人只在自我与命运鏖战时写道："愤怒的天国将 / 观看这血肉模糊的场景。"（"Lover"，VI，41—41）与《一滴露珠》对照，我们可以发现：在基本认识图景方面，马韦尔处于传统与现代性认同之间，他深知传统中自我与自然、上帝的关系，也洞悉这一关系在他生活的时代面临的挑战。《不幸的爱人》中"诞生"一节显示，诗人认识到这是一个新型"自我"，他在虎视眈眈的自然面前孤立无援，但依然咬紧牙关、下定决心勇敢应对。而且，即便最终自我在激战中落败，他还是会被写入故事永远矗立，可以说，这是马韦尔为现代性认同构建的生存之法。然而，现实远比诗歌复杂。即便构建了"自我"的基本认识图景，"我们"面临的政治和文化冲突也并不会迎刃而解。马韦尔在其他诗歌中对17世纪中期英国的现实困境做出了自己的回答。

二、政治认同还是文化认同？——马韦尔的两首应景诗

17世纪四五十年代可能是英国历史上最为动荡的阶段：1642—1646年第一次内战爆发，最终以议会派战胜保王党结束；第二次内战始于1647年查理一世与苏格兰立约，1649年1月查理一世被处死后，战争仍然在局部地区持续，最终议会军队于1651年击败查理二世，战争方告结束。（*Encyclopaedia Britannica*，2014）

第一次内战期间，马韦尔正游历欧洲，其间可能结交维利尔斯兄弟（兄长乔治·维利尔斯即未来的第二代白金汉公爵），并担任他们的家庭教师（Zwicker，2015，p. 791）。他在1647年返回英国，经历了第二次内战。此间先后写过三首应景诗：《为弗朗西斯·维利尔斯逝世所写的挽歌》（"An Elegy upon the Death of My Lord Francis Villiers"，1648）（以下简称《挽歌》）、《致高尚的朋友洛夫莱斯：关于他的诗歌》（"To His Noble Friend Mr Richard Lovelace, upon His Poems"，1648）（以下简称《致洛夫莱斯》）、《黑斯廷斯勋爵之死》（"Upon the Death of Lord Hastings"，1649）。由于诗歌标题中提到的三位都是保王派贵族，一些评论家认为，马韦尔此时部分持保王派立场（Smith，2013，p. 12）。史密斯在其传记中写道，马韦尔认同的并非斯图亚特王朝的统治，而是对保王派诗人的同情（Smith，*Chameleon*，2010，p. 74）。麦克道维尔更为明确地指出，马韦尔的认同对象并非宫廷文化，而是保王派诗人圈子所承继的"巧智"理想（McDowell，2008，p. 262）。与本论文讨论主题相关的是前两首应景诗，本节将聚焦它们，着重分析马韦尔此时的政治和文化认同归属。

《挽歌》大约写于1648年7、8月（Smith，2013，p. 11）。诗歌一开始批评了"传闻"（Fame），称其只会任意传播，信口言说，并不亲临战事，发号施令（"Elegy"，3-4）；对比之下，维利尔斯以其骁勇盛怒永载史册

（"Elegy"，5—6）。此后诗人笔锋一转，叹息道，"传闻"还能如何呢？与不可抗拒的命运抗争总是为时过晚（"Elegy"，11—12）。"传闻"主要是指当时报道敌人伤亡的报纸，诗人接下来写了"传闻"的愿望：希望战死者乃是克伦威尔和费尔法克斯（"Elegy"，13—16）。克伦威尔和费尔法克斯都是议会派重要将领，马韦尔在50年代先后受雇于他们，此处将两人看作敌人，甚至提及"传闻"期待他们死亡，无疑是整首诗中最接近保王派政治立场的表述之一。

诗歌结尾的四行，也与公共立场相关。马韦尔在悼亡了友人后写道：

> 我们今后如想真正纪念他，
> 应多杀敌，而不只是笔伐。
> 直至整个新模范军被战胜，
> 正义复仇方可告慰其英灵。（"Elegy"，125—128）

此处诗人呼吁向新模范军复仇，和开始时一样，是比较常见的保王派政治立场。单就这两处来看，我们确实可以得出结论：马韦尔此时的政治认同属于保王派。但这首诗的其他部分指向却并非如此清晰。

这首诗歌除开头和结尾外，中间主体部分叙述的是维利尔斯的个人情况，如：回忆他父亲、第一代白金汉公爵遇刺（"Elegy"，25—30），维利尔斯仪表俊秀、谨慎与勇力兼备（"Elegy"，39—48）。马韦尔在欧洲期间与维利尔斯兄弟有过私交，因此他根据自己的记忆写了维利尔斯剑术高超（"Elegy"，55—58）。关于这一点，马韦尔用了两个很巧妙的意象：

> 尽管他英俊可爱、令人痴迷，
> 他却将刀剑或盾牌当作镜子。
> 情人的眼睛给他带来的欣喜，
> 远比不上敌人双瞳中的自己。（"Elegy"，51—54）

有意思的是，曾有论者怀疑本诗并非马韦尔所写，史密斯引用评论大家里克斯（Christopher Ricks）的文章指出，上述几行采用了典型的马韦尔式意象（Smith，2013，p. 11）。确实如此，结合上下文，马韦尔此处是想说明，维利尔斯虽潇洒俊逸，但并未沉溺于男欢女爱，他勇力可嘉、骁勇善战。但这里的两个意象——"将刀剑或盾牌当作镜子""敌人双瞳中的自己"别有深意，表现出马韦尔的一贯特质：通过诗歌语言突破界限，消弭分歧；具体说来，即在紧张的对峙中于对方那里看见自我。若敌对双方均能在斗争最为激烈之时，于刀剑或盾牌、敌人的眼睛中看见自己，无疑有助于消弭自我和敌人的差异，缓解冲突。这比马韦尔《眼睛与眼泪》中"流泪的眼睛，能看见的眼泪"又更进一步：彼处，形成同构关系的是眼泪和眼睛，二者虽有不同，毕竟不是敌对关系；这里，刀剑、盾牌和双瞳完全来自敌方，这片刻的同构关系实际上通过诗歌意象瓦解了双方剑拔弩张的状态和根深蒂固的对立。因此，我们可以做出推论，如果这首诗的个别诗句表面看起来呈现明确的保王派认同，实际上却经由微妙的诗歌意象蕴涵着缓解保王派和议会派冲突的倾向。

此后，诗歌又写到维利尔斯和柯克夫人（Mary Kirke）的爱情以及他的死亡。吉尔德（Nicholas Guild）尽管认为这首诗在马韦尔作品中保王派特征最为明显，但依然补充道，本诗中表达的悲伤更为个人化，因此政治倾向并不突出（Smith, 2013, p. 12）。从以上分析来看，确实如此，全诗只有开头和结尾呈现出公开的保王派倾向，其他部分均为个人情感表达，其中更有缓解双方对峙压力的诗歌意象。可以说，哪怕是在政治倾向最为明显的《哀歌》中，马韦尔的政治认同也并不完全清晰。《致洛夫莱斯》更是如此。

《致洛夫莱斯》写于 1648 年末。据史密斯的介绍，这首贺诗收入了洛夫莱斯 1649 年的诗集《卢卡斯塔》（*Lucasta*）第一版（Smith, 2013, p. 18）。整首诗以书信体（epistle）写就。诗人在一开始即指出自己所处时代的问题和文化方面的堕落：

> 美丽的缪斯和美好的运气赋予
> 你佳作，我们的时代却已堕落，
> 正如人们的面色会随气候改变，
> 我们的巧智已经为时代所污染。（"Lovelace", 1—4）

之后诗人开始怀念过去文学纯粹的时代（that candid age），只需雄辩便可获得机巧之美名。那时人们只需关注谦虚的抱负，将赞誉送给配得上的人，不会只是颂扬自己（"Lovelace", 5—10）。但让诗人倍感痛心的是：

> 这些美德现被逐出伦敦文人圈，
> 我们的内战已经失去荣誉桂冠。
> 以最多的技巧破坏者成就最高，
> 攻击他人荣誉为自身谋得名号。（"Lovelace", 11—14）

此处诗人直接将原因归为内战，认为战乱破坏了曾经的文学共识，使得诗人间原来的共同体沦为文人追名逐利之地。笔者以为，马韦尔的诗歌风格或轻盈或戏谑，若非不得已，他鲜以语重心长的口吻讲话。但这几行诗中流露的情感却很强烈，其语气和他 1670 年表达的痛心疾首颇为相似，当时他也是面临时代难题，忍不住在给外甥的信件中写道："从来没有哪个国家像如今的英国一样罹患如此复杂、致命、难以治愈的疾病。"（Margoliouth，1927，p.309）由此可见，马韦尔对于曾经的诗人共同体怀着强烈的眷恋和不舍。麦克道维尔在著作中具体指出了斯坦利组织的保王派文学圈子，并结合斯坦利圈子的作品对马韦尔的诗歌进行了更深入的解读（McDowell，2008）。实际上，马韦尔所指的不一定是某个具体的文学圈子，而是坚持巧智理念的文学共同体。只是在这首诗中，他将洛夫莱斯作为他所眷恋的这个共同体的代表而已。

此后，诗人继续指出内战后巧智被破坏的问题，还进一步批评了长老派的审查制度。原因在于，《卢卡斯塔》曾经因为长老派的审查未能出版（Smith，2013，p.21），诺尔布鲁克（David Norbrook）指出，当时的审查权实际已移交军队，但马韦尔将矛头指向长老派，有助于呈现出独立派与保王派的共同之处（Norbrook，2000，p.173）。这一策略也从侧面说明，马韦尔的政治认同比较模糊，并非简单用保王派可以概括。

值得注意的是，马韦尔为整首诗设置了一个意味深长的结尾。他提到洛夫莱斯的女性爱慕者纷纷为了他而战：

> 她们之中最可爱的那位女士，
> 以为我也与审查官沆瀣一气，
> 以女性的怨恨入侵我的眼睛，
> （她知晓失去视力乃是严惩。）
> "啊，不，别误会，"我回应道，
> "我愿誓死捍卫你，或保护好
> 他的事功。但他终将名垂青史，
> 超过审查官的嫉妒和我的护庇。
> 他已经获得勇士和美女的肯定，
> 大作赢得勇士认同、你的爱情。"（"Lovelace"，41—50）

这几行诗在颂赞洛夫莱斯诗歌的同时，还指明两组对立关系：我和一位女性爱慕者、洛夫莱斯和审查官，但马韦尔再次化解了这两种对立：前者通过说明自己与对方原为同一事业而战，后者则源自洛夫莱斯获得的荣誉超过了审查官的嫉妒，他已经获得最英勇之士的认同。

本节通过分析两首马韦尔的应景诗，试图说明诗人在 1648 年的政治认同表面上呈现出保王派倾向，实际却并不如此绝对、清晰。诗人深切眷恋的实为内战前的文化共同体，因此我们可以说他的文化认同更为明确，即维护曾经共同追求巧智的文学理念。此外，这两首诗歌沿袭了马韦尔擅长弥合矛盾的特质，他常常通过诗歌意象缓解对立冲突，下一节讨论的《贺拉斯式颂歌》则在此基础上明确发展出马韦尔独特的诗学。

三、《贺拉斯式颂歌》中的认同困境与含混诗学

《贺拉斯式颂歌》（以下简称《颂歌》）创作于 1650 年 6 月至 7 月。1650年 5 月末，克伦威尔从爱尔兰凯旋；7 月下旬，他又带领议会军攻打苏格兰（Smith，2013，p. 267）。马韦尔的诗歌创作于两次事件之间。但当时的政治形势并不明朗，保王派仍在奋力反击。1650 年 9 月，邓巴战役（the Battle of Dunbar）前夕，清教事业处于崩溃边缘，直到 1651 年 9 月克伦威尔在伍斯特（Worcester）获胜形势才稍微明朗。在这种情势之下，政治两极化（polarization）难以避免，地方和国家层面都呈现出两极化的倾向（Worden，2007，pp. 83－84）。我们需要将马韦尔的《颂歌》置于这样的语境中进行解读。

首先，本诗标题呈现出马韦尔政治认同上的某种微调。这绝非 180 度的转变。前文说过，马韦尔 1648 年的作品显示他有保王派倾向，但并不清晰、绝对。但诗人以"贺拉斯式颂歌"命名该诗，还是透露出些许信息：哪怕是之前不清晰的保王派倾向他也要进一步修正或改变了。毕竟，贺拉斯本人曾经在内战时支持过共和派，共和派失败后才视奥古斯都为新恩主（McDowell，2008，p. 10）。除标题外，马韦尔和贺拉斯的作品在文体和主题方面也有相似之处，史密斯将之总结为：凝练的选词，模糊的句法，距离感和平衡感，同时呈现过去、现在、未来等（Smith，2013，p. 268）。

这首诗一开始，便显现出马韦尔早期诗歌少见的紧迫感：呼吁准备好的年轻人放弃缪斯，不要再过退隐的生活，于庇荫处懒散吟诗，是时候离开书本，擦亮久未使用的盔甲了（"Ode"，1－8）。对比《致洛夫莱斯》中马韦尔对诗歌共同体及巧智事业的捍卫，此处的紧迫感当归因于当时的历史语境：爱尔兰虽暂时平静，苏格兰的问题远未解决。对于不到十年经历两次内战的英国人而言，并非诗歌不再重要，只是日趋紧张的局势已经容不下文人的一张书桌了。经历过内战痛苦的读者对这一点体会应该更为深切。

接下来，"永不停歇的"（restless / could not cease）克伦威尔出现了，他穿过充满危险的战争，迫使自己的命运之星（active star）运转（"Ode"，

9—12）。史密斯在注释中指出，第 12 行的克伦威尔与马基雅维利的思想一致，在马基雅维利那里，君主的勇力（virtù）有能力克服命运女神（*fortuna*）设置的障碍（Smith，2013，p. 273）。笔者认同这一解释，一方面，马基雅维利的政治思想在当时影响广泛；另一方面，马韦尔同马基雅维利一样在政治上属于实用主义者：他既非严格意义上的保王派，又非坚决反对君主的共和派，他的晚期散文显示，如有必要，马韦尔会诉诸君权，与主教抗衡；但君主如果僭越宪制，他亦会不遗余力地批评君主。

此后，马韦尔将克伦威尔刻画为闪电般横空出世的人物（"Ode"，13—16）。但敏锐的诗人发现：克伦威尔的英勇确实可以解决英国此时的困境，却也正因为其无以匹敌的勇力，他会成为潜在的麻烦：

> 他劈开火一样的道路，
> 穿越他所在的议会方。
> （克伦威尔如此英勇
> 效法或针对他都相同；
> 对于像他这样的勇者，
> 限制恐怕比反对更难。）（"Ode"，15—20）

第 18～20 行中，诗人先是于同一行内将效法者与敌对者并列，后又在结尾两行、一个对偶句中并置限制与反对，不无深意。他似乎预见到，击败敌人对于克伦威尔来说不在话下，但未来的问题在于，议会方将无法限制他，言外之意是，他最终将以一己之勇力压过议会方。里克斯对 15～16 行的解释是，克伦威尔是自我分裂的（self-divided）存在（Smith，2013，p. 274）。笔者认为，马韦尔是看到了议会方内在的潜在分裂倾向，克伦威尔此刻虽在议会内，但终会将议会方撕裂。如果说本论文前两节揭示出马韦尔善于在异质的存在中看到同构关系，这里他则在表面相同的政治派别内发现了异质元素。看到这一点的诗人内心应该很痛苦：因为即使解决了现在的外患，未来的内忧也在所难免。或者说，即便英国结束了外部战争，内部战争仍将持续。对于解决外部困境的克伦威尔，他表示敬仰；但对于未来可能引发内部战争的克伦威尔，他心存恐惧。明白了他这种进退两难的境地，我们便容易理解整首诗的含混性与距离感了。

之后，诗人继续描写克伦威尔有如神助、所向披靡的胜利，并预言他将古老的王国改换一新（"Ode"，35—36），还引用当时盛行的政治观念指明，接受当前的强力统治者才是明智之路（"Ode"，39—40）。运笔至此，诗人写下如下四行：

> 自然固然不喜真空状态，
> 但更不许两物共挤一块：
> 因此若有更伟大的君王，
> 在位者也只能拱手相让。（"Ode"，41—44）

此处对于权力的讨论一方面如前两行所说，服从当前拥有权力者，为查理一世处决后的议会统治正名；但如将此处和第15~20行的诗句放在一起对比，又预示议会派将因内部嫌隙（"两物共挤一处"）而难以维系，最高权力最终会落入克伦威尔一人之手。从英国17世纪50年代后来的历史来看，我们不得不承认马韦尔眼光之锐利。

之后，诗人将目光转向查理一世，记述了他如何落入克伦威尔的计策，一步步陷入罗网。特别值得注意的是，马韦尔详细描述了查理一世被处决的情景，再现他被处决前面对剑子手的无情是如何冷静：

> 那难忘时刻来临之际，
> 查理表现出非凡尊严，
> **他用自己锐利的眼神，**
> **测量了那铡刀的利刃。**
> 他没有以粗鄙的怨恨
> 伸张其权利诅咒众神，
> 只是低下俊美的头颅，
> 不像赴死，更似入睡。（"Ode"，57—64）

这八行再现了查理一世被处决前不怨怼、不辩白、平静赴死的王者尊严，长久以来为人们所传颂。19世纪初的一位评论家霍尔（Samuel Carter Hall）写道，马韦尔在献给克伦威尔的颂歌里，却写出了悼念查理一世的动人诗句（Donno，1978，p. 161）。亨特（Leigh Hunt）根据上述诗句赞美马韦尔，认为其虽有自己的党派，却能如实呈现敌人的优点（Donno，1978，p. 137）。这些早期评论家说得没错，此处我们确实可以看到马韦尔的公允，他没有因为这是献给克伦威尔的颂歌，就忽略查理一世令人尊敬之处。这一方面源于他并不泾渭分明的政治认同，另一个重要原因则是他一贯的认知特质：第59~60行标为黑体的诗句显示，马韦尔又一次在对峙时用了同构的意象。史密斯在注释中指出，铡刀（axe's）同拉丁文 acies 形成双关，acies 的意思既和英文同意，指"刀刃"，又有"敏锐的目光"之意（Smith，2013，p.

276）。如果我们取后面这层意思，则可理解为查理一世以自己锐利的目光衡量（铡刀）那敏锐目光之锋利。这样一来，无疑冲突感会变弱，很明显，这里再次出现以文学意象消弭冲突双方界限、强调二者相似之处的意图。这与《挽歌》中"在敌人的双瞳中看见自己"有异曲同工之妙。

因此，我们可以看到，马韦尔之所以被称为中间状态诗人，既得益于他本人善于在冲突中洞察同构关系，又可归功于他卓越的文学造诣，可以通过丰富的诗歌语言和微妙的文学意象缓解冲突。里克斯注意到马韦尔与爱尔兰诗人所呈现出的同样的文学特质，他称之为自反式意象（reflexive image），并认为它既承认相反的力量，又渴望使它们和解（Ricks，1978，p. 130）。我们没有机会听到马韦尔解释自己的心路历程，但与他一样经历过内战痛苦的当代爱尔兰诗人希尼曾在一首诗中明确说，自己在"两者中间"长大（Heaney，1998，p. 295）。麦克道维尔明确指出，马韦尔《颂歌》第59~60行的铡刀双关语对希尼的诗歌产生影响，并进一步总结道，希尼曾在20世纪70年代中期细读马韦尔和叶芝，寻求理解自己所处时代的方法（McDowell，2015，pp. 361−362）。这样看来，只有经历过真正认同撕裂痛苦的人才知道为何需要小心翼翼地维持中间状态：马韦尔、叶芝、希尼均是如此。在我们所处的时代，世界格局呈现出政治极化倾向，重读马韦尔、叶芝与希尼的诗歌，有助于我们理解迥异的观点，并构建可以弥合分歧的诗歌意象。

《颂歌》接下来在第67~72行并置了两个典故：其一，古罗马建朱庇特神庙时，在地下发现一个人头，人们以此为吉兆；其二，暴君塔奎（Tarquin）发现了一颗"流血的人头"，有人以为是吉兆，但接下来的宴会上，一条蛇突然出现，令人惊骇，塔奎开始琢磨"流血的人头"的真正预兆。史密斯在解释这两个典故时，引用了霍奇（R. I. V. Hodge）的评论，认为马韦尔此处语义含混，既明指共和国前途光明，又暗示此后回归独裁的可能性（Smith，2013，p. 277）。霍奇此处的结论与本义前面对第15~20行、第41~44行的分析一致。马韦尔确实通过含混的诗歌语言呈现出两种可能性，而且这两种可能性不是或然关系，而是层递关系：先有共和国幸福的命运（"Ode"，72），接着便可能是令议会派惊骇的场景（"Ode"，70）。

此后，诗人赞扬了克伦威尔在爱尔兰的战绩，但第81行写道，克伦威尔还没（nor yet）违抗议会的命令。史密斯指出，"还没"一词意味深长，结合本文前面几处分析可知，这里再次暗示他未来可能会不听命于议会（Smith，2013，p. 277）。接下来第83~96行，马韦尔笔锋一转，又说克伦威尔如何听从议会，愿意战乱后放下刀剑、俯伏于公众脚前云云，并以游隼作比，称她在一次捕猎结束后于树枝休憩，直到主人将其召回。这几行明确传递的信息显然和上文的"还没"所暗示的观点形成反差，再一次出现了两种可能性并行的结果。这首诗结尾，诗人预言，克伦威尔终将战胜一个又一个劲敌，苏格兰人不会是他的对手。但作者的用典再次呈现含混性，克伦威尔既是"凯撒""汉尼拔"（"Ode"，101－102），也是"宁录"（"Ode"，110）。克伦威尔究竟是英国的保护者、入侵者还是暴君？诗歌中并未做出确定回答，而是一如既往地留出多种可能。

整体来看，马韦尔在这首诗中的认同呈现模糊特征，他确实看到克伦威尔能够拯救英国脱离当前面临的危险，但也深知未来克氏自己可能成为英国新的威胁。此时英国和克伦威尔的关系有些类似上一小节分析的《不幸的爱人》中"飓风的孤儿"和"鸬鹚"的关系，前者既被后者喂养，也随时会被后者吞吃。洞察这一切的诗人无法在现实政治中泰然安放自己的认同，只能在诗歌中构建含混诗学，同时呈现克伦威尔的伟大和可怖。这是作为"飓风的孤儿"的诗人在时代的狂风骤雨中唯一能做的事情。实际上，无论在当时还是现在，这种含混诗学均具备很强的现实意义，在两极分化的时代里，阅读具备含混特征的诗歌既可以促进想象性的理解，亦有助于改变二元对立、非黑即白的思维模式。

结　语

本文聚焦马韦尔早期诗歌中的认同与诗学，分析诗人在危机时刻进行的多个层面的构建：马韦尔独特的认知方式赋予他敏锐的感知力和弥合分歧的能力，同时他的文学才华帮助他构建了以诗歌应对时代危机的方法。首先，面对传统与现代性认同的分野，马韦尔承认现代性认同难以避免，选择勇敢面对挑战并以诗歌记录自己的抗争。其次，马韦尔在早期诗歌中的政治认同并不明确，对比之下，他对巧智运动的文化认同更为明显，因此，诗人主要通过文化而非政治的方式面对时代危机。最后，目睹内战带来的撕裂，洞察英国未来的不确定性，马韦尔无法泰然安放自己的政治认同，他选择构建含混诗学，同时容纳克伦威尔及与其截然相反的形象和特质，以此缓解自身的矛盾，并促进冲突双方的真正和解。

引用文献：

Augustine, M. C. (2011). Borders and Transitions in Marvell's Poetry. In D. Hirst & S. N.

Zwicker (Eds.). *The Cambridge Companion to Andrew Marvell*. Cambridge: Cambridge University Press.

Donno, E. S. (Ed.)(1978). *Andrew Marvell: The Critical Heritage*. New York: Routledge.

"English Civil Wars"(2014). *Encyclopaedia Britannica*. Ultimate Reference Suite. Chicago: Encyclopaedia Britannica.

Heaney, S. (1998). *Opened Ground: Poems 1966－1996*. London: Faber and Faber.

Hirst, D. & Zwicker, S. N. (2012). *Andrew Marvell, Orphan of the Hurricane*. Oxford: Oxford University Press.

Margoliouth, H. M. (Ed.)(1927). *Poems and Letters of Andrew Marvell*. Vol. 2: Letters. Oxford: Clarendon Press.

McDowell, N. (2008). *Poetry and Allegiance in the English Civil Wars: Marvell and the Cause of W*it. Oxford: Oxford University Press.

McDowell, N. (2015). Towards a Poetics of Civil War. *Essays in Criticism*, 4(65), 341－367.

Norbrook, D. (2000). *Writing the English Republic*. Cambridge: Cambridge University Press.

Ricks, C. (1978). Its Own Resemblance. In C. A. Patrides(Ed.). *Approaches to Marvell*. London: Routledge.

Smith, N. (2010). *Andrew Marvell: The Chameleon*. New Haven: Yale University Press.

Smith, N. (Ed.)(2013). *The Poems of Andrew Marvell*. New York: Routledge.

Taylor, C. (1989). *Sources of the Self: The Making of the Modern Identity*. Cambridge, MA: Harvard UniversityPress.

Vendler, H. (1997). *Poems, Poets, Poetry: An Introduction and Anthology*. Boston: Bedford Books.

Worden, B. (2007). *Literature and Politics in Cromwellian England: John Milton, Andrew Marvell, Marchamont Nedham*. Oxford: Oxford University Press.

Zwicker, S. N. (2015). "On First Looking into Revisionism": The Literature of Civil War, Revolution, and Restoration. *Huntington Library Quarterly*, 4(78), 789－807.

作者简介：

崔梦田，四川大学外国语学院讲师，研究方向为 17 世纪英国文学。

Author:

Cui Mengtian, lecturer of College of Foreign Languages and Cultures, Sichuan University. Her major research field is seventeenth-century British literature.

E-mail: athena32@163.com

狄更斯与英国维多利亚时期的"家庭理想"——以《圣诞颂歌》为例①

黄伟珍

摘 要：维多利亚时期是英国现代家庭观念确立的重要时期，其形成不仅与政治、经济等外部环境的变化有着密切的关联，还离不开一大批文人墨客的书写，尤其是在狄更斯这位几乎可以说是维多利亚时期的代表、自称为"家庭倡导者"的作家笔下，处处都渗透着新兴中产阶级的家庭道德观。本文以其早期一部不太为国内学者所关注的作品《圣诞颂歌》为例，来说明社会转型期里，狄更斯如何通过对传统节日的挖掘和家庭日常生活的书写，参与公共事务的讨论，促进社会稳定且建构了和谐话语，并为英国维多利亚时期"家庭理想"的确立奠定了基础。

关键词：狄更斯 "家庭理想" 家庭话语 《圣诞颂歌》

The Christmas Carol：Dickens and the Domestic Ideal in Victorian England

Huang Weizhen

Abstract：The British modern domestic ideal is mainly constructed in the Victorian period. Its formation is not only a result of changes in the external environment including political and economic environment，but is also

① 本文获教育部产学合作协同育人项目"新文科背景下外语专业课程建设"（项目批准号：202102543009）、西南石油大学"课程思政"示范课程建设项目（项目批准号：X2020KCSZ024）及"一带一路多语言服务科技资源共享平台项目"（项目批准号：2022PT08）资助。

related to the tremendous influence of many literary men, in particular that of Charles Dickens, whose reputation almost represents the Victorian Era itself and who has named himself "prophet of hearth" and has written a great deal about the domestic ideal of the emerging middle class. This essay is based on one of his early novels, *The Christmas Carol*, which has received relatively little attention from domestic scholars. It is aimed to analyze how Dickens, during the period of social transformation, successfully brought forward the discourse of traditional festive and domestic activities to participate in discussions of public affairs, and thus further enhanced social stability and set the foundation for the domestic ideal in Victorian England.

Keywords: Charles Dickens; the Domestic Ideal; the domestic discourse; *The Christmas Carol*

英国维多利亚时期是现代家庭观念形成的关键时期，无论是在历史学、社会学还是经济学领域，学界对此都有大量的探讨。在文学研究范围里，国内对这个时期家庭的研究从 20 世纪 80 年代开始，受西方女性主义研究的影响，主要集中在性别话语的维度。这符合维多利亚时期的女性地位逐步提高的历史现实，对实现性别平等的美好夙愿也有着举足轻重的作用。然而，就家庭的维度而言，这种突出一点、忽略其余的做法，未免掩盖了那个时期家庭中其他一些重要内涵。正如劳思光先生在讨论西方现代思想困局的时候指出的那样，只截取女性的社会生活与社会行为，并以这种眼光审视世界，其结果往往只是突出了某种观念，而不是为了更好地了解世界，是一种"片段化"的病态（劳思光，2016，p. 36）。尤其值得一提的是，在维多利亚时期，还出现了"家庭崇拜"，其英文表述为"Cult of Domesticity"，而非"Cult of

Family"，一词之差，内涵大有不同。① 因而，在重新解读狄更斯这位自称为"家庭倡导者"（Waters，2001，p. 120）的经典作家的时候，我们有必要重新回到当时的历史文化语境，审视其如何在文学书写中以虚构的方式积极参与社会公共话语的讨论。本文将以狄更斯早期的作品《圣诞颂歌》（*The Christmas Carol*，1843）为例展开讨论。

一、《圣诞颂歌》的创作与影响

小说《圣诞颂歌》（*A Christmas Carol*，1843）面世（以下简称《圣》）之前，狄更斯的创作已为维多利亚时期的读者所熟知，不过这部小说却奠定了狄更斯成为当时最有影响力的作家的基础。《圣》是狄更斯创作的"圣诞故事集"中的一部②，被视作狄更斯的"标志性"（iconic）作品，全本发行第一天就卖出 6000 册（Restad，1995，p. 136），到第二年圣诞节前，该小说共有 13 个版本发行，受欢迎程度可见一斑。尽管当时有批评家认为纸质小说装帧过于华丽，使得小说成本增加，价格不菲，也有批评家认为狄更斯忽略了圣诞节的物质基础，但总体而言，小说得到了大量的好评。例如，威廉·萨克雷（William Thackeray）对之大加赞赏，称"这部作品乃出自英国当代最伟大的幽默大师之手"（Hollington，2008，p. 460）。《伦敦插图新闻》（*Illustrated London News*，1842）里的评论写道："（这部小说里）令人印象深刻的雄辩……轻松的心情和闪耀的妙趣横生，以及人性的精神都令人心情

---

① 在 *Webster's Third New International Dictionary Unabridged* 里，关于 "family" 一词主要有以下几层意思：（1）包括仆人在内的家族；（2）生活在同一个屋檐下的一群人；（3）社会的基本组成单元，一般有 2～3 个成人。可以看出 "family" 强调家庭成员关系。而 "domesticity" 的词根 "domestic" 主要意义有：（1）与家庭有关的；（2）与家里的供给、服务和活动有关；（3）家庭的，或家庭成员的。可见，"domesticity" 除了和家庭成员有关，也包含了一切与家庭相关的事务，既有人的维度，也有物质性的维度，如各种家庭活动和家庭实践，其含义远远大于 "family" 一词。受思维和习惯的影响，汉英两种语言中某些不可译现象给 "domesticity" 这个词的翻译造成了很多困难。目前国内有限的研究，把 "domestic" 或 "domesticity" 翻译成 "家庭"，例如，把 "the ideology of domesticity" 翻译成 "家庭意识形态"，而把 "the cult of domesticity" 翻译成 "家庭崇拜"，把 "domestic ideal" 翻译成 "家庭理想"，等等。这样的翻译，在汉语语境中很容易把意义局限在 "family" 之中，从而忽略了 "domesticity" 的其他几个重要维度。目前国内有部分学者也注意到这个问题。在《外国文学评论》2016 年第 2 期上刊登的《文明》的"持家"：论美国进步主义语境中女性的国家建构实践一文就将英语 "domesticity" 译成 "持家"，而不是像以往的研究那样笼统地翻译成 "家庭"。

② 这个系列丛书除了《圣诞颂歌》（1843），还有《教堂钟声》（1844）、《路边蟋蟀》（1845）、《人生的战斗》（1846）、《着魔的人》（1848）。小说用艺术的手法揭示了富人与穷人之间的矛盾，向社会发出了正义的呼声。

愉悦，同时也让人与人之间、人与圣诞季以及读者和作者之间都建立起和谐的关系。"①

狄更斯用 6 个星期就完成了《圣》的撰写，小说的大部分情节是在他每晚在伦敦散步的时候形成梗概的。小说最先由约翰·里奇（John Leech）绘制插画并由查普曼霍尔（Chapman & Hall）公司出版。它不仅在狄更斯的时代颇受欢迎，在接下来近百年的时间里，也是人们最喜爱的作品之一。在它出版后的仅仅两个月的时间里，就产生了 8 部不同的改编舞台剧，之后几乎每年都有新的改编版本。截至 2001 年，《圣》是狄更斯作品中被改编成电视剧或电影次数最多的，达 19 次（Davis，1999，p. 72）。

目前我国研究者大多将《圣》视作一部童话故事，忽略了它在特定历史时期的社会价值。一部作品能成为经典，既需要文本自身的特质，也需要文本外因素的助推。《圣》的魅力经久不衰，除了小说故事引人入胜、语言幽默风趣，还与作者本人的经历和当时的历史语境有密切关联。首先，从作者本人的角度看，《匹克威克外传》（*The Pickwick Papers*，1836）已经让"博兹"成为家喻户晓的名字，它表明狄更斯当时在英国的作家身份已经确立，但这并不代表他的每一部作品都能得到读者的喜爱。《马丁·瞿述伟》（*Martin Chuzzlewit*，1842—1844）在连载时销售量并不理想，为了获得读者的喜爱，狄更斯重新抓住圣诞节这一古老的命题，并在节日的庆典中融入民族的自豪感和人们对温馨、和谐家庭生活的期盼，这对处于社会动荡期的维多利亚时代早期的人而言，无疑是很有吸引力的。

与此同时，小说家的职责不是纯粹地取悦读者，它还被赋予严肃的道德使命，在娱乐的同时达到教育民众、促进社会和谐与正义的目的。维多利亚时期贫富阶层之间的差距使英国几近分裂为"两个民族"，这也是萦绕在当时英国文人心头的问题。《圣》这部小说可以看作狄更斯对当时英国社会制度的回应。1843 年，面对许多被压迫的童工，《童工雇用委员会报告》（*Children's Employment Commission Report*）面世，英国物理学家和卫生改革家索斯伍德·史密斯（Southwood Smith，1788—1861）是该报告的委员之一，他希望狄更斯撰文呼吁社会改善工人超时劳动的情况，尤其是揭露资本家对童工惨绝人寰的剥削现实。狄更斯很快就答应了，打算给英国人写一本有关保护贫苦儿童的小册子，提醒人们关注这个特殊的群体。在 1843 年 10 月的一次公共演讲中，狄更斯致力让工人和雇主认识到教育改革的重要性，

---

① https://en.wikipedia.org/wiki/A_Christmas_Carol. May 10,2017.

但他很快就意识到，要想让最广泛的人群关注贫穷和社会的不公，最有效的办法不是撰写充满思辨的宣传册和论文，而是创作感人肺腑的圣诞故事（See Kelly，2003，pp. 9-30）。在狄更斯看来，文学的感染力和影响力远远大于政论，他决定在接下来的几年里创作一系列的文学作品，于每年圣诞节之前发表，《圣》便是其中最有影响力的一篇。

二、狄更斯与现代圣诞节

从内容上看，《圣》的故事情节并不复杂。小说仿照童话的写法，主要讲述了老吝啬鬼史刻鲁奇如何通过三个鬼魂的引导，从一个自私冷漠的人变成一个有同情心的人。该小说被视作狄更斯标志性的作品，不仅仅在于它讲述了一个自私的人变得友善的故事，更重要的是，它几乎"创造了"现代意义上的圣诞节，在现代圣诞文学中具有不可动摇的地位（Davis，1999，p. 66）。在《圣》里，狄更斯牢牢抓住了维多利亚时期圣诞节复兴的"时代精神"（zeitgeist），让圣诞节有了新的含义，影响了现代西方圣诞节的方方面面，如家庭聚会、圣诞季、舞会等充满节日气氛的活动。可以说，"狄更斯用全新的方式表述了圣诞节的本质"（Restad，1995，p. 137）。总之，狄更斯对圣诞节的特殊表现手法，让他从此与具有浓厚家庭气息的现代西方圣诞节紧密联系在一起。

1. 圣诞节与圣诞颂歌

圣诞节的庆祝活动，早期属于宗教仪式范畴。对这一天的记载最早可以追溯到圣经里耶稣在伯利恒诞生的那一天。作为基督教最重要的节日之一，其早期的许多仪式却是源自异教的。英文中的圣诞节——"Christmas"一词由两部分组成，前半部分"Christ"有"基督、诞生"之意，后半部分"-mas"则指"弥撒"。历史上对圣诞节的起源有不同的看法。其中较多人认为，这一天本来是向太阳神表示敬意的，但到了公元400年左右，罗马帝国为了争取尽可能多的教民，也开始庆祝圣诞节，但前提必须相信这一天是为了纪念耶稣这位创造太阳的神。正如《金枝》（The Golden Bough）里所说的那样，尽管奥古斯丁没有默认，但其对基督教教友的劝诫至少暗示了圣诞节是起源于异教的：他劝告教友不要像异教徒那样——为太阳举行这个节日，而是要为了那个创造太阳的人来庄严地庆祝。利奥大帝也谴责那种认为"圣诞节不是为了基督的降生，只是为了所谓新太阳的出生而举行"的信念。（弗雷泽，2010，p. 400）

与所有的节日符号一样，在不同的历史时期，随着物质条件和思想的变化，圣诞节的庆祝方式及其所承载的意义也会变化。作为西方最重要的节日，这个节日本身的历史，就是西方鲜活的宗教史和社会史。中世纪以后，圣诞的宗教意味更加浓厚，庆祝的仪式多与教会有关，不仅要举行圣诞弥撒或圣诞礼拜，还会出演耶稣降生故事的戏剧。在圣诞节的各种庆祝仪式中，唱圣歌是很重要的一个环节。最早的圣诞赞歌可以追述到公元 400 年左右的罗马，公元 900—1000 年左右，北欧的修道院引进圣诞序曲；大约 300 年后，亚当·圣维克多（Adam of St. Victor）从民间歌曲里提取音乐因素，由此诞生了传统意义上的圣诞颂歌。英国最早的赞歌出现在 1426 年约翰·奥德莱（John Awdlay）列出的 25 首圣诞歌里，这些歌当初很可能只是供祝酒歌手挨家挨户吟唱之用。

颂歌在教堂里演唱则是比较晚的事情了，尤其是在教会改革后的新教里流行起来。马丁·路德（Martin Luther）本人就创作了不少赞歌并鼓励人们在敬神的时候唱。到了 19 世纪，随着印刷术的发展，圣诞节歌曲本也得以广泛流传，促进了颂歌在民间的传播。其中戴维斯·吉尔伯特（Davies Gilbert）的《一些古老的圣诞颂歌》（*Some Ancient Christmas Carols*，1823）和威廉·桑蒂斯（William Sandys）编的《古今圣诞颂歌集》（*Christmas Carols Ancient and Modern*，1833）都深受人们的喜爱。1871 年的《古今圣诞颂歌》（*Christmas Carols*，*New and Old*，Henry Ramsden Bramley and Sir John Stainer，eds.）对维多利亚时期颂歌的复兴起到了关键的作用。①

2. 作为家庭庆典的圣诞节

现代意义上的圣诞节则主要确立于 19 世纪中期，尤其是在英国。狄更斯对圣诞节庆的兴趣，早在《圣》之前的几部小说里就有所体现，如 1835 年发表在《贝尔周报》（*Bell's Weekly Messenger*）上的《圣诞节庆》（*Christmas Festivities*），以及《匹克威克外传》（*The Pickwick Papers*）里的《偷教堂司事的妖精》（"The Story of the Goblins who Stole a Sexton"，1836）。《圣》的巨大成功由许多内在和外在的因素促成。从外部原因来看，自 19 世纪初开始，圣诞季在英国逐渐兴起。19 世纪三四十年代的牛津运动促进了与圣诞有关的传统宗教仪式的复苏，而维多利亚女王和阿尔伯特王子两名具有重要影响力的公众人物在庆祝圣诞时引入了德国的圣诞树，也使得英国民众竞相效仿，圣诞节设置圣诞树逐渐成为习俗。在《圣》这部小说里，狄更斯更是抓住了时代的精神，针对圣诞季进行了淋漓尽致的发挥。

---

① https://en. wikipedia. org/wiki/Christmas_carol. May 27，2017.

从文学内部因素来看，正如上文所说，《圣》这部小说幽默、轻松，同时弘扬一种善的理念。狄更斯在小说中提及的各种食物甚至成为当时人们庆祝圣诞节时竞相效仿的一种时尚。小说赋予这个节日友爱、互助和同情等价值理念，很大程度上影响了后来人们对圣诞节意义的理解。难怪后来有人在过圣诞节的时候不是感谢圣诞老人，而是感谢狄更斯重新点燃人们对这个节日的热情：

> 我来祝大家圣诞快乐。一百多年前，英国人几乎忘记了圣诞精神。他们只想着如何受人尊敬，如何多赚钱，穷人遭到压迫，关于美和善的圣诞传统也被弃之不顾。直到一个伟大的人物——查尔斯·狄更斯出现了。他出身贫穷，却有着一个爱穷人的心，并让所有的人都明白要想成为基督徒，就要快乐和慷慨大方。当我回到英国的时候，颂歌也与我同行：贫苦的有耐心的人在艰难的时候依旧记得，而那些聪明、时尚和有权势的则早已将之抛到九霄云外了。（Connelly，2012，p. 42）

虽说圣诞节的"崛起"与狄更斯的小说有一定关系，但若就此说他"创造"了这个节日，不免有些言过其实。《圣》面世之际就能得到维多利亚人的追捧，就至少说明人们对圣诞节早已有所期待。而且，上文也曾提到，狄更斯在《圣》之前的一部小说《马丁·瞿述伟》不太畅销，为了重新获得读者的喜爱，狄更斯下了不少功夫。对圣诞节意义的重新挖掘，在某种程度上可以看作他为迎合当时读者口味而做的一种努力。

现代意义上的圣诞节，最显著的特点是作为家庭团圆的一个重要节日，这个意义在狄更斯笔下得以凸显。在《圣》中，节日的宗教意味淡化，家庭气氛加强。狄更斯的伟大之处，不仅在于他意识到了维多利亚时代人们对圣诞节这样具有民族意义的节日的渴望，还在于他在小说中融入了另一个元素——维多利亚时代人们对家庭亲密关系的向往，并使这个传统节日与家庭理想相结合，使之成为"小市民最盛大的节日"。

小说首先将家庭成员作为家庭的中心来写。在《圣》中，圣诞节是家人团聚的节日，无论在描写史刻鲁奇前未婚妻，还是在描写鲍伯的时候，展现在读者眼前的都是其乐融融的家庭场景：舒适的小屋，壁炉里的火嘶嘶作响，母亲带着孩子静候男主人的归来，之后便是一家相聚、子女欢闹的亲密而欢欣的场面。

除了家人亲密关系，制作和品尝家庭日常食物也是这个节日的特色之一。对圣诞食物进行细致描绘是《圣》这部小说最大的特点之一。杜松子酒、柠檬以及布丁都是小说中不断出现的食物，它们与温馨、甜美的家庭生活气息完全融合在一起。此外，小说又用大量的篇幅描写一家人如何享受节日的温馨，如具体描绘孩子们等待吃鹅的迫切心情、克拉契太太如何切鹅、鹅的肥美、孩子们的满足，等等。尽管一家人的生活并不宽裕，彼得为一周不到 6 先令的工资兴奋不已，而穷学徒玛莎最大的愿望只是睡一个懒觉，但这一切都没有影响到一家人的心情。正如奥莉芬夫人（Mrs. Oliphant）不无妒忌地评价的那样，没有人能像狄更斯一样"在一只火鸡里都能发现这么多的精神力量"（Waters，2001，p. 121），食物制作的背后蕴藏的是平凡人物对日常小事的享受，透露出的是一种人人都能拥有的幸福感。

食物是个人的，也是民族的。正如简·本尼特（Jane Bennett）在《有生气的物质：物的政治生态学》（*Vibrant Matter：A Political Ecology of Things*，2010）一书中提到，我们对于食物的理解是很有限的，在生物学家眼中它是能量；在社会学家看来，食物是一种文化仪式；但在 19 世纪，食物被认为对个人品质和民族品格构成重要影响："食物进入我们的身体，成为我们的一部分。它影响着我们的情绪、认知和性情。在我们决定吃什么，怎么吃和何时停止进食的时候，它还影响着我们的道德情感。"（Bennett，2010，p. 51）也就是说，食物以及进食地点和方式在一定程度上决定了一个人是什么样的人。

在狄更斯笔下，那些可以熏陶人类灵魂的食物无一不具有英国特色，这一命题几乎贯穿他整个创作生涯。例如，在《大卫·科波菲尔》（*David Copperfield*）中提及的潘趣酒，小说中"punch"一词共出现 37 次，除去 2 次为动词"击打"之意，7 次表示"马"的意思外，其余 20 多次都表示"潘趣酒"，并且每一次出现都和代表英国绅士精神的麦考伯先生有关；而在《我们共同的朋友》（*Our Mutual Friend*）中提到的朗姆酒，也是"中产阶级之家"朴素而温馨的象征：

> 两瓶酒中一瓶是苏格兰啤酒，一瓶是朗姆酒，后者的香味在沸水和柠檬皮的催化下弥漫全室，高度汇合于温暖的炉边，以至于在这个与众不同的烟囱管帽上，屋顶上掠过的一阵风会像一只巨大的蜜蜂一样，嗡嗡叫过之后，一定带着一股芬芳的酒香匆匆离去的。（狄更斯，2012b，p. 41）

在小说《圣》中，则是对英国家常食物布丁的细致描绘：

> 哈罗！一团蒸汽来了！布丁从铜锅里端出来了。带着一股像是洗衣

日的气味！那是蒸布的气味。又带着一股像是并排开一家饭馆和一家糕饼店再加上隔壁女工洗衣作坊的气味！那是布丁的气味。半分钟之内，克拉契太太进来了，脸色绯红，但是自豪地微笑着；她端着布丁，布丁好像一颗布满斑点的大炮弹，又硬又结实，在四分之一品脱的一半的燃烧着的白兰地酒之中放着光彩，顶上插着圣诞节的冬青作为装饰。（狄更斯，2012a，p.47）

在狄更斯笔下，这种布丁的气味是蒸布的味道，是邻家小作坊的味道，是家常的，它的厚重犹如务实、勤劳的英国人一般，是令人振奋的，一如布丁制作者克拉契太太那自豪的微笑里蕴含着的对英格兰民族文化的自信和骄傲。

在19世纪的圣诞节庆典里，与以往一样，仍有享用圣餐、唱圣歌和接济穷人等活动。不过，它的内涵已经发生了许多微妙的变化，其中最令人瞩目的是圣诞节符号中的家庭含义。虽然在18世纪，圣诞节也和家庭祷告等活动有关，但它更多是作为一种宗教性的节日。而到了维多利亚时期，圣诞节不仅仅是一种宗教仪式，在宽容、博爱和友谊等已有的价值观念上，它还承载着家庭团聚的含义。这和家庭在这个时期的凸显有关。随着核心家庭的建立和巩固，家成了维多利亚人摆脱传统家族束缚、表达现代自我的重要场所。它是甜蜜的、温馨的、私密的，是远离资本主义政治和市场等公共领域的重要场所。在罗斯金（John Ruskin）笔下，家是一个"神庙"，具有宗教般的救赎意义（罗斯金，2005，p.82）。家对于维多利亚人有着非同寻常的意义，它是文明的工具，是责任和顺从的标志，是可怕的暴民的对立面。家成了"著名的制度"，而圣诞则是这种制度的最佳表达（Cornnelly，2012，p.11）。

狄更斯对于圣诞节复兴的最大意义，就是用文学的手法，将家庭日常生活的因素融入节日，以符合维多利亚时代人类情感的表达方式，将节日演绎得恰到好处。《圣》里幽默的话语，跨越过去、现在和未来的奇妙想象以及雅俗共赏的情节，恰如其分地让人们对这个节日朦朦胧胧的感觉变得清晰起来。

三、"家庭理想"与民族团结

狄更斯在小说中并不只是被动地反映现实，这一点尤其体现在他对家的描写上。与他后期的作品相比，《圣》并没有太多笔墨描述穷人的疾苦，而是对和谐社会充满希望，认为不同阶层的人可以没有冲突地共同生活。在各种社会矛盾几近白热化的19世纪40年代，狄更斯的一部《圣》不啻为一副缓和剂。对"甜蜜之家"的讴歌，迎合了处于"动乱时代"的早期维多利亚人对和平、稳定的向往，也是对当时社会文化语境的积极回应。

在维多利亚时期的许多英国人看来，法国大革命的阴影驱之不散，革命并没有给法国带来真正的共和，国家反而陷入另一种混乱局面。英国的许多文人并不希望同样的流血事件在英国重演。在当时英国许多重要社会学家的记载中，贫穷被看作由个人品德败坏造成，而个人品德败坏则是由于培养个人的重要场所——家庭出了问题，家庭成了一切问题的根源。英国街头有许多流浪汉，在法国正是这些无家可归的人群成为社会暴动的主要分子，这也是许多中产阶级极不愿意看到的。造成流浪汉的原因有很多，但在许多社会学家看来，首要的是缺乏舒适的家庭的滋养。在埃德温·查德威克（Edwin Chadwick）的《大不列颠劳工卫生状况报告》（*Report on the Sanitary Condition of the Laboring Population of Great Britain*）里，家庭舒适感的缺失被看作导致工人街头游荡或酒馆集会、引起社会动乱的主要根源，家庭成了社会道德堕落的罪魁祸首。亨利·梅修（Henry Mayhew）在关于都市贫困的详尽论述中，发现了一个让中产阶级陌生的世界：英国的流浪者们（Nomads）不在乎也不知道家庭的快乐为何物；壁炉是至为神圣的象征，也是鼓励下一代培养优良品格的场所，但它对于街头小贩却毫无吸引力（Mayhew，1968，p. 43）。在当时的一些文化人看来，这些"无家可归者"不仅潜藏着颠覆社会秩序的因素，还对整个社会的健康构成威胁，因为他们不愿意回家，在外群居，居住过度拥挤，男女老少同处一室，既败坏道德，也容易滋生各种疾病，包括让中产阶级闻风丧胆的瘟疫和霍乱。

对流浪汉的担忧源于更深的恐惧，那就是对法国大革命式暴动的害怕，减少这些"一无所有者"对整个社会稳定与健康造成的威胁成了当务之急。此时已经很难说清究竟是指导手册、小说等对家庭的描写使得家庭变得重要，还是家庭本身的意义让市面上充满各种关于家庭的虚构或非虚构文本——观念与现实之间大多时候是相互作用的。但可以确定的是，"家庭"已然成为一种不可或缺的修辞。正如奇格蒙·鲍曼（Zygmunt Bauman）所说，对待这个特殊群体，可以使用陈旧的但又屡试不爽的办法，即让他们"安居乐业"，融入社会（鲍曼，2000，p. 86）。维多利亚时期的社会观察家们已经看到现代家庭的意义，它可以让难以管教的"流浪汉"回归文明的制度。在维多利亚社会学家们的论述中已经隐含着对家庭的社会功能和政治功能的描述，并隐约地透露出看似远离政治经济的家庭可以作为一种现代制度，实现对疏离分子的管制。

　　家是培养个人情感的地方，因此是私密的、内向的，但同时家又占据一定的物理空间，这决定了家也是一种社会建构。上层建筑可以通过改变家庭建筑的外部构造对个人实施监管（Mitchell，2009，pp. 264-266）。当时的英国政府出于对城市卫生和公共秩序的考虑，对贫民窟和工人的家庭建筑采取了一系列变革措施，使得底层百姓居住的房屋格局发生了许多根本性的变化。其中最为显著的是在维多利亚早期，住宅格局逐渐从"细胞式和混居式"（cellular and promiscuous）向后来的"开放和胶囊式"（open and encapsulated）改变（Daunton，2007，p. 128）。后一种格局改变了前者房子之间相通、背向大道的结构，而是彼此独立，全都面朝大街。改造后的房子更为开放，看似越来越私密化的家庭空间实际上变得更为公共化了，当然也就更有利于政府监管了。

　　维多利亚时代早期，素有"饥饿的四十年代"（The Hungry Forties）之称，当时的穷人与富人几乎被看作两个水火不容的"种族"，而在《圣》里，他们却相互谅解，相亲相爱。圣诞节不仅是家庭成员欢聚一堂的节日，还是全国人民团结一致的日子，是一个具有民族统一意义的节日。在小说中，人们无论出身高贵还是低贱，无论平时是安逸还是劳碌，都可以享受圣诞节带来的平安喜乐：

　　　　这景象里没有什么高水准的东西。他们不是一个富有的家庭；衣着并不考究；鞋子绝非不透水的，服装是很少的；……然而他们全都快乐、感激，彼此友爱相处，心满意足地过着节日。（狄更斯，2012a，p. 49）

　　狄更斯在这里传达了这样的信息：圣诞的快乐是精神上的享受，与物资多少没有必然联系，只要有一颗善良、感恩的心，穷人也可以安居乐业，把日子过得有滋有味，因此穷人无需羡慕富人；富人也应该善良宽容，不要因为太重视金钱利益，而忽略了人类最美好的情感。

　　作为西方最重要的传统节日，圣诞节承载了丰厚的历史文化，是西方民众的精神信仰、审美情趣和消费方式的集中展示，是西方民族情感的积淀和价值观念的呈现。在欢庆民族文化的节日中，身份归属感得以形成或强化。美国南北战争之后对《圣》这部小说内涵的重新挖掘，也从另一个维度说明了圣诞节对西方民族认同的重要性。[1] 与那些使用数据和图标的社会问题分析家们不同，维多利亚时期的文学家们诉诸情感，用文学性的语言激起人们对家庭生活的热爱。在狄更斯的《圣》里，无论物质上是贫穷还是富有，家庭生活总是充满甜蜜的，通过对几个家庭庆祝圣诞节的家庭场景的细致而生动的描绘，家庭生活的乐趣和吸引力跃然纸上。狄更斯用这种方式，让生活在水深火热之中的穷苦百姓看到了希望，同时也唤起了富人心中的怜悯和宽容。狄更斯的小说并非只是被动地反映当时圣诞节的庆祝方式，而是用生动的笔墨参与了和谐话语的构建，将家、国和圣诞节巧妙地联系在一起。

结　语

《圣》这部小说今天在学界的讨论并不多，在狄更斯进入中国的早期，由于一些现实原因，也没有得到应有的关注。但如果回到维多利亚时期的语境去挖掘这部小说如此受欢迎的原因，就会发现，正如唐娜·戴利（Donna Daly）所说：

> 查尔斯·狄更斯比其他作家更能传达维多利亚时期伦敦的社会氛围。他对人物和语言、社会背景以及贫富差距的敏锐观察使我们对他所生活的时代了如指掌。在这一点上，没有任何历史学家和记者可以与其媲美。（戴利，2011，p.86）

狄更斯的写实精神源自他广泛的人生经验，更源自维多利亚时期文人改良社会的殷切希望，正如王佐良先生所说，狄更斯不仅是大众的娱悦者，还是社会的良心（王佐良，2011，p.182）。的确，从《圣》中我们就可以看到，狄更斯敏锐地把握了时代的气息，既顺应圣诞颂歌自身发展的趋势，又迎合了读者的口味，通过对"家庭理想"的想象性书写，参与了国家的团结与和谐话语的建构。

引用文献：

安德森，本尼迪克特（2011）. 想象的共同体（吴叡人，译）. 上海：上海人民出版社.

鲍曼，奇格蒙（2000）. 立法者与阐释者：论现代性、后现代性与知识分子（洪涛，译）.

---

[1]　这部小说发行之初在美国的接受一般，但在美国南北战争之后，人们对它的兴趣和热情空前高涨，《圣》和史刻鲁奇在美国也是家喻户晓。1863 年，《纽约时报》（*The New York Times*）写了一篇评论，盛赞这部小说，认为狄更斯"将曾经只属于古老岁月和遥远的庄园大厦里的圣诞传统带到了当今许多穷人的家里"。南北战争后的美国也需要对这种具有凝聚力的符号进行重建，促进社会各界的团结一致。https://en.wikipedia.org/wiki/A_Christmas_Carol. May 27,2017.

上海：上海人民出版社.

戴利，唐娜（2011）. 伦敦文学地图（哈罗德布鲁姆，主编）. 上海：上海交通大学出版社.

狄更斯，查尔斯（2012a）. 圣诞颂歌. 载于宋兆霖（编）. 狄更斯全集. 杭州：浙江工商大学出版社.

狄更斯，查尔斯.（2012b）. 我们共同的朋友. 载于宋兆霖（编）. 狄更斯全集. 杭州：浙江工商大学出版社.

弗雷泽，詹姆斯·乔治（2010）. 金枝（赵昶，译）. 西安：陕西师范大学出版社.

劳思光（2016）. 当代西方思想的困局. 上海：华东师范大学出版社.

罗斯金，约翰（2005）. 芝麻与百合：读书、生活与思辨的艺术（王大木，译）. 桂林：广西师范大学出版社.

童庆炳，陶东风（编）（2007）. 文学经典的建构、解构和重构. 北京：北京大学出版社.

王佐良（2011）. 英国散文的流变. 北京：商务印书馆.

周铭（2016）. "文明"的"持家"：论美国进步主义语境中女性的国家建构实践. 外国文学评论，2，5−31.

Bennett, J. (2010). *Vibrant Matter: A Political Ecology of Things*. Durham and London: Duke University Press.

Connelly, M. (2012). *Christmas: A History*. London: I. B. Tauris.

Daunton, M. J. (2007). "Public Place and Private Space: The Victorian City and the Working-class Household". In Lane, B. M. (Ed.). *Housing and Dwelling: Perspectives on Modern Domestic Architecture* (pp. 128−133). New York: Routledge.

Davis, P. (1999). *Critical Companion to Charles Dickens: A Literary Reference to His Life and Work*. New York: Facts on File, Inc.

Dickens, C. (2003). *A Christmas Carol*. Ontario: Broadway Press.

Hollington, M. (2008). "Dickens and the Literary Culture of the Period". In Paroissien, D. (Ed.). *A Companion to Charles Dickens* (pp. 455−469). Oxford: Blackwell Publishing.

Kelly, R. M. (2003). "Introduction". In Charles Dickens. *A Christmas Carol*. Ontario: Broadway Press.

Mayhew, H. (1968). *London Labour and London Poor*. New York: Dover.

Mitchell, S. (2009). *Daily Life in Victorian England*. 2nd edition. London: Greenwood Press.

Poovey, M. (1995). *Making a Social Body: British Cultural Formation 1830 − 1864*. Chicago & London: The University of Chicago Press.

Restad. P. L. (1995). *Christmas in American: A History*. New York & Oxford: Oxford University Press.

Waters, C. (2001). "Gender, Family and Domestic Ideology". In Jordan, J. O. (Eds.). *The

Cambridge Companion to Charles Dickens （pp. 120 − 135）. Cambridge: Cambridge University Press.

作者简介：

黄伟珍，文学博士，西南石油大学外国语学院副教授，硕士生导师，主要研究方向为维多利亚时期文学和文化研究。

Author:

Huang Weizhen, Ph. D. in literature, associate professor of College of Foreign Languages, Southwest Petroleum University. Her research field mainly covers Victorian literature and culture.

E-mail：wzhenhuang@126.com

多声相契的复调表达：《天之骄女》的叙事艺术及其价值启迪

崔潇月

摘　要：英国当代剧作家卡里尔·丘吉尔创作的《天之骄女》常被认为是女性主义戏剧的代表，但她的创作手法表现出多元价值观，不应局限于女性主义的批评范围。本文通过剖析其多声部对话、角色对位和场景独立的复调戏剧叙事手法来阐释丘吉尔对现代社会人的生存境遇与价值的思考：个体通过自我超越解决所面临的价值冲突，社会尊重不同个体的生命经验而实现和谐发展。

关键词：卡里尔·丘吉尔　《天之骄女》　复调艺术　生命价值

Symphonic Expression: The Narrative Art of *Top Girls* and Its Value Inspiration

Cui Xiaoyue

Abstract: *Top Girls* by British contemporary playwright Caryl Churchill is often regarded as a representative of feminist drama, but Churchill's creative approach shows multiple values and should not be limited to feminist criticism. This essay analyzes the narrative art of the polyphonic voice of dialogues, the counterpoint of roles and the independence of scenes to explain the three aspects of Churchill's thinking on people's living status and value in modern society: the individual can resolve the value conflicts through self-transcending, and modern society would develop harmoniously by respecting individual life experiences.

Keywords: Caryl Churchill; *Top Girls*; polyphonic art; life value

引　言

卡里尔·丘吉尔（Caryl Churchill）是至今仍活跃在剧坛的英国女作家，她成名于女性主义第二次浪潮的背景中，创作了几部反映女性生存现状的戏剧，因而被冠以女性主义或女性政治作家的称号。她创作于 1982 年的作品《天之骄女》（*Top Girls*）当年获得奥比最佳编剧奖（Obie Award for Playwriting），并在 21 世纪引起了研究者的广泛兴趣。国外研究大多认为此剧是对英国女性主义运动的回应，如卡梅伦（Rebecca Cameron）强调作品所反映的女性姐妹情谊（Cameron，2009，p. 143）；曼德尔（Tanya Mander）则认为剧本关注资本主义父权制社会中的女性权力问题（Mander，2015，p. 34）。有国内学者注意到剧本独特的文本特征，如钱激扬认为古今人物共时、重叠式对话、角色叠置、非线性叙事等方式制造了该剧的陌生化效果（钱激扬，2008，pp. 85－88）；毕凤珊则强调丘吉尔采用性别、种族以及年龄换装、角色叠装和角色轮装来创造新的艺术风格（毕凤珊，2013，pp. 112－116）。这些研究对剧本做出了有价值的解读，但无论是主题研究还是艺术技巧分析最终都着力于强调女性群体的困境，恰恰忽略了丘吉尔特殊的创作手法突出的是她对人类普遍生命价值的思索，而非女性群体的历史政治书写。因此，本文将跨越性别批评的局限，从丘吉尔的复调戏剧手法出发，围绕剧中人物的个人选择与命运轨迹，对剧本进行更深层次的解读，从而探讨现代人的生命价值问题。

"复调"原为音乐术语，基于音乐与文学的相通性，巴赫金在《陀思妥耶夫斯基诗学问题》中总结出复调小说的特点是"有着众多的各自独立而不相融合的声音和意识，由具有充分价值的不同声音组成真正的复调……不是众多性格和命运构成一个统一的客观世界，在作者统一的意识支配下层层展开；——这里恰是众多的地位平等的意识连同它们各自的世界，结合在某个统一的事件下，而互相间不发生融合"（巴赫金，1998a，pp. 4－5）。自从复调小说理论被巴赫金提出并用于陀思妥耶夫斯基的作品解读之后，批评家们就频繁地将其用作小说文本分析工具。但复调理论并不常见于戏剧的解读中，尽管许多当代剧作家在创作主要由对话构成的戏剧文本时，早已自觉地贯穿了复调的行文模式。套用巴赫金的小说理论，复调戏剧人物的对话可看作多个声部，这些声音各自独立，但又统一成一个有和声关系的整体。对话中没有一个作者操控的核心理念，剧中人物是直抒己见的主体，不表达作者本人的思想立场，而是独立展开对自我和世界的议论，每个人物的言辞都具有价值（巴赫金，1998a，p.5）。在这样的戏剧中，人物根据其身份展现言行，交流并不产生一致的结论，世界的多元化和意义的多重性得以表达。《天之骄女》在第一幕中用多声部对话的叙述模式展现出个体生命价值的多元性，又通过第一、二幕的角色对位突出了个体面临的价值冲突，第二、三幕的场景转换揭示冲突的深层次原因，每一幕的独立场景对应人物行为的自洽则为矛盾的解决提供了启示，复调的叙事模式和交叉结构让戏剧形式和思想理念达成融合。

一、展现多重生命经验的多声部对话

《天之骄女》为三幕剧，第一幕的复调叙事尤其精彩。场景设置于餐厅之内，职场精英玛琳邀请宾客来庆祝自己升职为"天之骄女就业公司"的总经理。前来赴宴的有英国维多利亚时期的旅行者依莎贝拉·伯德（Isabella Bird），日本 13 世纪的皇妃、尼姑日秀（Nijo），佛兰德画家布鲁盖尔（Brueghel）绘画中的人物达尔·格莱特（Dull Gret），9 世纪女扮男装的教皇琼（Pope Joan），还有薄伽丘、彼特拉克和乔叟笔下的贤妻佩幸特·格里西达（Patient Griselda）。每位宾客都讲述了自己的故事，多声部对话的方式勾连起不同时空的五位杰出女性的人生经历，而玛琳在这一幕中扮演倾听者的角色，她仅仅迎接和介绍宾客，偶尔对她们的故事稍加评论。五个故事讲完，第一幕的晚餐也就接近了尾声，正如盖伊·普尔（Gaye Poole）所说，"晚餐聚会在戏剧和电影中有着制造高潮起伏的结构性功能"（Poole，1999，p.5）。这场聚会在友好的氛围中进行，来自不同时空的女性聚集在餐厅中，进行了一场多声部对话，使剧作一开场就迎来高潮，这与一般戏剧将高潮放在接近尾声的设计不太一样，从一开始就表现出丘吉尔的创作初衷并不是要宣传某种理念，而是要呈现多重生命价值。

这一幕的复调特点主要表现在时空的交错和对话的交叠上，首先，餐厅成为多重空间的聚合处，有其独特的象征意义，根据巴赫金对筵席的观察，它同富有智慧性的谈话、令人发笑的至理名言密不可分，具有追求丰富性和全民性的倾向。面包和酒驱散了任何恐惧，并使话语获得自由，"饭桌上交谈"永远是"高谈阔论"、对"深奥问题的探讨"，不要求遵守物品和珍品之间的等级，把庸俗的和神圣的、崇高的和卑微的、精神的和物质的东西搅拌在一起（巴赫金，1998b，p.324，p.330）。在场的"天之骄女"分享食物时也分享自己的人生经历，五个故事交叉讲述，她们互相聆听，时而赞同对方，时而发出疑问，即便是与众不同的格莱特在别人说话时独自大吃大喝，还趁人不备偷餐具，也没有人谴责她，每个人都处于平等的交谈氛围中，并没有谁要将自己的观点强加于别人。复调特质还突出于交谈中的重叠式对话，即前一个说话人还未结束自己的故事，后一个就已经开始叙述，例如：当伊莎贝拉说自己父亲是牧师时，日秀也说父亲是虔诚的宗教信徒；伊莎贝拉和日秀说起父亲的死亡时，琼说死亡是一切造物回到上帝身边；琼说起自己女扮男装时，伊莎贝拉也谈到媒体认为她不够像女人；格里西达说到儿女回到自己身边时，日秀说没有人把孩子还给自己（Churchill，2013，p.100，p.103，p.109，p.136）。有学者认为这种对话"不是为了进入他人的谈话，帮助建立交流的锁链，而是为了开始自己的讲述，所以尽管她们积极地参与对话，却造成理解的中断"（钱激扬，2008，p.86）。其实丘吉尔这种多声部的对话设计给予每位宾客发言的充分自由，并非要突出她们由于历史和地域文化的差异而遭遇的理解困难，更不是想说明她们拒绝交流；重叠的部分是要衔接彼此的共同点，因为后者加入谈话时，前者并未停止交谈，对话仍然在和谐地进行，她们对亲人的感情、着装的偏好、被丈夫抛弃或失去孩子的痛苦让彼此跨时空建立了共情，但在与其他女性产生链接时，自己的故事、自己的价值也适时表达出来，这正是复调叙事中同声和鸣的体现。当然，她们也有无法理解对方的时候，例如在谈论彼此的宗教信仰时，基督徒伊莎贝拉说自己曾试图了解佛教的生死轮回，但这让她感到很悲伤，她喜欢更积极的东西。日秀回应说自己并不消极，20年来每天都在行脚，还发愿要抄五部大乘经典。而天主教的教皇琼加入谈话说，在异教中积极不是好事，伊莎贝拉不同意琼把英国国教归于异教，日秀又说自己从没听过基督教，那很野蛮。关于这次争论的结果是彼此宽容的：玛琳说大家没必要有相同的信仰，以及琼说自己很喜欢宗教争论，但不想劝大家皈依，何况她自己也是个异端（Churchill，2013，pp.105-106）。可以看出，对话遵循求同存异原则，即便是在彼此有分歧时，气氛也是友好的，对话参与者是互相尊重的，这种多声部的交谈也正符合伊瑞格蕾所说的女性声音的特质："在我们的唇间，你和我的，许多种声音，无数种说话的方式在无休止地前后回响。一个人永远也不会和另一个人分开。我/你，我们一直是统一的多个层次。怎么会出现其中一方压倒另一方，将自己的声音、语调、意义强加给对方的情况呢？一个人不能从另一个中区分出来，但这也不意味着他们不独特。"（Grosz，1989，p.132）正是这样彼此尊重、你中有我的谈话让到场的每一位宾客都能够将自己的精彩人生呈现出来，构成了餐桌上一曲恢宏的交响乐。

二、突显价值冲突的角色对位

如果说第一幕内部的复调叙事让多个声部交织呈现出"天之骄女"精彩人生的和谐乐章，呈现出多元价值观，那么随着第二幕的展开，背后隐藏的冲突也逐渐清晰。丘吉尔首先致力表达个体自身的矛盾冲突，个人价值的实现是身份限制被打破、矛盾被悬置或解决的结果。她进而以角色对位手法让三幕之间互相呼应，呈现出人内心、人与人之间的矛盾。

第一幕中玛琳的祝酒词是"我们都不容易，为我们的勇气、我们改变生活的方式和我们卓越的成就干杯"（Churchill，2013，p. 117）。这句话总结出"天之骄女"的共同特征——因为有勇气改变生活从而获取了卓越成就，她们无不超越了社会施予女性的身份限制，这首先体现在角色的空间位移上。在大多数社会中，女性发挥个体生命价值的场所是家庭内部，成为"贤妻良母"是她们被赋予的社会期待，女性一旦将自己的才干发挥于家庭之外，涉足传统上男性主导的领域，取得甚至超过男性的成绩，就会显得卓尔不群。因此，这些"天之骄女"的成功首先是"安于室内"的女性身份被解构的结果，全剧没有男性角色出现，这种缺失表明在场的女性已经超越她们的性别，具备男性的气质，取代了男性的角色。例如爱冒险的伊莎贝拉进入往往是男性才有资格进入的旅行家行列，足迹遍至男性旅行者也未曾到达的地方；同样用旅行超越了身份限制的还有日秀，她在失宠于天皇后义无反顾地出家，徒步穿越日本。除了凭借旅行打破身份限制，认为女性在智慧和勇武方面弱于男性的传统也被"天之骄女"颠覆：在由男性主导的宗教领域中，琼在求知欲的驱动下隐藏乃至忘却自己的女性身体，凭借卓越智识成为天主教最高权威；而在战场这样的男性活动场域，原本也缺少女性的身影，格莱特却用她超越男性的勇武成为引领大众反抗群魔的画中主角。唯一在女性角色扮演中感到满足的格里西达，在被剥夺母亲身份时的淡定从容其实已经以一种更超然的态度打破了其女性身份限制。这里引出一个重要矛盾，女性在传统家庭内部的主要贡献是生儿育女，但剧中多个女性都曾失去自己的孩子，丘吉尔以此反复呈现婚育与女性个人价值实现的关系。在英国的传统观念中，生育是由女性身体决定的一种自然事实，也可看作女性最重要的社会功能，女性避开婚育这一选择，是对社会期待的叛逆，也是对女性身份的突破。剧中角色的故事将"为人妻、为人母"的社会期待一一解构：伊莎贝拉因为晚婚而没有生育；琼是独尊的教皇，她没有意识到自己怀孕，甚至因为生子而失去了自己所获得的一切；格莱特的婚姻状况未被提及，但我们知道她的孩子被杀死了；另外两位女性虽然在主观意愿上都乐于接受自己妻子和母亲的身份，然而她们都有被丈夫抛弃的经历，孩子或流产或被送走，这给她们精神上造成痛苦，她们之所以成为"天之娇女"并不是因为婚育这一事实，而是因为不受限于性别的、超出一般人的内在品质。由此可见，丘吉尔在第一幕的情节设计中告诉读者，女性能够跨越活动空间的限制，是否婚育不能成为判断女性价值的标准，传统的女性价值的重要维度由此被解构。

丘吉尔在第二幕的角色对位设计中对个体面临的价值冲突进行了更深入的探讨。剧名"天之骄女"有多重含义，它可以用于称呼第一幕中每一位前来赴宴的宾客，而它在剧中直接就是玛琳所在的就业公司的名称，因此也用来指涉第二幕中的现代职业女性。丘吉尔用 7 个演员扮演 16 个角色，演员在第二幕换装出场，第一幕中出现的每个虚构的历史人物都对应了第二幕中的一个现代人，并且她们有明显相似的性格特质。仔细辨析两幕人物的命运，会发现现代对位角色人生的精彩程度打了折扣：对应伊莎贝拉的乔伊斯（Joyce）是辛苦持家的家庭主妇，尽管她尽心照顾父母和子女，却没得到女儿的尊重，女儿只崇拜在大城市事业有成的阿姨；对应日秀的雯（Win）工作得心应手，有多个情人，看似有种游戏人生的轻松态度，但她去见有妇之夫时生怕被邻居看见，偷偷摸摸，心存焦虑；对应琼的路易斯（Louise）尽管年纪轻轻就当上经理，一心发展事业，但她拼搏 21 年后仍因升职无望而灰心辞职；对应格里西达的詹宁（Jeanine）为结婚筹钱而来应聘，被玛琳建议不戴婚戒隐瞒即将结婚的事实；对应格莱特的安吉（Angie）虽有改变现状的勇气，却显得不够聪明，被自己的生母看不起，对未来很迷茫。这种对位法展现出具有同样性格特质的人在不同的环境中的不同表现，一方面进一步说明了没有一种在历史中恒定不变的个人价值，环境会对人的价值实现造成影响；另一方面也表现出现代社会的复杂性，第一幕中虚构人物的环境相对单纯，格莱特用勇武脱颖而出，琼用智识征服宗教界，格里西达用温驯换来完满家庭，她们只需要一种特质就可以出类拔萃，经历相对复杂的伊莎贝拉和日秀在不同的人生阶段面临的困难也比较单一，无非是身份约束的问题。但是时代变化造成了价值观的变化，虽然现代女性在职业选择上似乎比过去更自由，所受道德约束更少，但在面临多种选择时却有更多的困难，若想出类拔萃，需要克服的环境阻力更大。例如，安吉有勇无谋则无法在充满竞争的社会中赢得一席之地，现代社会的发展需要素质更加全面的人才；能力过人的路易斯仍受制于职场对女性的偏见难以晋升，外界阻力让女性难以满足自己的事业心；詹宁看重婚姻，具有顾家的特质，但为了家又必须进入职场挣钱，如果要有理想的工作，就要隐瞒自己结婚的意愿，并且短期内不能考虑生育，因此，一位贤淑的女性很难实现她"贤淑"的价值。角色对位凸显了当今社会人们面临的价值冲突，通过后面两幕的场景比照，丘吉尔进一步揭示了这些冲突的深刻社会根源，剧本的意义展示得更加充分。

三、寻求和谐社会生存之道的场景独立

个体生存困境的产生有其社会根源，表现为社会对个人的要求与个人自我认同之间产生的矛盾，《天之娇女》用场景独立的手法来呈现现代社会需求与个体发展之间的关系，时空转移时矛盾凸显，每一幕却各自蕴含着和谐，这种更宏观的复调艺术手法首先突出的是现代人在事业与家庭生活之间的难以平衡的状态，玛琳和乔伊斯两姐妹是两种选择偏向的代表。随着情节的展开，读者会知道，玛琳成为职场精英是以牺牲家庭为代价的，安吉其实是她未婚先孕的亲生女儿，她因为要离家发展事业而弃之不顾，甚至在安吉长大后也拒绝相认。在安吉来办公室找她时，她先是表示自己很忙，说了几句问候的套话后就问安吉什么时候回去（Churchill, 2013, p. 182），表现出非常冷漠的态度。而乔伊斯没有事业野心，纯粹为家庭付出，她为了照顾安吉太过操劳而导致流产，她每周看望母亲，与母亲保持着亲密的关系，不像玛琳那样长时间不与家人联系。可以说，乔伊斯是一位在家庭中尽职尽责的母亲、妻子和女儿，但是因为没有进入职场，个体价值似乎并未充分实现，丈夫另有新欢，女儿安吉对她充满敌意，希望她死掉。(p. 142) 相反，安吉觉得作为职业女性的姨妈回家时是自己"人生中最美好的一天"(p. 185)，她一心想要离家去找姨妈，在公司见到玛琳后说"我就知道什么都是你说了算"(p. 184)，目睹玛琳在与男同事霍华德（Howard）的职位竞争中胜出，并赶走霍华德无理取闹的妻子后表现出崇拜之情，说"我觉得你太了不起了"(p. 190)。安吉看待玛琳和乔伊斯这两个与她最亲密的人的眼光，反映出在以是否事业有成作为价值判断标准时，玛琳是成功者，乔伊斯是失败者。这样的比照反映出以家庭为中心的女性已经无法发挥出充分的价值，这与当时英国的政治经济环境对个体的要求相符，国家需要个体为经济的发展做尽可能多的贡献，当福利被削减、企业功能受重视时，作为白领的玛琳因为符合社会要求而体现出自己的价值，乔伊斯则被排斥在国家整体进步的利益范畴之外。

两姐妹的对立也反映在她们的政治态度上，玛琳表示她要选玛吉（Maggie）为首相，因为"她很强硬……国家不能再得过且过，货币主义并不愚蠢，需要时间和决心，不能再拖沓了"(p. 291)。而乔伊斯则粗暴地回

应，"我觉得他们就是群混蛋"（p. 292）。此处两姐妹谈论的即英国第一任女首相撒切尔夫人（Margaret Thatcher）的当选和可能会给英国经济带来的影响。两姐妹政治观点相左，俨然化身为两个阶级的代表，她们的矛盾隐喻了以撒切尔夫人为党魁的保守党政治经济制度与底层人民利益的冲突。撒切尔夫人在 1979 年第一次成功竞选为首相时正是丘吉尔创作《天之骄女》剧本期间，玛琳和玛吉名字的相似也已经暗示玛琳就是撒切尔夫人的化身，她们在性格作风上如出一辙，因此，玛琳虽没有在第一幕中与虚构人物对位，却有现实社会中的对位角色。在撒切尔夫人当选首相之前，英国面临经济危机，通货膨胀严重，为了恢复经济，保守党主张减少政府开支和公债，建立健全的货币结构，实行低税收，保护和促进企业的发展，减少群众对福利制度的依赖（撒切尔，1998，pp. 322－323）。事实证明，保守党的政策的确促进了英国经济的繁荣，通货膨胀率从 1980 年的 21.9％降低到 1986 年的 24％（p. 572），然而，底层人民对保守党的政策是不满的，因为"尽管 1979 年以来经济有了发展，但'穷人变得更穷'。最近官方公布的'低于平均收入家庭'的统计数字表明，如果把住房费用考虑在内，1979 年与 1991—1992 年间，占人口 1/10 的位于底层的人们，其收入下降了 17％"（pp. 545－546）。可以说，撒切尔夫人的铁腕政策所成就的英国经济发展是以底层人的利益为代价的，作为底层人代表的乔伊斯自然对首相和保守党充满怨怼。在社会层面，资产阶级的兴盛是以剥削工人阶级换取的；在家庭中，玛琳的职业发展也是以乔伊斯的牺牲为支撑的，因此乔伊斯用自己的个人价值成全了玛琳的个人价值，家庭矛盾以此解决，但在社会层面，因为底层人民的需求长期未得到重视，个人价值感欠缺，社会矛盾并不容易解决。

读者将场景并置，情节勾连后能看清层层叠加的戏剧冲突，剧内剧外的矛盾似乎一触即发，但单独来看每一幕中的情节发展，矛盾并不突出，特定场域内人物对自身高度认同，与环境相对和谐。正如交响乐的每个乐章共同构成一部完整的乐曲，但又因其相对的独立性而可以分别聆听，《天之骄女》的三幕也单独呈现出完整的场景，第一幕叙述六位女性的卓越人生，第二幕呈现现代女性的职场表现，第三幕则聚焦农村家庭，分别突出不同的主题，完全可以当作独幕剧来欣赏。这种场景独立的结构特点与剧中人物的独立性相呼应，也为现代英国社会提供了解决矛盾的启示，即无论在怎样的情境之中，当个体坚持对自我的认同，社会整体关系也会更加和谐。人作为价值主体，有其双重规定性。其一，人作为独立存在的个体，有对自身需求的不同认知和自我发展的不同需要，因此会产生独特的价值取向；其二，人存在于世界中，必然会与他人或社会整体发生互动，因此，又会产生共同的价值诉求。正如马克思所说，"人是一个特殊的个体，并且正是他的特殊性使他成为一个个体，成为一个现实的、单个的社会存在物，同样，他也是总体，观念的总体，被思考和被感知的社会的自为的主体存在，正如他在现实中既作为社会存在的直观和现实享受而存在，又作为人的生命表现的总体而存在"（马克思，2000，p.84）。因此，个体价值既有独立性又有依存性，或内化为品质、德行等人的内在维度，或外显为名誉、地位等人的社会需求，此二者不一定在同一人物身上兼备，但前者的达成往往能够促进后者的实现。《天之娇女》中的人物自然也处于这样的双重规定性之中，她们在寻求自身价值和面对社会价值观念时对立统一的关系在丘吉尔的复调式创作中得以展现。对比剧中的同声和鸣与异声相斥，不难发现，自我认同是实现个体价值的基础和旨归，自慊之道也是和谐社会对个人的要求。当个体活在自我认同中时，容易具有生命的价值感，哪怕此时外界与其自我意愿产生分歧，人因为能够"自得"而仍与环境处于互不伤害的和谐关系中。但是极少有人能够做到完全摆脱他者凝视的干扰，正如萨特所意识到的："他人的注视和这注视终端的我本身，使我有了生命……因为他人的注视包围了我的存在。"（萨特，1987，p. 346）当个体的自我意志与社会要求不符，人感受到环境加诸的限制和压迫时，可以通过改变自我以适应外境，让冲突得以缓解；自我认同与外界认同相一致时，自我价值容易外显，或者说，如果个体的自我驱动符合社会期待，自我价值的实现会因内外和谐而容易达成。

第一幕中"天之骄女"的杰出并不一定在于他们取得了有目共睹的外在成就，而是她们都处于自我认同之中。玛琳在第一幕中扮演凝视者的角色，她用自己的价值标准来衡量不同时空、不同文化背景中的女性的思想和行为，给予一种出自现代英国女强人视角的判断，对与自己价值观念相左的行为提出质疑，但都丝毫没有影响这些"天之骄女"的自我认同。内心与外在最和谐的是格里西达，在夫权至上的环境中，每一次接受荒唐的"考验"，她都迅速让自己顺从于逆境，逆境由此也成了顺境。她没有任何事违背丈夫的意愿，面对内心虚弱的丈夫关于爱的试探，她甘心让丈夫送走自己的子女，即便是在被丈夫抛弃，光脚走回家，旁人都为她哭泣的情况下，她也没有丝毫的情绪波动，说"这很容易做到，因为我知道我听命于他就对了"（Churchill，2013，p.133）。当玛琳说侯爵简直是个怪物，格里西达回应说他也挺不容易的（p.136）。她的人格魅力恰好体现在柔弱的女性特质上，她看上去是所有"天之骄女"中最柔弱的，实则是最强大的，也是结局最圆满幸福的。自我认同与境遇保持高度和谐的还有伊莎贝拉和日秀。伊莎贝拉虽然不愿囿于室内，但她完全遵从牧师父亲对她的期望来行事，尽管她喜欢的是一些"粗糙"的事情，比如骑马和过野外的生活，但为了取悦父亲，她做针线活，学习音乐、诗歌和拉丁语并投身慈善，父亲去世后她才按照自己的意愿生活，迅速忘记了拉丁语和神学，四处旅行，尽管不喜欢家庭的约束，但她婚后从未离开丈夫，她对自己真正热爱的旅行是在没有父亲和丈夫的期望介入的情况下进行的，她在人生的每个阶段都保持与他者期待相符。日秀也同样随身份转换而改变心态，在宫廷时尽心侍奉天皇，说起她被天皇宠幸的情形时，玛琳问"你是说他强奸了你？"日秀回答："当然不是，我属于他，我生下来就被教育一切为了他。"(p. 100) 父亲和天皇去世后，她立即随环境改变成为只对自己负责的、二十年如一日认真修行的尼姑。教皇琼经历了自我认同与环境要求从相异到一致再到互斥的转变，当女子不能读书时，她通过女扮男装改变性别身份获取读书的资格；当她的智识在神学领域出类拔萃时，她获取了教皇的地位；但当她的性别身份与地位要求背离时，她因异端身份而被处死。可以看到，在琼的人生巅峰，正是她内在对智识的追求和社会对宗教最高权威的要求相符的时期，在此之前，她用主观努力解决自我认同与外界认同的矛盾；在此之后，社会要求成为难以逾越的障碍。尽管很多女性主义者会谴责"女人、孩子和疯子不能成为教皇"(p. 120) 的荒谬性，但琼的可贵在于她深知，个体很难与社会制度相对抗，她最后接受了自己的异端身份，被处死也没有怨言，因此，她的人生也如上述其他女子一样处于自慊的状态中。而对于出现在战争这种激烈冲突的场景中的格莱特来说，她的行为尽管不符合一般情况下社会对女性温柔贤淑的期待，却符合极端情况下社会对英雄的期待，面对外来的侵略和压迫，奋起反抗正好是她所处境遇需要的精神，因此她的生命价值得以外显。

值得注意的是乔伊斯在玛琳回家之前安于自己的农妇身份，玛琳回家后安吉明显表现出对阿姨的喜爱和崇拜，乔伊斯才因为玛琳可能会争夺女儿而有所不安。丘吉尔此处提出一个问题：弱势群体是否真的毫无价值可言？事实证明，没有乔伊斯背后的支撑，就不会有玛琳的成功，社会和谐运转也不能只靠玛琳一类的职场精英，两姐妹在政治立场上的冲突把社会制度对乔伊斯一类底层人的价值忽视凸显出来，这种忽视的后果可能导致愤怒和反抗，家庭内部仅仅表现为口头争执，在社会中则是英国当时此起彼伏的工人罢工运动所带来的社会动荡。不过正如葛兰西在谈及霸权时所言，各阶层之间虽然存在利益和价值观的冲突，但可以达成高度共识，彼此和谐相处；被统治阶级似乎服膺于"共同的"价值、观念、目标，以及文化和政治内涵，并以此种方式被既有的权力结构"收编"。（Storey，2009，p.80）英国的精英阶层成功地让自己的价值观处于主导地位，"收编"了安吉一类虽身处底层，但认同玛琳的价值观的人，社会处于相对稳定的状态。然而就乔伊斯一类对跻身上流并无意向的底层人来说，他们被社会抛弃似乎是难以摆脱的命运。因此，葛兰西的"均势妥协"理论固然有其合理性，然而这种自上而下达成统一价值观的政治理念对底层人或许有失公平。对此，尊重个人经验的文化学者汤普森的观点更值得借鉴。他认为必须要聆听普通人的声音，"我要拯救那些可怜的长袜推销员，那些卢德派的佃农，那些被遗弃的手工纺织工人，那些'空想的'手工艺者，还有那些追随乔安娜·南考特的糊涂虫。……如果说他们是历史的牺牲品，现在仍然是牺牲品，在自己的生命中饱受折磨"（Thompson，1980，p.12）。乔伊斯一类"历史的牺牲品"成为弱势群体，但他们的价值不应该被隐没，他们或许没有金钱、权力、地位这样外显的个人价值，但是只有他们内在的品质和人格得到应有的重视，社会才能更加和谐。中国儒家文化对此也有相应的观念，孔子认为"贫而无谄，富而无骄"不如"贫而乐，富而好礼者也"（朱熹，2008，p.50）。贫者典范为颜回，实现了"一箪食，一瓢饮，在陋巷，人不堪其忧，回也不改其乐"（p.83）的自慊人生，但儒家文化为富者提出了一个"好礼"的要求，在当代英国的语境中可以理解为汤普森的"聆听普通人的声音"。英国本是有悠远的"富而好礼"的贵族精神的国家，然而适者生存、利益至上的资本主义逻辑占主导地位已达数百年，资产阶级对底层人民的剥削是难以规避的社会现象，反映在《天之骄女》的戏剧冲突中，直接导致对亲情的损害。戏剧采取开放式结尾，以安吉的一个词"可怕"（Churchill，1980，p.235）结束，安吉在偷听到两姐妹谈话后知道了玛琳才是自己的生母，"可怕"一词意味深长，可以是安吉面对玛琳的拒绝相认，因缺乏自我价值产生的恐惧心理，也可以是对玛琳无情人格的否定。因此，在不同阶层的关系中，是精英阶层对底层人民的冷漠无情导致了底层人民的价值感缺失，如果精英阶层能够"富而好礼"，满足环境对"天之娇女"或"天之骄子"除事业成功之外的德行期待，现代社会中的矛盾将能缓和，从而实现个体的自我认同与社会的和谐共存的局面。

结　语

复调戏剧让不同的人物自由发声，也让同一个人物的内心矛盾得以展现，是多元价值观的平等呈现和碰撞。丘吉尔巧妙地运用复调模式创作了一部场面恢宏、情节错综复杂、寓意深刻的《天之骄女》。全剧虽然只有女性角色，却不局限于对女性价值的探讨，而是对全人类生命价值做出思考。多声部对话让虚构的杰出女性在餐厅这样的公共空间叙述自己的故事，展现自己的个性，个体生命价值在古今不同文化背景中得以呈现；角色对位展现不同历史背景和生活空间的观念变化，展现出个体面对环境造成的价值冲突时，或通过自我身份超越，或将矛盾悬置，从而实现不同的生命价值。丘吉尔通过职场与家庭的场景转换将精英阶层与底层人的价值对立呈现出来，但各幕中人物的独立自洽则让人进一步思考和谐社会当如何看待不同阶层人的生命价值。如果葛兰西、汤普森和孔子进行跨时空的对话，或许能得出以下结论：自慊之道是每个人实现个体价值的基础与归宿，"富而好礼"是和谐社会对精英阶层更高的价值期待，只有关注每个人的个体经验、尊重每个人的生命价值，才能奏响理想社会的圆满乐章。

引用文献：

巴赫金（1998a）. 巴赫金全集：第五卷（白春仁、顾亚铃，译）. 石家庄：河北教育出版社.

巴赫金（1998b）. 巴赫金全集：第六卷（李兆林、夏忠宪，译）. 石家庄：河北教育出版社.

毕凤珊（2013）. 论卡萝·丘吉尔建构性的角色扮演策略. 解放军外国语学院学报，1，112－116.

马克思（2000）. 1844 年经济学哲学手稿. 北京：人民出版社.

钱激扬（2008）. 后现代历史剧《优异女子》的艺术特色. 外语研究，3，85－88.

萨特（1987）. 存在与虚无（陈宣良，等译）. 北京：生活·读书·新知三联书店.

撒切尔，玛格丽特（1998）. 通往权力之路——撒切尔夫人自传（本书编译组，译）. 北京：当代世界出版社.

朱熹（2008）. 四书集注（王浩，整理）. 南京：凤凰出版社.

Cameron, Rebecca(2009). From Great Women to Top Girls: Pageants of Sisterhood in British Feminist Theater. *Comparative Drama*, 43, 143－166.

Churchill, Caryl(2013). *Top Girls*. London: Bloomsbury Publishing Plc.

Grosz, Elizabeth(1989). *Sexual Subversions: Three French Feminists*. Sydney: Allen and Unwin.

Mander, Tanya(2015). Gender and Politics: Interpreting Caryl Churchill. *The International Journal of the Humanities: Annual Review*, 13, 33－43.

Poole, Gaye(1999). *Reel Meals, Set Meals: Food in Film and Theatre*. Sydney: Currency Press.

Storey, John(2009). *Cultural Theory and Popular Culture: An Introduction*. 5th edition. Harlow: Pearson Education.

Thompson, E. P. (1980). *The Making of the English Working Class*. Harmondsworth: Penguin.

作者简介：

崔潇月，云南师范大学外国语学院副教授，主要研究方向为比较文学和英美戏剧。

Author:

Cui Xiaoyue, associate professor of School of Foreign Languages and Cultures, Yunnan Normal University. Her research interests are comparative literature and British and American drama.

E-mail: xiaoyuecui@163.com

跨学科研究 ● ● ● ● ●

清末民初疫病的符号修辞与叙事机制：以广东三份画报为例

彭　佳　徐欣桐

摘　要：“疫病”自古以来多发于潮湿、瘴气较重之地，历史上广东作为疫病多发区，有丰富的有关“疫病”的叙事、文化风俗和治疗措施。笔者将目光聚焦于清末民初广东三份画报：《时事画报》《平民画报》《赏奇画报》，运用符号修辞和叙事学理论，探讨“疫病”内容所运用的修辞框架与背后的叙事机制。

关键词：疫病　广东　叙事　修辞

The Symbolic Rhetoric and Narrative Machanism of the Epidemic at the End of the Qing Dynasty and the Beginning of the Republic of China: A Case Study of Three Pictorial Newspapers in Guangdong

Peng Jia, Xu Xintong

Abstract：Epidemics have often occurred in places with humid climate and strong miasmas. Guangdong in history, as an epidemic-prone area, has abundant culture and customs, narratives and herapeutic measures related to epidemic. The author focuses on three pictorial newspapers of Guagdong which are *Current Affairs Pictorial Newspapers*, *Civilians Pictorial Newspapers* and *Shangqi Pictorial Newspapers* in the late Qing Dynasty and the early Republic of China, using theories of symbolic rhetoric and narratology to explore the rhetorical framework and the narrative mechanism regarding the content of the epidemic.

Keywords: epidemic; Guangdong; narrative; rhetoric

一、引言

近两年，一场新冠肺炎疫情席卷全球，人们对疫病的关注度提升至前所未有的高度。受此影响，学界也产生了一股疫病研究热。"疫病"大多发于潮湿、瘴气较重之地，清末民初的广东作为疫病多发区，留下了不少有关疫病的叙事、文化风俗和治疗措施等，具有一定的参考价值。笔者希望通过对清末民初广东疫病话语的分析，从微观上展现传统文化影响下疫病防治的地方话语与治理之术，挖掘地区性疫病防治观念的建构以及其所蕴含的地方性文化逻辑，同时为区域媒介对疫病观念的构建提供修辞叙事的参考。笔者把目光聚焦于广东三份画报，运用符号修辞和叙事学理论，探讨历史上《时事画报》《平民画报》和《赏奇画报》中疫病报道所运用的修辞框架与背后的叙事模式，分析清末民初区域性卫生事业的"地方性""民族性"和"现代性"的叙事机制，从而呈现地区性疫病近代化观念形成与发展的内在逻辑。

二、疫病概念界定

"疫"是中国对疾病的古老称呼，在商代便有记载。在出土的殷墟甲骨文上，便标刻着"疟""疥""蛊"等字样，这些都是"疫"所囊括的意涵。（张剑光，1998，p. 1）除此之外，在岭南地区，"疫"还包括了"瘴"的含义。《魏书·僭晋司马叡传》描述岭南地区为"地既暑湿，多有肿泄之病，瘴气毒雾，射工、沙虱、蛇虺之害，无所不有"（魏收，1974，p. 2093）。《后汉书·马援传》写道"出征交阯，士多瘴气"（范晔，1965，p. 846），同时，还写到"军吏经瘴疫死者十四五"，其中"瘴疫"可以理解为一种传染性疾病。"瘴"的含义涵盖很广。《广韵》称"瘴，热病"（周祖谟，1960，p. 427）。《玉篇》阐述道"瘴，之亮切，瘴疟也"（顾野王，陈彭年，1983，p. 221）。《岭南医学与文化》梳理关于"瘴"的典故与用语，认为"瘴"有两个含义，其中一为"闭塞潮湿、致人疾病的自然环境"，二为"与这些自然环境相关的疾病，通常表达为瘴病，若表现为瘟疫则称为瘴疠"（郑洪，2009，p. 181）。

随着西医渐入，"疫"有了更加具体的含义。在《中医大辞典》中，"疫"被定义为"具有剧烈流行性、传染性的一类疾病，多因时行疠气从口鼻传入所致"（李经纬等，1995，p. 1144）。《疫情旬报》进一步明确"疫"的定义，把 11 种传染性疾病——霍乱、伤寒、赤痢、斑疹伤寒、回归热、疟疾、天花、白喉、猩红热、流行性脑脊髓炎和鼠疫，归入"疫"的定义中。（张大庆，陈琦，2019，pp. 105—106）

本文研究的是疫病防治的修辞与叙事，需要尽可能地挖掘与"疫"相关的话语概念与叙事框架，因此将把上述疫病的相关词并入讨论范围。同时，本文研究的疫病是人际传播的疾病，因此剔除猪瘟、牛瘟、鸡瘟等动物类传染病的报道。综上所述，"疫病"在本文的研究中指具有剧烈流行性、传染性，在人类中传染的一类疾病，即瘴、瘟疫、霍乱、伤寒、赤痢、斑疹伤寒、回归热、疟疾、天花、白喉、猩红热、流行性脑脊髓炎和鼠疫等。

三、疫病卫生史综述

早期对疫病的相关研究，主要集中于医学史领域，特点是"以病论病"。学者主要按专题与地域分布对疫病的史料进行整理与考证，以医学史尤其是中医医学史为本体论视角来进行梳理，其中包括对我国古代瘟疫病症的名实考证、古代病名对应研究、现代各种流行病的历史追溯、疫病流行的地方分布等内容进行深入考察与论证分析。余云岫《流行性霍乱与中国旧医学》对中国古医籍记载的"霍乱病"与弓形菌流行性霍乱进行分析考证，对弓形菌流行性霍乱的传入原因和蔓延地域进行研究（余云岫，1941）。此外，他还对猩红热这一病状做了系统性的论述，其中记载了猩红热的名称、病史、病因、病症以及疗法。对于鼠疫的记载，伍连德做了大量贡献，其《中国之鼠疫病史》囊括了对近代中国的云南、广西、广东、香港、福建、海南等南方地区鼠疫流行情况的记载与考察（伍连德，1936）。"以病论病"阶段的医学史研究在曹树基后开始转型，他在《鼠疫流行与华北社会的变迁（1580—1644）》中运用的研究方法是把自然史（包括瘟疫史）、社会史、人文史相结合，在自然灾害的大环境中考察和诠释中国社会变迁，引领医学史走向"多视角跨学科论病"阶段（曹树基，1997）。

随着疫病研究的发展，多视角跨学科论病成为近现代疫病史的研究特点。疫病史的研究逐渐从医学领域走出来，延伸至人口学、社会关系学、统计学等，学者们着力研究疫病与自然、社会、民俗的互动关系，并涉足疫病的防治与现代性的讨论，从横向划分，大致可以分成宏观性研究和区域性研究。

在宏观性研究中，学者们把疫病相关概念，如"卫生""洁净"等，与中观层面的城市概况、社会文化、市民心态以及宏观层面的国家性、民族性等概念进行结合分析，从而对疫病文化做更深层的考察。在人口与自然和社会关系角度，李玉尚和曹树基深入调查了近 500 年的鼠疫情况，呈现鼠疫对中国社会演变的影响（李玉尚，曹树基，2003）。在疫病的应对措施上，余新忠发现历代封建王朝多以仁政和德治作为出发点对百姓进行救治，因而并没有对疫病防治形成系统性的认识，且在切断疫病传播方面贡献较少（余新忠，2020）。在疫病概念的演变角度上，何小莲发现，历史上西学卫生概念的"出场"与传教士有关，他们不断向中国政府提出改善公共卫生的建议，通过医院、报刊传播有关接种牛痘、预防霍乱、天花、鼠疫等传染病的知识，多方呼吁中国注意公共卫生问题（何小莲，2003）。在西学传播上，陈小卡指出，19 世纪初，中国接种牛痘的开展，是我国接受西式防疫抗疫的开端（陈小卡，2020，p. 511）。伴随着西学概念"合法化"过程的推进，中国传统的医学概念受到了严重的冲击。台湾学者梁其姿在《医疗史与中国"现代性"问题》中，描述了近代中医学知识体系在西学冲击下所受的挤压，其中一些著名的中医学者，例如丁福保和陈邦贤等，一方面极力维护中医的精粹，另一方面主动引入西方科学中的卫生体制和医疗方法，以推动中医的"现代化"（梁其姿，2011）。西学概念"合法化"的背后，是对中国传统文化的话语融合。外国学者罗果斯基（Ruth Rogaski）通过解析中国"卫生"含义翻译的扩展，发现"卫生"在清末之前指的是中医的"保健之道"，但在帝国主义入侵后，卫生的意义外延扩展至科学进步、清洁、健康等意义，换言之，中国传统的"卫生"概念由原来的"保健观"向"清洁观"延伸，意义领域也从私人向社区转型（Ruth Rogaski，2004）。

在区域性研究上，西学渐入的次序也影响着学者们对疫病研究地的选择。西方医学概念主要从东南沿海口岸，如珠江口的澳门、广州一线传入，再经各个口岸向全国传播（陈小卡，2020，p. 2）。因此在区域研究中，学者主要集中于对港口城市如广州、澳门、香港、天津、上海的研究，同时也针对疫病多发地域，如岭南地区、江南地区等进行考察。李玉尚利用福建、云南、广东地方史料和地方卫生部门报告中的细致描写，在中医疗法以及民国期间民众与官方的防御举措方面深化了对鼠疫的研究（李玉尚，2002）。余新忠从近代市民社会研究切入古代疫病史研究，对清代江南地区疫情做了较深入全面的资料调查、流行个案分析和整体规律研究，尤其是说明了瘟疫流行的后果和社会对它的控制（余新忠，2003）。在广州地域研究上，《岭南瘟疫史》是综合研究的代表作之一。此书结合医学史和相关社会因素，从岭南瘟疫资料的整理，到社会应对瘟疫的措施与瘟疫对社会的冲击都进行了研究与总结（赖文，李永宸等，2004）。对广州地区疫病进行研究的文章数量并不多，多数学者从"卫生"概念入手，探讨广州公共卫生的现代性。如潘淑华从"秽处"着手，考察广州20年的厕所和粪秽管理改革，发现改革虽没有给广州城市环境卫生带来质的变化，却使广州市民建立起近代公共卫生观念、文化与生活追求（潘淑华，2008）。赵文青着眼于20世纪20年代的广州，通过机构的设置、制度的厘定、人员的配备、经费的筹拨以及具体的治理等多个纬度对广州城市卫生进行考察，分析政府所取得的成就以及工作中的不足（赵文青，2007）。周瑞坤则从政权与卫生关系切入讨论，发现广州卫生局的卫生政策实施对广州当地、广州市民有着现代性的推动，同时也对政权的塑造有重要的影响（周瑞坤，2002）。

通过对疫病史研究的梳理，我们发现，疫病史研究从一般的材料收集与材料考证，到结合各类学科，从人口、地域、自然等维度，对社会价值与文化层面进行深入的挖掘分析。研究多数以中国公共卫生事业近代化作为主题，勾连有关地区的社会状况以及文化逻辑，分析地方性近代知识生产。广东属于这类区域研究中的热门地点，但多数文章都是从现代卫生的角度出发，因此从"疫病"这一角度研究近代广东社会，有一定的延展意义。此外，既有研究多聚焦于政府层面，多数以县志、法律规定等官方材料作为研究对象，涉及民间以及社会材料如报刊、日志、小说的研究较少，因而研究结论多以呈现政府认知为主，而关于民间对疫病的直观认知的呈现则较为缺乏。实际上由社会各阶层如民族企业家、普通百姓等所构成的民间疫病认知具有较大的研究空间。

四、传统认知局限下的"病恶相连"观

通过深入分析历史上广东有关画报内容，我们发现，清末民初对疫病的态度的构建主要体现在对疫病的修辞和叙事上。在清末民初的画报内容中，受传统民间知识及观念的局限，"病"与"恶"构成隐喻，产生负面价值的感情色彩。

在具体的叙事上，当时的报道内容多以对疾病进行"驱赶""消除"为主，如《时事画报》1906年第12期《岑督实行防疫政策》和《时事画报》1906年第4期《卫生适以伤生》等，对疫病均持一种远离和驱赶态度。"疫

病"作为一个符号，虽然能被科学剖析与拆解，在医学领域呈现中性意义，但在我国传统民间认知中，"疫病"却是一个具有负面价值倾向的词语。清末民初民间对疫病负面态度的建构，既受外来疫病观念的影响，表现出对"罚"观念的吸收，同时也受自身传统文化的影响，表现出对传统"病文化"思想的承接。

在西方传统文化语境下，"疫病"概念常与道德和宗教相结合。鼠疫第一次暴发的时候，西方人无法找到有效的治疗方法，便把瘟疫视为上帝的愤怒，认为瘟疫是由人类自身的过错与罪孽导致的。（张大庆，陈琦，2019，pp. 105-106）这种观念也较多地反映在了"瘟疫文学"作品中，丹尼尔·笛福在《瘟疫年纪事》中写道："我要提醒世人，碰上瘟疫时仍要对上帝保持敬畏之心。"（笛福，2013，p. 289）书中把瘟疫的暴发归因为上帝对人类的惩罚，以一种"神意卫生"观（迪克森怀，2012）构建"瘟疫"概念，使"瘟疫"与"神罚""罪"等负面的意涵相连，使"上帝对世界罪行的判罚与救赎"成为"疫病"的所指对象。

在东方传统文化语境下，"病"一般与"恶""坏"等带有负面价值判断的词语勾连，"病"概念的构建，常与人情伦理、命运轮回、社会征兆等结合，多被赋予超自然色彩，带有神话意味和迷信色彩。如《搜神记》第九卷写道："昔苏峻事公，于白石祠中祈福，许赛其牛。从来未解。故为此鬼所考，不可救也。"[①] 小说把庾亮的病归咎于鬼神。基于对传统"病文化"思想价值的承接，"疫病"观念同样受"神意卫生"观的影响。在传统社会中，小孩若患天花，人们会认为是天神对小孩的惩罚，便会去拜祭"麻姑娘娘"或"花姑娘娘"，以望消除病痛。（何小莲，2006，p. 167）正是受自身传统"病文化"价值观念的影响与对西方文化的选择性融合，清末民初针对"疫病"形成了"病恶相连"的观念。

"病恶相连"观及"神意卫生"观显然不是一种科学的卫生观，其本质是封建统治者企图对民众身体进行借用，使民众身体政治化，目的是巩固其封建统治。因而随着现代文明的发展，"病恶相连"观及"神意卫生"观受到了质疑与否弃。如《时事画报》1906 年第 6 期《何不讲求卫生》一文叙述了佛山地区的"迎神舞狮"祛除疫病的热闹场景，同时也告知仪式过后依旧有"疫病患者暴毙"的现状。叙事运用对比的修辞方式，烘托出了清末民初百姓的无知和"靠神祛病"的无效。

---

① 详见《搜神记》第九卷. https：//ctext. org/wiki. pl？if=gb&chapter=581900&remap=gb.

图 1 《时事画报·何不讲求卫生》

　　然而，清末民初尽管知识阶层在叙事中已透露出对西方传入的现代"卫生"概念的接受，把封建迷信活动视为标出项，但百姓对"卫生"概念反响较小，超自然意义解释下的"疫病"观很长一段时间依旧存在，一些封建迷信的去疫病活动依旧盛行，如"迎神舞狮""瘟神游行"①"破除风水之害房屋"② 等。纵使民间百姓对"卫生"概念并不接纳，但政府仍把"卫生"概念置于日常管理的政策之下，从行动上给予其合理性与合法性。《时事画报》1906 年第 12 期《岑督实行防疫政策》一文写道："凡有死丧之家，无论是否疫症，均不得将死者衣物在街巷及宅内焚化，以免秽气传播。并由局一体出示，仍将城厢内外各处毙命之人，如何病由，逐日查明呈报。并由县谕饰善堂绅董，赶紧多催人夫，随时收死者衣物送往石房焚烧，将灰埋藏地下，以免传染云。"可见，"卫生"这一概念在权力运作下被民众接受，其合理化的过程亦是人们受到规训的过程。疫病防治中的"卫生"概念，其实是媒体与政府共同构建的，在人们内心无声地表达着，同时又以身体运动的形式在人们日常生活中有形地渗透着。

----

　　① 详见《时事画报·澳门怪状》，1909 年第 9 期。
　　② 详见《时事画报·风水之害》，1907 年第 2 期。

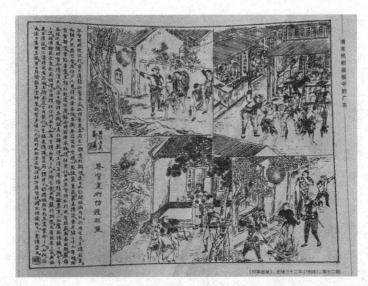

图2 《时事画报·岑督实行防疫政策》

综上所述，在清末民初的画报内容上，"疫病"观因传统认知的局限，呈现出"病恶相连"的叙事特色。作为封建迷信的"病恶相连"观与"神意卫生"观相互勾连，其实是对中国传统的"疾病"迷信思想的延续，以及对西方传统"瘟疫"隐喻思想的选择性融合。随着现代文明的发展、民智的开启，它们都已逐渐被世人抛弃，这个过程正伴随着疫病防治的科学化和现代化。

五、中医话语框架下的"西药中论"

来自西方的"疫病防治"概念，除了涵盖"卫生""检疫"等预防和治理措施，背后还有一套以细菌学为中心的西医病理解释体系。清末民初以后，在公共卫生领域，不仅西方"疫病防治"概念在政府的治理措施上逐渐找到了合法化途径，而且西医病理解释体系还通过"药品"这一媒介逐渐渗透进百姓生活中。

据统计，1911年以前，岭南地区共发生鼠疫超过500次，从1905年至1911年这6年时间，每年基本都有发生鼠疫的记录。（中山大学历史系中国近代现代史教研组、研究室，1965，p.572）应市场需求，大量西药被引进或制造。为与中医争夺市场，大量西药在报刊上登广告，提高曝光度与知名度。

较为出名的疫病治疗药有"三蛇胆药油"①"万应保济丸"②"去火午时丹"③
"核症护心散"④"时症药水"⑤"朱中兴普济药水"⑥ 等。过去岭南经常被冠以
"瘴乡"的称谓，文学作品中，以《全宋诗》为例，涉及岭南"瘴"意象的词
汇共出现 343 次（侯艳，2014）。同时《外台秘要》又引《备急》写道："夫
瘴与疟分作两名，其实一致，或先寒后热，或先热后寒，岭南率称为瘴，江
北总号为疟，此由方言不同，非是别有异病。"（李佳琪，2020）。因此，清末
民初广东画报上药品广告多表明具有治"瘟疫""瘴气""疟疾"的疗效。虽
然这些药品大多是西药，但是在命名和描述其功效的时候，却往往借助中医
的话语框架来完成传播任务，以减少传播隔阂。

　　不同于今天市面上售卖的西药直截了当使用化学成分命名，如"头孢丙
烯片"，清末民初时西药的出场与劝服借助的是中医的话语框架以及地方的语
言习惯。如"去火午时丹"的命名借用的是中医的"火"概念。在中医理论
体系中，"火"的概念被广泛运用，"少火""君火""命门之火"用于陈述人
体生理功能，"壮火""火证""火邪"则用于说明人体病因病机（刘惠金，贾
春华，2012）。实际上，中医"火"的概念是把现实生活中具象的"火"通过
隐喻映射为生理上抽象的"病痛"，但经过时间的沉淀，该隐喻已成为中医里
的一个规约符，意涵为"身体存在病状"。"去火午时丹"的"去火"是"去
除身体病痛"的隐喻，进而转喻该药的祛病功效；"保济""普济""护心"等
概念也皆是中医话语。

　　药品功效的宣传既处于中医话语框架下，同时还结合地方语言特点进行
表达。例如，"梁培基发冷丸"在广东建厂，年销量达到 100 万瓶，且远销美
国和东南亚地区。（陈小卡，2020，p. 240）其广告写道："一服即全愈，包你
冇再制""冇件系等驶"（没有见效的），运用顺口溜和粤讴进行文案的写作。
梁培基认为"宣传要通俗，才容易深入人心，同时要避免流于那种江湖卖药
的庸俗口吻"（陈小卡，2020，pp. 240－241）。相似功效的药品还有安泰大
药房的"专制发冷驱魔丸"，其广告以短句为主，四字对仗，朗朗上口，运用
白话"平安""断尾"等词语，带有浓厚的地方气息：

---

① 详见《时事画报（第九册）1905（01）－1913（12）》，第 316 页。
② 详见《时事画报（第九册）1905（01）－1913（12）》，第 292 页。
③ 详见《时事画报（第九册）1905（01）－1913（12）》，第 558 页。
④ 详见《时事画报（第九册）1905（01）－1913（12）》，第 85 页。
⑤ 详见《时事画报（第九册）1905（01）－1913（12）》，第 128 页。
⑥ 详见《时事画报（第九册）1905（01）－1913（12）》，第 128 页。

疟症为患，不外积痰，感冒风热，触动邪寒，乍冷乍热，应期回还，日久不愈，血气难担。泰安此药，功盖入寰，立能止病，再不重番，一服断尾，永保平安。①

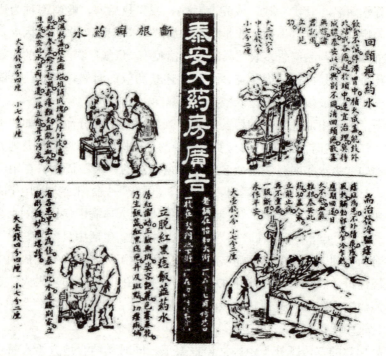

图3 《时事画报》泰安大药房广告图

除此之外，隐喻、夸张等修辞手法被广泛运用，且行文带有玄幻和传奇色彩。如以"奇药""功盖入寰"来描述药品的性质，尤其是"专制发冷驱魔丸"广告词写道"立能止病，再不重番，一服断尾，永保平安"，以夸张的语气给该药附上神奇的色彩。这些广告的共同特点是并不说明用量，只是单方面夸赞药品的功效广、疗效短。

总之，通过梳理疫病治疗药品广告，我们发现，清末民初时西药大多是借用中医的话语体系出场，以"中医话语"表达"西医配方"的内核，这一方面是利于吸引易于接受西药的知识分子，另一方面是利于劝服认为"外国之药，其名既异，其性复殊，而且研磨炼水，更无从而知其形"（杨米人，

---

① 详见《时事画报（第九册）1905（01）—1913（12）》，第197页。

1982，p.126）的保守群体，目的是让更多的国人尝试以西药治病。由于当时百姓大多仍持"知其药之良，而不敢服，诚恐服之有误而无术以救正之"（杨米人，1982，p.126）的保守心态，因而西药在广告词上脱离不了以"中药之理"论"西药之效"的言说方式，同时还常辅以一种夸张的叙事方式以凸显药物功效。这种营销方法，侧面反映出清末民初中国民间传播西方疫病防治概念的巧妙之处。

六、总结："疫病"概念出场的多重语义

何小莲表示"西医东渐，取自下而上的路径"（何小莲，2006，p.7）。清末民初以后对西方疫病防治概念的引入与接受，这一过程的轨迹脉络可从民间报刊中寻得。从当时的画报内容可见，民间话语注重对疫病的"治"与"评"，关注疫病的治疗方法与治理手段，其"疫病"观念的构建，在符号修辞与叙事机制上有两个特点：传统认知局限下的"病恶相连"观的形成；"西药中论"，即有关疫病治疗的药品广告常借助中医话语概念。

19世纪末20世纪初，在中西文化碰撞的语境下，"疫病"符号与传统思想、西医理论、中医观念勾连，形成了诸如"天神发怒，降下灾难""不讲卫生导致的病""上火、触动邪寒"等叙述形式。当时"疫病"概念的构成，多受本土传统文化的影响，但西方的观念也逐渐融入社会，并多以报刊内容的形式出场，以中医话语为框架，以西药为形式进入民间生活，同时通过官方的防疫措施获得了合法化。

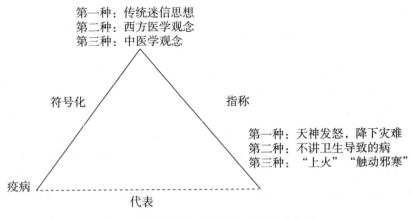

图4 "疫病防治"概念本土化语义分析图

那个时期，虽然官府给了西方"疫病"概念出场的合法化路径，但是总体来说该概念的建构与理解是自下而上的，其中民间的报人与商人是西方

"疫病"概念出场的有力推动者。民间的报人利用直观的图画以及风趣的文字呈现"卫生"行为的合理性与有效性，有利于让民众逐渐接受"卫生"概念。同时，广东的实业家销售、生产西药，以中医理论进行宣传与劝服，让西药进入民众的生活中，通过治疗效果使民众逐渐理解融合了西医理念的疫病防治方式。

总之，清末民初随着一系列近代化运动的开展，西方"疫病"概念逐渐融入中国文化语境，作为愚昧和迷信产物的所谓"病恶相连"观及"神意卫生"观逐渐成为标出项，新的"卫生"概念逐渐融入中国"疾病"防治的话语体系。

引用文献：

曹树基（1997）．鼠疫流行与华北社会的变迁（1580—1644 年）．历史研究，1，16．

陈小卡（2020）．西方医学传入中古史．广州：中山大学出版社．

笛福，丹尼尔（2013）．瘟疫年记事（许志强，译）．上海：上海译文出版社．

迪克森怀特，安德鲁（2012）．科学－神学论战史（鲁旭东，译）．北京：商务印书馆．

范晔（1965）．后汉书（第 3 册）．北京：中华书局．

顾野王，陈彭年（1983）．宋本玉篇．北京：中国书店．

何小莲（2003）．论中国公共卫生事业近代化之滥觞．学术月刊，2，7．

何小莲（2006）．西医东渐与文化适应．上海：上海古籍出版社．

侯艳（2014）．唐宋历史地理与诗歌地理中的岭南．广西社会科学，11，6．

赖文，李永宸等，岭南文库编辑委员会，广东中华民族文化促进会（2004）．岭南瘟疫史． 广州：广东人民出版社．

李佳琪（2020）．市井与医疗：《时事画报》医药广告研究．博士学位论文．广州：广州中 医药大学．

李经纬，余瀛鳌，欧永欣等（1995）．中医大辞典［M］．北京：人民卫生出版社．

李玉尚，曹树基（2003）．清代云南昆明的鼠疫流行．中华医史杂志，33（2），5．

李玉尚（2002）．近代民众和医生对鼠疫的观察与命名．中华医史杂志，32（3），6．

梁其姿（2011）．面对疾病传统中国社会的医疗观念与组织．北京：中国人民大学出版社．

刘惠金，贾春华（2012）．从隐喻认知角度探究中医之"火"的概念内涵．世界科学技术： 中医药现代化，5，2087－2091．

潘淑华（2008）．民国时期广州的粪秽处理与城市生活．中研院近代史研究所集刊，59， 67－91．

桑塔格，苏珊（2003）．疾病的隐喻（程巍译）．上海：上海译文出版社．

魏收（1974）．魏书．北京：中华书局．

伍连德（1936）．中国之鼠疫病史．中华医学杂志，22（11），1039－1055．

杨米人（1982）. 清代北京竹枝词（十三种）. 北京：北京古籍出版社.

余新忠（2003）. 清代江南的瘟疫与社会. 北京：中国人民大学出版社.

余新忠（2020）. 中国历代疫病应对的特征与内在逻辑. 中国社会科学文摘，8，2.

余云岫（1941）. 流行性霍乱与中国旧医学. 中华医学杂志，29（6），273－278.

张大庆，陈琦（2019）. 近代西医技术的引入和传播. 广州：广东人民出版社.

张剑光（1998）. 三千年疫情. 南昌：江西高校出版社.

赵文青（2007）. 民国时期广州城市环境卫生治理述论. 博士学位论文. 广州：暨南大学.

郑洪（2009）. 岭南医学与文化. 广州：广东科技出版社.

中山大学历史系中国近代现代史教研组、研究室（1965）. 林则徐集奏稿. 北京：中华书局.

周瑞坤（2002）. 公共卫生与广州城市现代化（1901－1930）. 博士学位论文. 台北：政治大学.

周祖谟（1960）. 广韵校本. 北京：中华书局.

Ruth，R.（2004）. *Hygienic Modernity*. University of California Press.

作者简介：

彭佳，暨南大学新闻与传播学院传播学教授，研究方向为符号学。

徐欣桐，暨南大学新闻与传播学院硕士研究生，研究方向为符号学。

Author:

Peng Jia, professor at College of Journalism and Communication, Jinan University. Her research is focused on semiotics.

E-mail：pj8024@163.com

Xu Xingtong, M. A. candidate at College of Journalism and Communication, Jinan University. Her research is focused on semiotics.

E-mail：61910054@qq.com

新媒介场域中中医药知识传播现状及其风险

刘亭亭　董思韫

摘　要：新冠疫情引发了全社会范围内的健康信息传播危机，围绕中医
药知识的虚假信息曾急剧增长，给中医药学和中医文化的传承
发展带来了不良影响。本文基于疫情期间关于中医药虚假知识
的传播案例，结合虚假信息研究，从媒介场域理论出发检视新
媒介场域中中医药知识传播现状及其风险。本文指出，互联网
和移动互联网媒体场域中，虚假信息发布者从民俗、文化、信
仰和情绪方面编撰关于中医药的不实疗效报道。只有推动形成
科学主义和专业主义主导的中医药信息传播模式，建立贴近当
代人生活方式和表达习惯的话语风格，才能让准确的中医药信
息在新媒体传播阵地中争夺话语权。

关键词：新媒介场域　中医药知识传播现状　风险议题

Current Situation and Risk Issues of Dissemination of Traditional Chinese Medicine in the New Media Field

Liu Tingting, Dong Siyun

Abstract: Since the outbreak of COVID-19, there has been an observable rise of crisis in disseminating the knowledge about the traditional Chinese medicine. The quick spread of the fake information not only creates a high level of information uncertainty and emotional stress among people, but also undermines their trust in the traditional Chinese medicine. This article selects some representative cases and applies Fake News Studies and Field theory to examine the current situation and the risk issues of disseminating knowledge about the traditional Chinese medicine in the new media field. This paper points out that false information publishers in the Internet construct inaccurate reports about traditional Chinese medicine, drawing upon folklore, local culture, beliefs and emotions, By promoting the formation of a scientism and professionalism-driven traditional Chinese medicine information dissemination model and establishing a discursive style close to the lifestyle and expression habits of the young generation, accurate and legitimate Chinese medicine information can compete for the right to speak in the new media communication field.

Keywords: new media field; current situation of the dissemination of TCM knowledge; risk issues

引　言

2020 年新冠肺炎疫情期间，围绕中医药产品疗效的夸张报道和谣言四起。其中，最为典型的是 1 月 21 日流传于各大主流社交媒体的一则药方，号称"广东省中医药预防肺炎方"，包含桑叶、苏叶、杷叶、鱼腥草和千层纸等中草药药材。因其流传之广泛和可能引发的负面影响，广东省中医院及时向公众澄清："目前无论中西医，针对新冠病毒的特效药都没有研制出来，能做到的只有对症、支持治疗。"后来，10 月 13 日，中国工程院院士钟南山在关于复方板蓝根颗粒的研讨会上透露，研究团队开展了一系列抗新冠病毒的体外药效筛选实验，发现复方板蓝根颗粒对新冠病毒可能有抑制效果。随后，这个信息在传播中被误读，在未明确体外药效筛选实验的局限性和尚且缺乏进一步有效性和安全性验证的前提下，演变成"板蓝根能治新冠"的不实信息，在新浪微博和微信朋友圈泛滥。本文通过分析疫情前后关于中医药虚假知识的传播案例，结合虚假信息研究（Fake News Studies），从媒介场域（Field）理论出发检视新媒介场域中中医药知识传播现状及其风险议题。

一、媒介场域理论视野下的虚假信息研究

自 2016 年英国脱欧及美国总统大选以来，大规模的信息误传现象（Misinformation）使"虚假新闻"（Fake News）这一概念成为国际热词。

在英国为是否脱欧举行公投时，《太阳报》曾在头版多次援引匿名信息，暗示女王曾明确表示反对英国的欧盟成员国身份。实际上，女王始终持一种政治中立态度。在美国大选时期，特朗普的演讲内容有70%为误导性信息（张广昭、王沛楠，2020，pp. 102-106），此类信息明显是源于当今媒体环境下泛化的传播主体别有用心的编撰，然而这种缺少依据的"幻象"却引发了大量受众的共鸣。其中网络社交媒体对虚假新闻的泛滥起到了推波助澜的作用。社交媒体在虚假新闻的传播中扮演着便捷的中介角色，为用户搭建了一个由"幻象"组成的高度同质化的数码气泡。而在许多落后地区，社交媒体对民众而言是一种新鲜事物，信息误传的现象便更严重。

近两年来，新冠病毒在引发全球对于传染性疾病的恐慌的同时，也在信息空间引发了一场"疫情"，伴随着疫情出现的是由一系列信息误传现象引发的"信息疫情"。"信息疫情"比病毒更快在全球肆虐，呈现速度指数级、对象海量级、网络去中心化和效果疫情化等特点（徐剑、钱烨夫，2020，p. 132）。尽管专业媒体从业者们用深度报道逐步还原了疫情相关信息，更有不少主流媒体建立辟谣平台，但是社交媒体传播模式改变了信息传播以及受众接收信息的习惯，因此，相比播放量上千万的短视频，深度报道以及辟谣信息并不能顺畅到达用户（彭兰，2020，pp. 36-43）。这种新媒体时代下的信息误传症候引发了传播学、政治学和社会学领域的关注（Allcott & Gentzkow, 2017, p. 227）。有学者指出，人类有在高度不确定的危机情境下自发寻求信息以降低不确定性的本能，然而在特大危机的情境下，人类大脑难在短时间内分辨直觉、认知、情绪以及特定社会情境中被建构出来的信息的真伪（Spink & Cole, 2004, p. 622），铺天盖地的流言提供了与人们对传染病及死亡的恐慌相协调的认知，由此，席卷而来的"信息疫情"并没有在社会中形成"群体免疫"，再高的媒介素养或许也难以对所有信息问题产生"免疫"。同时，通过社交媒体传播的具有情绪性的信息往往会煽动人们的情绪，在互联网时代制造和散播虚假信息的门槛进一步降低。有研究指出，移动互联网时代信息生产和分发的社会化与多元化造就了谣言生产传播的土壤，同时区隔化、群体极化以及缺乏反馈机制的相对闭合的传播过程加剧了谣言的生产与传播（喻国明，2018，p. 46；张志安，束开荣，2016，p. 65）。已有研究认为，社交媒体上的虚假信息虽不一定能影响公众的政治倾向（Allcott & Gentzkow, 2017, p. 229），也有仅出于无聊而造谣的意图，但能极大地引发公众恐惧和不安的情绪，可以混淆视听，恐吓和分化公众（Montesi, 2020, p. 6）。因而，许多学者指出，当务之急是提高公众对于社交媒体信息的鉴别能力，制定系统性的框架约束社交媒体平台（耿益群，2020，p. 22）以及对不实信息即时矫正（杨洸，闻佳媛，2020，pp. 33-35）；同时通过增加社交媒体信息生产的透明度与观众参与度，利用自然语言处理（Natural Language Process，NLP）等高新技术手段对信息进行甄别与追溯，采取健全事实核查机构的法律制度等方式进行社交媒体虚假信息的治理（罗坤瑾，陈丽帆，2020，p. 44），但如此又会引发社会对于言论自由危机的担忧（齐延平，何晓斌，2019，p. 6）。

媒介场域理论有助于我们对中医药虚假信息进行分析。皮埃尔·布尔迪厄打破了长期以来社会研究的"客观主义"和"主观主义"两种取向，建构了一套超越"结构"和"能动"、"宏观"与"微观"等二元对立理论体系的场域理论。（刘海龙，2005，pp. 53-59；2020，pp. 14-20）。布尔迪厄将"场域"定义为某一领域相关的社会行动者之间结成的关系网，由于每一个场域都是由现实世界分化而成的具有独特实践逻辑的小空间，因此在这一关系网中并不存在着所谓统一的规则（2001，p. 100）。在此基础上，布尔迪厄用资本（capital）与惯习（habitus）概念揭示场域的行动逻辑，其认为场域是一个不同社会主体根据其在社会实践中的"惯习"及其社会经济地位，而做出行动与反应的场所，在这个由一系列政治、经济、文化生产等自身"游戏规则"主导的场所中，各个行动者和行动单位之间都存在着动态的、不对称的、模糊的关系。同时，他进一步指出社会是在代表经济和政治资本的"他律"级与代表艺术、科学等文化资本的"自主"级之间的对立中建构的（Benson，1999，pp. 463-498），强调在一个特定领域内包含着不同社会政治力量围绕话语权、文化资本以及场域规则制定权的博弈（Martin，2003，pp. 35-39）。刘海龙指出，当代社会的媒介场力量混杂，是个体主观因素、客观环境和被主观化了的客观环境所构成的不可分割的整体（2005，p. 57）。社交媒体、移动终端、可穿戴设备的逐步发展将更多传播主体卷入媒介场中，而不同的媒体类型导致不同媒体的习性存在较大差异，进一步加剧了媒介场的复杂性。不同类型的媒体都具有差异化的历史语境和行为逻辑，很难笼统地用一个惯习加以概括，而场域理论的优势在于它可以将不同占位、具有不同资本和习性的媒体及其行动者统一到同一分析框架里，并同时将时间维度与空间隐喻相结合，从历史的视角理解当下媒介场的资本分配、惯习及运作逻辑（刘海龙，2020，p. 18）。

以上研究提醒我们，在考察新媒介场域中中医药知识传播现状时，需要考虑到信息场域的多层次复杂性，也要注意有关中医药信息从专业途径经由互动式、发散式甚至情感导向式的传播过程后，往往兼具科学知识（scientific knowledge）和文化民俗（cultural folklore）的性质。基于此，在探究新媒介场域中中医药知识传播风险议题的过程中，应从中医药信息内容场、媒介场和社会场三个层次进行剖析（逻辑如图1）。本文在具体分析时，重点落脚于作为科学的中医药知识和作为文化的中医药民风民俗两者之间的关系。

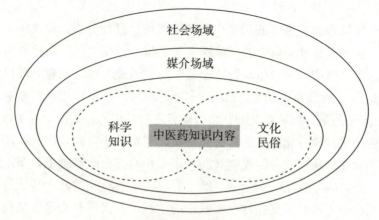

图 1　中医药知识传播的三个层次

二、中医药信息的新媒体传播现状

中医药文化承载着中华传统文化的精髓，近年来国家高度重视中医药文化，为其传播和发展出台了相关政策以给予大力支持。中共中央、国务院印发《"健康中国2030"规划纲要》，提出要充分发挥中医药文化的独特优势，在推进中医药传承和发展的同时进行创新，一方面辅助制定、实施国民营养计划，另一方面助力强化覆盖全民的公共卫生服务。在政策层面的推进下，我国中医药文化传播有着重大突破。中医药文化传播中一大难题在于其理论深邃、复杂，难以通过单纯的文字去理解。一些新媒体技术陆续被引入用于辅助中医药文化的教学。比如，2019年4月教育部为中医药教学与VR技术相结合设立12个项目，虚拟仿真实验教学项目入选，涉及中药的处理和制作，通过建立虚拟实验室，利用VR特有的沉浸性和更直观的3D图像，让学生对中医药知识有了更直观的感受和认识，增进对难点的理解。除此之外，各级医院也积极开发有关中药材识别、加工制作等的VR小游戏，让学生在娱乐中巩固所学知识，提高学习兴趣。如今，对中医药的科普不再局限于中医药相关专业学生，各地政府也联合各地的医疗组织积极推动中医药科普知识的大众传播。如上海搭建面向中小学生的中医药慕课科普平台，建设校园科普工作站和"百草园"；广东开设中医药文化公交专线，在车内将中草药纸质图案同车厢电子屏、移动终端等媒介结合，形成中医药知识科普的多样媒体载体，市民可以通过二维码查看中药膳食、中医保健、疾病防控等中医药相关健康知识；在成都地铁"文明成都"专列的中医大省医院站内，竹简式的立柱上写着李时珍的《本草纲目》中的不同药方，如"治耳内外恶疮。用黄蘗半两，马齿苋一两，共研为末敷涂"，颇有一种"药香弥漫气自清"之感①；在北京冬奥会和冬残奥会筹备期间，由北京中医药大学打造的"10秒体验中医药"体验馆运用5G、8K等技术，以中医五行为内核设置出"八卦多面屏""望而知之屏""经络可视化滑轨屏""天人合一体验屏"等体验区域，为中医药文化的传播打造一种沉浸式的场景体验。此外，各地的中医药博物馆也通过引入数字技术、网络技术和移动通信技术，并通过互联网和移动通信网等网络渠道连接电脑、手机、数字电视等终端，打造用户信息交流传播的综合媒体形态，以推广中医药知识。

随着网络新媒体技术的不断发展，中医药信息还通过不同的互联网平台，以文字、图片、音频、视频等多样形式进行传播。在微信、微博、快手、直播等新媒体平台，关于中医药的内容随之激增。其中微信公众号成为很重要的中医知识传播渠道。"懒兔了"是这方面较为成功的公众号：该公众号以漫画为主要形式，辅助简单易懂的文字，传播跟中医、养生相关的信息，阅读量平均达10万次以上。有研究指出，中医药文化在网络传播的过程中具有以下特征：传播和更新速度快、传播内容丰富凝练、发布者与受众互动性更强、传播渠道更宽等（鲁红玲等，2020，p. 54）。但也有研究指出，中医药的传播面临着以下问题：虚假信息的传播阻碍有效信息获取，缺乏正确的引导容易形成中医偏见，缺乏市场监管体系导致专业性和严谨性不强（许纯纯，2019，p. 5）。

总体看来，当前国内对于中医药知识传播的研究比较侧重现状描述，多停留于"真 *vs.* 假"层面点评新媒体传播机制中的虚假信息问题，大多数研究理论性不强，未能在知识社会学层面提出中医药知识解读及理论体系当中的关键问题并进行深入思考。

---

① 详见新闻《成都地铁打造文化空间：一站一景　流动的"锦官城"》http：//sc. cnr. cn/sc/2014jiaodiantu/201411/t20141129_516921139_3. shtml.

三、网络环境下中医药信息传播风险

从知识社会学的角度来看，有关中医药的信息从专业途径经由互动式、发散式甚至情感导向式的网络传播过程后，往往同时兼具科学知识和文化民俗的性质（默顿，2003，p. 29）。科学知识和文化民俗在验证方式、价值、意义的追求上皆有不同，科学知识的根本在于寻求可被实证方法和数据验证的规律，而文化民俗本质上是世代相传的关于某个群体的传统、信仰和习俗，其验证方式来自人们的生活经验。

风险一：中医药知识中的文化民俗内容被网络传播恶意利用。

围绕中医药知识与文化的研究与争论早已超越学术的范畴，夹杂着大量经验常识、哲学思想、民族信仰等文化范畴的取向，成为影响社会文化生活的重要问题（李树财，2015，p. 15）。在新媒体场域中，互动式、发散式甚至情感导向式的网络传播影响了中医药的信息传播，一些有关中医药知识的网络虚假传播往往偏废科学知识的部分，单倚靠文化习俗内容，有意编造、扭曲中医药的药理与治疗方法，夸大、杜撰疗效。

这些关于中医药的虚假信息利用相关知识界定的模糊与经验性导向方法论中的不足，从民俗、文化、信仰和情绪方面编撰关于中医药的不实疗效报道，因更符合部分网友的媒触习惯和话语风格，往往遮蔽了科学性和专业性的中医药信息传播。如曾有所谓的"大师"打着节食、气功、养生等中医药保健的旗号，号称"辟谷""灌顶"等能够清理体内垃圾，提高免疫力，改善癌症症状，甚至消灭乙肝病毒，从而吸引了一些中老年群体。[①] 另外，关于"气""精""血"等形而上的概念，因存在过量模糊信息，也让虚假信息的传播有了可乘之机。

此外，部分网络传播者往往通过放大对传统哲学文化的崇拜与信仰，传播虚假的中医药科学知识。比如，源于古典武侠小说的虚构药物"黑玉断续膏"因原著与影视改编作品传播范围广，加之被游戏开发者设定为游戏中的"救命神器"，而成为所谓的"灵丹妙药"。这一虚构的毫无科学依据的药物近年来竟被制作成治疗疼痛的中药类保健品在线上售卖，不少吹捧的文章甚至将原著小说的虚构内容作为这种"黑膏药"的所谓药效依据。又如，被戏称为"神医宇宙"的40多名所谓"神医"在网络上穿着中山装

---

① 详见新闻《起底刘尚林：从林场员工到"气功大师"》，https://www.thepaper.cn/newsDetail_forward_8028022.

或各种民族服饰兜售各种来路不明的古方秘制神药。还有采取所谓"违背祖训""无偿献给国家"等极具魅惑性的话术、利用具有行医资质的医生身份、制造民间偏方的民俗文化噱头等方式，兜售假中药。[①] 纵观这些中医药虚假信息传播，都偏重于单依靠病患的言语反馈以判断药效。

由于意识形态等方面的差异与冲突，西方一些媒体针对我国中医药，恶意制造科学知识与文化民俗两方面的二元对立，严重阻碍中医药知识的科学传播。[②] 事实上，中药、针灸等中医学实践早在海外便有着有益实践，部分国家还建立了以针灸技术为主体的物质文化认同与以中医立法为主体的制度文化认同。如法国、俄罗斯、德国等将针灸纳入正规教育体系，澳大利亚实行全国中医立法，新加坡对中医师进行注册管理，捷克将针灸用于治疗慢性疼痛，青蒿素等中药亦用于非洲多国家的抗疟中（高静，郑晓红，孙志广，2019，p. 820）。有学者在对中国文化符号在美国、德国、俄罗斯、印度四个国家的传播现状的调查中指出，四国受访者对中医的疗效以正面态度居多（王丽雅，2013，p. 2）。

在新媒体场域中，知识传播实际上是一个意义争夺的过程，而这种意义总是附着于不同的符号、框架之上。网络虚假话语和西方部分媒体往往恶意地强化中医药与文化民俗中非理性内容的联系，将中医药文化与理性、科学主导的现代话语对立起来，加上互动式、发散式甚至情感导向式的信息传播更符合一些网友的触媒习惯和话语风格，以致网络空间容易成为虚假中医药信息泛滥的温床。

风险二：新媒介场域中的传播主体混杂与群体极化。

传统的中医药知识传播媒介主要是图书馆与电视、报纸等。由于中医药相关文献数量庞杂，且包含大量古籍，专业性强，加上文言文晦涩难懂，传统传播方式单一且即时性较弱，影响了中医药知识的有效传播。新媒体为中医药知识传播建构了新的媒介场域，中医药知识传播的媒介场域根据不同媒介形式可分为微信、微博、短视频与应用四大场域。微信公众号根据经营主体性质的不同可分为由个体或私营文化传播公司创办的微信公众号，以及由中医药机构、团体开设的专业性微信公众号。微博平台上的中医药知识传播主体包括已认证的中医药名家名师，或者中医药文化爱好者，

---

① 详见新闻《"神医"抹黑中医屡禁不绝　亟须"扶正祛邪"》, http://www.xinhuanet.com/politics/2021－03/31/c_1127275492.htm.

② 详见新闻 Chinese medicine gains WHOacceptance but it has many critics, https://www.cnn.com/2019/05/24/health/traditional－chinese－medicine－who－controversy－intl/index.html

传播形式则以文字、图片为主。短视频为中医药传播创造了新的可能性，如公众号"云南中医"建立"微视"栏目，通过短视频的形式进行中医药知识科普。抖音、快手等短视频平台现已成为各类主体进行中医药知识传播的主要场域，短视频往往将中医药知识与名医以视觉化形式呈现给用户，提高了相关内容的可信度与心理接近性。按照传播主体，可将短视频媒介场域划分为专业中医药机构、栏目开设的官方账号，如环球网主办的"大国医"、中华中医药学会官方账号等；经过官方实名认证的中医药医师，如"李渤医生""中医郭志华教授"等；民间团体或个人开设的、未经官方认证的账号，如"中医传播""中医药文化"，等等。

在中医药知识传播的新媒介场域中，传播主体的身份十分复杂，除了主流媒体及以专业医疗机构主导的权威医学类媒体，现有的中医药知识传播平台的主体多为各类私营性质的文化传播公司。此类私营机构既没有专业的医疗知识背景，也并非依托专门的中医药研究机构，其传递的中医药信息多来源于"网友投稿"，或者是网上二手信息的再加工，很容易出现将错就错、以讹传讹的情况。这样的中医药知识传播平台往往成为虚假信息传播的"加速器"。

在新媒体场域内中医药知识传播的另一风险是群体极化（group polarization）。群体极化是指群体讨论开始时，论据十分有限，且群体成员容易被引导至特定方向，而在随后的讨论过程中，群体讨论的结果会进一步强化已有的偏向（Vinokur, Burnstein, 1978, pp. 335−348）。桑斯坦认为，群体极化产生的原因在于信息的稀缺。社交媒体等新媒体的出现看似为中医药学主题的群体对话提供了更多的可能，实际上个性化信息服务导致的"信息茧房""回声室效应"（桑斯坦，2017，p. 37），使得偏见与不满更容易被煽动，更容易导致群体极化。桑斯坦进一步指出，片段式的信息形成的"有限的论证池"（limited argument pools）、人们渴求关注的"声誉考虑"（reputational considerations）和"佐证效果"（effectsof corroboration）等是导致网络群体极化产生的一些重要因素（2018，pp. 79−91）。新媒体场域中，导致群体极化的信息稀缺以及"信息茧房"与"回声室效应"因素主要应当归咎于区隔化的自媒体，区隔化的自媒体又导致了受众的圈层化与舆论场的进一步撕裂（杨姣，张珊，2020，p. 183）。群体极化的产生给围绕中医药学的建设性对话的开展带来了困难。一些缺乏理性与共识的舆论表达逐渐消磨了新媒介场域中中医药议题与知识传播的公共性，使得新媒介场域中关于中医药学的认识容易相互对峙，社交媒体关于中医药的圈层化表达与价值认同难以整合。这不仅恶化了中医药知识的传播环境，甚至有人还将"骂战"引向其他文化领域议题，削弱了新媒介场域的安全性与稳固性。

风险三：群体极化进一步有碍社会话语场域的稳定性与合法性。

群体极化还可能影响新媒介场域之外更大的话语场域的稳定性与合法性。由于以意识形态为代表的话语权力在现代社会中以结构化的方式镶嵌于知识的生产与再生产的机制中，而意识形态的分裂往往起始于知识的专业化分割和话语体系的细致化，因此在传播过程中，话语权力之争容易具象化为话语体系的科学性之争，科学主义与人文主义的分裂以科学主义自身的扩张为标志，成为现代社会的一个重要现象（杨海霞等，2020，p. 78）。

具体到中医药知识传播的话语场域，关于中医药知识的虚假信息与围绕中医药知识所开展的争论关乎中医药学的合法性问题。新媒介场域中围绕着中医药学的群体化与圈层化的意见表达往往促使群体极化从新媒介场域蔓延至更大的社会场域，极端分化的价值取向带来了撕裂公共领域内共通的价值体系的风险，若中医药虚假宣传频频出现，则不仅会动摇公众对中医药疗法的信心，也可能影响中华传统文化的传承和弘扬。

四、讨论和总结

中医药在新冠肺炎的诊疗过程中发挥了举足轻重的作用，但同时，中医药相关虚假信息急速增长，给中医药学及中医文化的传承发展带来了不良的影响。基于此，本文重点分析了中医药知识传播过程中的三大风险：一是在内容层面，一些传播者恶意利用中医药学所包含的经验常识、哲学思想、民族信仰等文化元素，模糊其本身的科学性标准，导致缺乏科学依据的不实疗效报道出现，甚至用虚假的所谓中医民间疗法误导公众；二是在新媒介场域中，中医药知识传播虽然迎来快速、便捷、交互性强的特点，但是以社交媒休为代表的移动新媒体注重个性化信息分发的传播方式导致了"信息茧房"与"回声室效应"，区隔化的自媒体传播与圈层化的网民意见表达导致"群体极化"发生；三是群体极化不仅存在于媒介场域这一单一维度，也将网络舆论场的撕裂带入社会话语场域，给价值表达的整合带来困难。

根据本文的讨论，笔者建议从以下两个层面有效规避中医药知识传播过程中存在的风险：

第一，在中医药文化传播的知识域里，药监、文化等相关部门应积极参与到中医药知识及文化的公共传播过程中来，主动掌握话语权，引导公众辨别作为文化民俗的信息和作为科学知识的信息，理性、客观、辩证地看待中医药知识，向公众宣传科学有益的中医药疗法与中医文化。相关部门同时也应该加大对于中医药虚假信息、制品以及非法行医机构的查处、禁止，同时制定相关卫生法规规范中医药诊疗、制药等专业行为。

第二，各类传播主体应当深刻意识到传播中医药知识的重要性与责任感，不断提高自身媒介素养与中医药知识素养，提高对中医药相关信息的辨别能力，坚决避免传播中医药虚假信息，同时还有责任及时澄清相关不实信息，积极化解舆论危机。

引用文献：

布尔迪厄，皮埃尔（2001）. 艺术的法则：文学场的生产与结构（刘晖，译）. 北京：中央编译出版社.

高静，郑晓红，孙志广（2019）. 基于中医药海外中心建设的现状论中医药国际传播与文化认同.

耿益群（2020）. 信息疫情背景下媒介素养的新发展：海外经验与中国策略. 新闻与写作，8，13—23.

凯斯，桑斯坦（2016）. 社会因何要异见（支振锋，译）. 北京：中国政法大学出版社.

凯斯，桑斯坦（2008）. 信息乌托邦——众人如何生产知识（毕竞悦，译）. 北京：法律出版社.

凯斯，桑斯坦（2010）. 极端的人群：群体行为的心理学（尹宏毅，郭彬彬，译）. 北京：新华出版社.

李树财（2015）. 中医科学性争论的科学逻辑研究，博士学位论文. 重庆：西南大学.

鲁红玲，李友巍，贾佳（2020）. 基于微信公众平台的中医药文化传播探析. 医学信息学杂志，10，54—56.

默顿，R. K.（2003）. 科学社会学（鲁旭东，等译）. 北京：商务印书馆.

罗坤瑾，陈丽帆（2020）. 事实核查：社交媒体虚假新闻治理研究. 中国编辑，8，42—46.

刘海龙（2005）. 当代媒介场研究导论. 国际新闻界，2，53—59.

刘海龙（2020）. 媒介场理论的再发明：再思《关于电视》. 当代传播，4，14—20.

彭兰（2020）. 我们需要建构什么样的公共信息传播？——对新冠疫情期间新媒体传播的反思. 新闻界，5，36—43.

齐延平，何晓斌（2019）. 算法社会言论自由保护中的国家角色. 华东政法大学学报，6，6—16.

王丽雅（2013）. 中国文化符号在海外传播现状初探. 国际新闻界，5，74—83.

徐剑，钱烨夫（2020）. "信息疫情"的定义、传播及治理. 上海交通大学学报（哲学社会科学版），5，121—134.

许纯纯 (2019). 新媒体在中医药文化传播中的应用. 中医药管理杂志, 21, 5-7.

杨洸, 闻佳媛 (2020). 微信朋友圈的虚假健康信息纠错：平台、策略与议题之影响研究. 新闻与传播研究, 8, 26-43+126.

杨姣, 张珊 (2020). 新冠疫情期间自媒体的分化及其对公众领域的影响. 科教望潮·2020 Remix 教育大会论文集, 187-198.

喻国明 (2018). 双因机制：移动互联网时代的谣言生成. 新闻与写作, 3, 45-48.

张广昭, 王沛楠 (2020). "后真相"时代西方社交媒体的政治传播. 人民论坛·学术前沿, 16, 102-106.

张志安, 束开荣 (2016). 微信谣言的传播机制及影响因素——基于网民、媒介与社会多重视角的考察. 新闻与写作, 3, 63-67.

Allcott, H. & Gentzkow, M. (2017). Social Media and Fake News in the 2016 Election. *Journal of Economic Perspectives*, 31(2), 211-236.

Benson, R. (1999). Field Theory in Comparative Context: A New Paradigm for Media Studies. *Theory and Society*, 28(3), 463-498.

Martin, J. L. (2003). What Is Field Theory? *American Journal of Sociology*, 109(1), 1-49.

Montesi, M. (2020). Understanding Fake News During the Covid-19 Health Crisis from the Perspective of Information Behaviour: The Case of Spain. *Journal of Librarianship and Information Science*, 0961000620949653.

Spink, A., & Cole, C. (2004). A Human Information Behavior Approach to a Philosophy of Information. *Library Trends*, 53(3), 617-628.

Sunstein, C. R. (2017). *Republic: Divided Democracy in the Age of Social Media*, Princeton: Princeton University Press.

作者简介：

刘亭亭，暨南大学新闻与传播学院副教授，研究方向为文化人类学、新媒体文化、性与性别研究。

董思韫，暨南大学新闻与传播学院硕士研究生。

Author:

Liu Tingting, Ph. D., associate Professor in the School of Journalism and Communication, Jinan University. Her research interests center on media anthropology, digital culture, and gender and sexuality.

E-mail: lttjulttju@gmail.com

Dong Siyun, M. A. student at the School of Journalism and Communication, Jinan University.

书　评　●●●●●

非自然叙事研究的中国视角：评《跨越国界的非自然叙事：跨国与比较的视角》

宋　杰

书　名：*Unnatural Narrative across Borders: Transnational and Comparative Perspectives*

作者：Biwu Shang（尚必武）

出版社：Routledge

出版时间：2019 年

ISBN：978−1−138−31130−5（hbk）

引　言

"非自然叙事"（unnatural narrative）与莫妮卡·弗卢德尼克（Monika Fludernik）提出的"自然叙事"（natural narrative）相对应，指"那些通过提供明显不可能的事件来违背模仿规约的叙事，它们不纯粹是非现实的叙事，而是反现实的叙事"（Richardson，2012，p. 95），非自然叙事在本质上就是"反模仿的"（anti-mimetic）。进入 21 世纪后，随着扬·阿贝尔（Jan Alber）、史蒂芬·伊韦尔森（Stenfan Iversen）、亨利克·斯科夫·尼尔森（Henrik Skov Nielsen）、布莱恩·理查森（Brian Richardson）等叙事学家对非自然叙事的深入研究，以反模仿为理论基础的"非自然叙事学"（unnatural narratology）得以初步建立，与女性主义叙事学、修辞性叙事学和认知叙事学齐头并进，成为后经典叙事学的重要学派之一。近几年，非自然叙事学发展迅猛，逐渐成为"叙事学理论中最令人激动的新范式和继认知叙事学之后最为重要的新方法"（Alber, Iversen, Nielsen,

Richardson，2013，p. 1）。可以说，发端并成长于英美国家的非自然叙事学正处于繁荣发展的时期，受到了全球叙事学界的关注。但是，英美国家长期把持学术话语权的现象在叙事学领域尤为突出，非自然叙事学方面亦是如此，这主要体现为非自然叙事理论的建构完全由英美学者参与，非自然叙事的文本批评实践以英美作家的作品为主，针对文本的解读蕴含着西方国家的意识形态和主流文化思想。有鉴于此，国内较早关注并系统研究非自然叙事学的专家尚必武就呼吁"非自然叙事理论的跨国和比较转向"（Shang，2019，p. i）。他的近作《跨越国界的非自然叙事：跨国与比较的视角》（*Unnatural Narrative Across Borders：Transnational and Comparative Perspectives*，2019）就以跨国主义和比较文学（世界文学）的视角切入，不仅从中国学者的立场出发，对非自然叙事学的理论概念、重要命题、研究范式、发展趋势等作了论述和展望，同时，还通过共时和历时的研究方法，对中国和伊拉克作家的非自然叙事文本作了独到的解读，在印证英美国家非自然叙事理论普适性的基础上，向学界展现了亚洲国家非自然叙事文本的文学魅力，一定程度上颠覆了西方叙事理论长期垄断国际叙事学界的霸权主义。该书在非自然叙事学的理论建构、文本批评实践、研究思路、整体框架等多个方面都可圈可点，具有重要的学术价值。

一、研究新议题的提出：非自然情感

作者在充分借鉴英美非自然叙事学已有研究成果的基础上，进一步开拓了非自然叙事学的研究路径，提出了新颖的观点，关注到历来为非自然叙事学家所忽视的理论命题，体现了作者开阔的研究视野。

该书对非自然叙事学的一大贡献就是首创性地研究了"非自然情感"（unnatural emotion），有效地补充了非自然叙事学的研究命题和理论关键词。近年来，叙事研究出现了明显的"情感转向"（the affective turn），情感叙事学（affective narratology）的开创者帕特里克·科尔姆·霍根（Patrick Colm Hogan）认为"故事结构本质上是由我们的情感系统来塑造和确定的"（2011，p. 1），情感推动了叙事进程，"情感是故事得以成为故事的原因"（p. 1）。认知叙事学家尤其关注叙事中的情感问题，这可能是因为只有利用认知科学，情感研究才具有科学性和阐释力。但是，"遗憾的是，霍根及其他的认知叙事学家主要研究的还是现实主义和模仿性的叙事文本，并未关注反模仿性的或非自然的叙事文本"（Shang，2019，pp. 84－85）。作者进一步指出，以霍根为代表的认知叙事学家们的研究"对模仿有偏见，且太过急于去发展出一门具有普适性的诗学"（p. 85）。正是基于认知叙事学对情感研究的不足，作者试图探讨历来为叙事学家所忽视的非自然情感，即"在反模仿叙事中，物理层面、逻辑层面和人类特征层面上都不可能出现的情感"（p. 85）。由此，作者详述了普遍存在于虚构叙事文本中的三种非自然情感：物理上不可能的情感（跨越真实与虚构世界间界限的情感）、逻辑上不可能的情感（违背逻辑的情感）、人类特征上不可能的情感（非人类发出的情感）。

作者不仅提出了"非自然情感"这个概念，还对研究非自然情感的具体方法作了论述，提出了新的见解。针对非自然叙事文本的阐释，目前主要有两种相对立的解读方法：一种是由弗卢德尼克、玛丽－劳尔·瑞安（Marie-Laure Ryan）和阿贝尔提出的自然化解读或认知方法，另一种是由尼尔森和玛丽亚·玛科拉（Maria Mäkelä）提出的非自然化解读。但是，二者的解读策略大相径庭，"自然化解读的本质是通过借助真实世界知识的认知框架来消除非自然叙事中的非自然性，从而增强非自然叙事的可读性；而非自然叙事化解读的目的在于从虚构性和艺术性的角度解读非自然叙事，以保留其非自然性"（Shang, 2019, p. 89）。作者并未将这两种解读策略的关系视为互相对立，相反，他认为二者可以互相融合、相辅相成。换句话说，即"如何在保留非自然叙事的非自然性的前提下，使其兼具可读性"（p. 89）。于是，作者提出将自然化解读策略和非自然化解读策略结合，通过综合这两种解读策略，来揭示二者的互补关系。具体到文本分析上，作者以伊恩·麦克尤恩（Ian McEwan）的小说集《床笫之间》（*In Between the Sheets*, 1978）中的《既仙即死》（"Dead as They Come"）这个短篇故事为例，分别利用自然化阅读策略和非自然化阅读策略考察了其中的非自然情感。首先，作者借助自然化策略，从以下六个方面对这个短篇故事作了解读：整合新的认知框架、类型化、将故事视为主人公的心理状态、将主题前景化、将故事视为寓言、讽刺和戏仿。其次，在非自然化策略的运用上，作者主要关注的是故事中"艺术与现实、生与死的边界和相关性"（p. 91）。通过分析，作者发现，"自然化的解读缓解了非自然叙事带给读者的认知挑战，使文本具有可读性；而非自然的解读保留了非自然叙事的非自然性和文本的文学魅力"（p. 93）。可见，作者极为推崇自然化解读和非自然化解读的联姻，倡导二者在理解非自然叙事文本时的综合应用。

总之，对"非自然情感"的理论建构和对其研究方法的探索是作者对非自然叙事学研究领域的一次开拓，体现了作者的创新意识，也启发了相关学者在该领域发现更多值得关注而暂时未能引起重视的话题。

二、更新研究视野、拓宽研究对象、坚守中国立场

虽然作者从事的是西方叙事学研究，但是，他始终保持清醒的头脑，牢记作为一名中国学者的立场，自觉肩负弘扬中华民族优秀文化的光荣使命。在对非自然叙事学进行研究的过程中，作者不仅没有被西方学者提出的研究模式所禁锢，始终坚定不移地在"比较"的视野中开展研究，还一反学界历来只重视英美非自然叙事文本的传统，将中国当代的历史穿越小说和古代的志怪小说纳入研究考察的范围。

在具体的文本分析前，作者提倡非自然叙事学研究的跨国和比较转向，并预见了叙事研究逐步走向"比较叙事学"（comparative narratology）的趋势。"比较叙事学"一词最早由苏珊娜·奥涔加（Susana Onega）和何塞·安琪儿·加西业·兰达（José Angel García Landa）提出，二人认为，"从'比较文学'的意义上说'比较叙事学'，它主要解决以下问题，如指定叙事文类或其子流派间的结构差异，叙事文本与其他文学或艺术现象间的现象学差异，不同文化、传统的比较诗学"（1996，p. 25）。此后，弗朗索瓦·约斯特（François Jost）、苏珊·斯坦福·弗里德曼（Susan Stanford Friedman）、弗卢德尼克等人都对比较叙事学的理论建构和研究范式提出了相应的观点。但是，作者认为，他们提出的比较叙事学在研究对象上都比较局限。因此，作者旨在提出一个"不仅关注特定文化和历史背景的叙事文本，同时重视相关叙事理论"（Shang，2019，p. 26）的比较叙事学研究框架，换言之，"比较叙事学应研究以下两个方面：来自不同地域、国家、文化、历史阶段的叙事文本和用于解读这些叙事文本的叙事理论"（p. 26）。为了更好地阐释自己对比较叙事学的理论建构，作者梳理了中国学者提出的叙事理论，关注了中国叙事学家对叙事学研究作出的贡献，同时，以中国式的叙事研究方法分析了中国古代的鬼故事，从而挑战了当前盛行的西式的非自然叙事研究方法。

在该书中，作者用两章（第三和第四章）分别深入系统地研究了中国当代穿越题材小说和六朝志怪小说中非自然的叙事要素。作者选取穿越题材小说作为研究对象，目的在于探索小说中非自然的叙事模式及特征、小说本身作为非自然叙事所蕴含的价值、小说自然化解读的方法。具体而言，作者旨在从以下四个方面丰富非自然叙事学研究的维度：（1）揭示当代中国穿越题材小说中显著的非自然叙事模式和方法；（2）从视角越界、预叙、自相矛盾的叙述和多人称叙述的视角挖掘小说的非自然性；（3）审视小说因具备非自然特征而造就的结局、小说中蕴含的文学价值；（4）提供一种将非自然叙事

学与伦理叙事学融合，来让非自然叙事自然化的阐释方法。

研究发现，穿越题材小说最显著的特征是人物穿越至古代，且主要通过这六种模式来完成穿越：猝死、过度服用药物、获得自然或超自然的能力、使用现代科技（时间机器）、参观名胜古迹时被带回到古时、触摸了文物。具体到叙事技巧，视角越界、预叙、自相矛盾的叙述和多人称叙述是穿越题材小说在故事层面和话语层面惯用的叙事方式，从而极大地增强了小说的非自然性。穿越题材小说虽然暂时未被学界当作正统的文学形式加以对待，但是，因其本身具有的非自然特性，它是具有一定文学价值的。诚如理查森所言，非自然叙事的主要价值在于"去关注叙事得以建构的方式和指明这些被建构的叙事文本所要服务的对象"（Richardson，2011，p. 38）。据此，作者指出了穿越题材小说的两大价值：首先，小说揭示了文学的虚构性本质；其次，小说带有较强的当代中国文化和意识形态上的隐含意义。在作者看来，穿越小说富含文学性且具有重要的现实意义，因为"它故意利用非自然的特性不仅是为了在意识形态上获得认同，更是将文化和伦理价值嵌入文本中来使其故事结局拥有更多的可能性"（Shang，2019，p. 48）。最后，作者提倡将非自然叙事学与伦理叙事学结合，用于解读穿越题材小说。在作者看来，"当代中国穿越题材小说中的非自然性是一种叙事方式，其最终目的是揭示文本的伦理内涵"（p. 49）。

除了选取穿越小说这种贴近时代的文学体裁作为研究对象，作者还对六朝志怪小说这种中国的传统文学形式作了叙事层面的研究。具体而言，作者力图通过分析志怪小说的非自然性达到以下四个目的：（1）重探非自然叙事学中最受争议的概念，提出以历时和跨国的视角去研究非自然叙事；（2）在局部层面，通过考察如非自然人物、非自然空间和非自然时间等非自然要素，来揭示志怪小说中不可能故事世界的非自然性；（3）在整体层面，通过考察故事世界边界的逾越现象，来进一步审视志怪小说的非自然性；（4）提出对志怪小说进行伦理学层面的解读。

非自然叙事的定义是非自然叙事学中最具争议性的问题，非自然叙事学家们对此莫衷一是。关于非自然叙事的概念，作者提出了自己的看法，认为"叙事文本的非自然性受文本中的非自然要素影响"（p. 55）。由于目前的非自然叙事学家主要研究的还是 20 世纪和 21 世纪西方的文学作品，因此，作者提倡非自然叙事研究应关注前现代的叙事作品，尤其是古代和中世纪的叙事作品，这就是非自然叙事研究的历时视角；此外，虽然中国的非自然叙事作品比英美的非自然叙事作品产生时间更早，享有更悠久的历史传统和更深厚的文化底蕴，但中国的非自然叙事作品历来为学者所忽视，因此，作者提倡非自然叙事研究应重视中国古代的非自然叙事作品，这就是非自然叙事研究的跨国视角。在从局部层面研究志怪小说的非自然性时，作者探讨了小说中不可能故事世界的"非真实要素"（Alber，2016，p. 3），即非自然人物、非自然空间、非自然时间。其中，非自然人物包括鬼、动物、神仙和物体这四类；非自然空间包括两类：物理形态上不可能存在的空间和超出容纳能力的空间；非自然时间主要指不同的人物同时经历着的不同时速的时间。志怪小说在整体层面上体现了逾越故事世界边界的特征，主要有以下三种类型：跨越生与死的边界，跨越天、地、人三界的边界，跨越人类与动物的边界。最后，作者认为，非自然叙事学与伦理叙事学的融合能挖掘出志怪小说中发人深省的伦理意蕴，这正如"文学伦理学批评之父"聂珍钊所言，"文学的主要目的不是用来供人娱乐，而是为人类提供可以效仿的道德榜样，并伴随道德指引来丰富物质和精神生活，最终通过道德实践来达到自我完善的目的"（Nie，2015，p. 88）。

可以说，作者拓宽了非自然叙事学研究的对象，丰富了其研究的内涵，更重要的是，他在一定程度上打破了非自然叙事学界长期为英美国家所垄断的局面，有利于促成中国与英美国家在非自然叙事学研究上的平等地位，彰显了作者作为中国学者的学术自信。

三、结语

除了对中国的非自然叙事文学予以足够的重视，该书还关注到了当代伊拉克作家的非自然叙事作品，体现了作者的国际视野。作者以伊拉克作家哈桑·布拉西姆（Hassan Blasim）的短篇小说为例，探索了其中用于建构不可能故事世界的非自然叙事方法，揭示了布拉西姆写作意图背后的意识形态，反映出布拉西姆对饱受战争摧残的民族和人民深切的伦理关怀。伊拉克与中国同属第三世界国家，在政治、经济等多个方面遭受着西方发达资本主义国家霸权主义的打压，在学术研究领域亦是如此。但是，作者并未在从事西方文学研究的过程中陷入西方主流学术思想和研究范式的桎梏，相反，作者以开阔的研究视野扩展了非自然叙事学研究的理论框架，更是难能可贵地将中国的传统文学作品作为重要的研究对象，丰富了非自然叙事学研究的内涵。概言之，该书反映了作者始终谨记自己作为一名中国学者的学术使命，坚定不移地传承中国优秀历史文化的学术态度以及立志在新的时代书写叙事研究新篇章的宏大抱负。

引用文献：

Alber, Jan(2016). *Unnatural Narrative: Impossible Worlds in Fiction and Drama*. Lincoln: University of Nebraska Press.

Alber, Jan. , Iversen, Stefan. , Nielsen, Henrik Skov. , Richardson, Brian(2013). Introduction. In Jan Alber, Henrik Skov Nielsen, Brian Richardson(Eds.). *A Poetics of Unnatural Narrative*. Columbus: Ohio State University Press, 1—15.

Hogan, Patrick Colm(2011). *Affective Narratology: The Emotional Structure of Stories*. Lincoln: University of Nebraska Press.

Nie, Zhenzhao(2015). Towards an Ethical Literary Criticism. *Arcadia: International Journal of Literary Culture*, 50(1), 83—101.

Onega, Susana. , Landa, José Angel García(1996). *Narratology: An Introduction*. London: Longman.

Richardson, Brian(2011). What Is Unnatural Narrative Theory. In Jan Alber, Rüdiger Heinze (Eds.). *Unnatural Narratives, Unnatural Narratology*. Berlin: de Gruyter.

Richardson, Brian (2012). Unnatural Narratology: Basic Concepts and Recent Work. *Diegesis*, 1(1), 95—102.

Shang, Biwu(2019). *Unnatural Narrative Across Borders: Transnational and Comparative Perspectives*. London and New York: Routledge.

作者简介：

宋杰，浙江大学外国语学院博士研究生，主要从事认知诗学和认知叙事学研究。

Author:

Song Jie, Ph. D. candidate of School of International Studies, Zhejiang University. His academic research interests include cognitive poetics and cognitive narratology.

E-mail: zjuersongjie@126. com

认知贯穿叙述文本内外：评云燕的《认知叙述学》

杜光慧

作者：云燕
书名：《认知叙述学》
出版社：四川大学出版社
出版时间：2020 年
ISBN：978-7-5690-3400-4

古希腊时，亚里士多德就曾在《诗学》中探讨过悲剧的净化作用。悲剧必须对观众有一种情感效力，并且通过"怜悯和恐惧"产生一种精神净化（亚里士多德，2006，p.19）。长久以来，读者或观众都是被动的。阅读一部文学作品或是观看一场戏剧，读者似乎只是一个默默无闻的欣赏者。至 20 世纪 60 年代，文学理论界一些文学批评家关注的焦点逐渐由文本和作者转移到读者身上，他们提出的读者导向批评重视读者的个人阐释，认为个体读者创造了文本的意义。作者要依据特定的方式来创作，读者的阅读恐怕更是如此，他们并不是随意地阐释，而是跟随"心智"的指引。

认知科学就是人们对心智的认识和探索。在哲学上，洛克提出了"白板说"，认为人的心灵最初是一块没有任何记号和观念的白板，一切观念和记号都来自后天的经验。而笛卡尔则相信理性比感官的感受更可靠，他认为心灵在直觉和演绎时要遵守一定的逻辑规则。以洛克为首的经验论和以笛卡尔为首的唯理论互相对立。直到 18 世纪，康德在《纯粹理性批判》中试图调和唯理论和经验论，说明人的心灵并非一张白纸，他认为"人类的知识既依赖于感觉经验，也离不开心智的天赋能力"（萨伽德，2012，p.1）。进入 20 世纪，认知科学成为现代科学关注的一个重要问题，致力研究人类心智的本质。

经典叙述学也被称为"结构主义叙述学"，以结构主义的方法为基础来研究作品，将文学视为一个具有自身内在规律的符号系统，强调普遍的叙述规律。它着重研究文本内部，脱离了具体语境。而 20 世纪 80 年代中后期以来的后经典叙述学则关注具体作品的阐释分析，重视读者的能动作用，强调"作品与其创作语境和接受语境的关联"（申丹，王丽亚，2010，p. 6）。它与认知科学、计算机科学、女性主义理论等结合的跨学科研究开创了叙述学的新局面。作为后经典叙述学中的一员，认知叙述学顺应了当前西方语境化的热潮，将文本视为文化语境的产物，从认知的角度研究叙述文本的深层认知规律，是对经典叙述学的继承与超越。认知科学与叙述学的结合有助于丰富叙述学的研究方法，拓展叙述学研究的新领域。

认知叙述学重视文本接收者的阐释，研究叙述文本的认知策略和文本接收者的认知基础。面对认知叙述学暂时缺乏系统理论指导的现状，云燕的《认知叙述学》着重研究叙述文本的认知问题，以期构建能与叙述学理论相结合的认知叙述理论。《认知叙述学》在赵毅衡"广义叙述学"理论的框架下，以认知图式为基础，力求为叙述文本建立一个包含经典叙述学理论范畴的理想认知模型。

在绪论部分，作者确定了认知叙述学的人文学科定位，总结了国内外的研究现状，介绍了本书的研究对象、研究目的及创新之处。全书共分为四个章节。第一章，作者探讨了叙述文本情节的认知策略。云燕从认知图式角度来分析底本/述本理论的组成元素，从可能世界理论看叙述文本的改编，并且比较了叙述中的叙述分层理论和认知中文本世界理论的异同，最后用概念整合理论引导文本接收者采取合适的认知策略，从而使接收者更好地理解叙述文本中的非自然元素。第二章，作者主要分析叙述文本中主体的认知策略。同样从认知图式的角度出发，本章重新定义了隐含作者，讨论了不可靠叙述的判断原则，考察了叙述文本中的聚焦问题，从原型范畴理论发展人物类型研究，并从人物话语和人物行动等方面分析人物思维。第三章着眼于叙述文本的空间和时间认知。作者将认知地图引入叙述文本的空间研究，探讨了文本接收者时间认知模型的构建，从概念隐喻的角度研究了文本中的空间和时间隐喻。第四章从文本接收者的角度讨论了叙述文本接受的认知过程。作者考察了叙述文本信息加工的过程以及情绪对叙述文本接受心理的影响，从关联理论研究叙述文本的接受及有效解读，最后讨论了元认知给人的认知能力带来的影响。

《认知叙述学》全书四个章节互相配合，其内容主要分为三个部分。第一章和第三章主要研究叙述文本内部的认知策略设置，"叙述文本的认知策略设置决定了文本接收者是否能够接受一个满意的叙述文本"（云燕，2020，p. 21）。

如果叙述文本的认知策略设置合适，就能引导文本接收者接受文本并进行深入的阅读。第二章篇幅较长，主要考察了叙述交流中各主体的认知策略，包括隐含作者、叙述者和人物。最后一章聚焦于叙述文本外部文本接收者的认知机制，"文本接收者的认知机制决定了他是否能够明白叙述文本的认知策略"（p. 21）。如果文本接收者能熟练运用合适的认知策略去解读文本，那么他就能挖掘出更深层的意义。本文以此划分为逻辑，简要讨论叙述文本内外的认知策略。

一、叙述文本内：叙述文本的认知策略

"对叙述文本的认知基础进行研究，就是要探讨叙述文本的认知模型。"（p. 22）乔治·拉考夫（George Lakoff）在 1987 年提出认知模型的概念，认知模型以认知图式为基本单位。"图式（Schema）是人的记忆中由各种信息和经验组成的认知结构。"（p. 22）盖·库克（Guy Cook）将理解语篇需要的图式分为三类：世界图式（World Schema）、文本图式（Text Schema）和语言图式（Language Schema）。世界图式包括社会文化背景知识和生活常识，文本图式包括文本体裁和文本中具体的时空、视角、情节等，语言图式即文本接收者的语言理解能力。读者需要有意识地运用自己的图式知识来解读文本，但是文本中蕴含的图式知识不一定和读者自身的图式知识完全吻合，所以，在解读文本的过程中，文本也会改变读者的图式知识。云燕以此为基础，增设一种认知能力图式，在运用以上三种图式研究叙述文本的基础上，同时分析文本接收者的认知机制，即文本接收者如何运用自身的认知能力。

在叙述文本内部，认知叙述学家关注文本世界是如何被建构的。"故事"与"话语"是叙述学的一个基本区分，针对叙述分层术语混乱的局面，赵毅衡提出了"底本/述本"理论，解释了叙述文本的生成和接收者的阐释过程。但是当接收者无法将复杂的述本整理出一个底本时，底本是否还存在？因此，作者引入了源自哲学领域的可能世界理论来考察叙述学中底本的边界情况。"可能世界一般是指虚构的叙述文本世界，它可以通达实在世界、可能世界、不可能世界三个领域，被统称为可能世界理论。"（p. 34）接着，作者考察了对叙述文本可能世界的改编，改编文本相当于一个新的可能世界，改编可能世界与原叙述文本可能世界之间的关系包括平行关系、补充关系和论争关系。文本可能世界的建构离不开人物的设置，对于人物来说，文本中的可能世界就是他的现实世界。作者将虚构人物理论与可能世界结合起来，以《红楼梦》的改编小说为例，探讨了可能世界改编文本的分类，展现了叙述文本变化的可能性。

接着，作者将认知中的"文本世界理论"和叙述学的叙述分层理论进行比较，为认知叙述学的阐释理论添砖加瓦。叙述分层是叙述学关注的一个重要概念，在《广义叙述学》中，赵毅衡将叙述分层定义为"上一层次的人物是为下一个叙述层次提供叙述者或叙述框架"（赵毅衡，2013，p. 264）。叙述分层一般有一个主叙述层，它的上一层是超叙述层，下一层就是次叙述层。文本世界理论由保罗·沃斯（Paul Werth）首先提出，他将文本世界分为三个层次：话语世界层（discourse world）、文本世界层（text world）和次文本世界层（sub-text world）。话语世界层主要包括现实世界的物质层面，比如书的字体和装帧、电影的色调和镜头等都能调动接收者的认知图式。文本世界层则更强调心理层面，是叙述文本整体呈现的世界，接收者对文本世界的建构需要依靠文本提供的信息和自己的认知图式。而次文本世界层是"从文本世界中分离出来的小世界"（云燕，2020，p. 52）。叙述分层理论以"叙述者的转换"为标准，而文本世界理论则是以"文本接收者注意力的转换"为标准，更加符合人的认知特点。

"小说虽然是虚构性质的艺术，但与现实生活相似，时间与空间决定了小说的存在方式。"（申丹，王丽亚，2010，p. 8）接着，作者探讨了叙述文本中的时间和空间认知。在我们生活的世界中，时间和空间不可分割，它们是"事物存在的次序"（p. 128）。作者将认知心理学中的认知地图引入叙述学，从认知的角度分析人如何理解叙述文本的故事空间。一方面从叙述文本角度出发，叙述文本的空间设置会对文本接收者构建认知地图产生影响。凯文·林奇（Kevin Lynch）从人的知觉角度研究城市空间形态，他将构成城市意象的认知地图分为五个要素：道路、边界、区域、节点和标志物。作者从这五个方面分析了叙述文本空间设置的含义。另一方面从文本接收者角度出发，人的空间认知心理也会对构建认知地图产生影响。而后，作者对比了实在世界的时间和叙述文本的时间表现方式之间的关系，引入了时间认知模型，从观察者的角度来分析叙述文本的时间设置。维维安·埃文斯（Vyvyan Evans）在认知语言学的研究中提出了三个时间认知模型：时间移动模型、自我移动模型、时间序列模型。作者借鉴这三种模型分析了观察者的时间认知。最后，作者从概念隐喻的角度探讨了叙述文本中的时空认知隐喻。

二、叙述交流：叙述主体的认知策略

上一部分作者主要运用了认知中的两种"世界"理论，即可能世界理论和文本世界理论来讨论叙述文本内部世界的分类和变化的可能性，同时分析了叙述文本的时间和空间设置对文本接收者理解文本的影响。叙述交流涉及多个参与者，包括叙述者、受述者、隐含作者、隐含读者等。作者在本书第二章主要探讨叙述主体的认知策略。赵毅衡在《当说者被说的时候》中认为叙述主体的声音被分散在不同的层次上，主要分为三层：隐含作者、叙述者和人物。

"隐含作者"是韦恩·布思（Wayne Booth）在《小说修辞学》中提出的一个概念，在叙述学中颇有争议。布思认为隐含作者不仅是作者的"第二自我"，同时还要由读者从文本中推导出来。隐含作者是存在于文本内还是处于文本外，一个叙述文本是否能有多个作者，这些问题使得叙述学家们争论不休。作者从认知图式的角度试图对此作出解答。接收者能够解读叙述文本，是因为接收者的认知图式和文本中蕴含的认知图式能够"沟通"，在此前提下，接收者进行文本意义的阐释并能推导出一个相对稳定的隐含作者。"隐含作者要同时具有文本时空和接收者时空的世界图式，而且要具有阐释社群时空能够共享的文本图式和语言图式"（云燕，2020，p. 95）。由于"阐释社群"不同，隐含作者是动态变化的，因为不同的阐释社群共享不同的世界图式、文本图式和语言图式。但是在同一阐释社群内部，文本接收者共处同一时空，文本是可以被交流和分析的，在此前提下，"一个文本只有一个隐含作者"（p. 75）。接收者对隐含作者的推断也来自文本中蕴含的世界图式、文本图式和语言图式，"而把隐含作者人格化也是认知心理的作用，作者的'第二自我'仅仅在世界图式中起到有限作用"（p. 72）。

隐含作者对于判断不可靠叙述具有重要作用。"不可靠叙述"的概念也由布思提出，他认为"按照作品规范说话和行动的叙述者成为可靠叙述者，反之成为不可靠叙述者"（Booth，1961，p. 58）。这个定义说明叙述是否可靠与隐含作者关系紧密。作者沿用布思的思路，认为判断不可靠叙述的根本点在于要确定"何为隐含作者，何为叙述者"（云燕，2020，p. 95）。从认知能力图式来看，本书认为对不可靠叙述的判断就是要比较叙述者的认知图式与文本接收者推断出的隐含作者的认知图式。接着作者分析了几种不可靠叙述，包括全局不可靠叙述和局部不可靠叙述。

聚焦（focalization）这一术语由热奈特提出，澄清了"谁看"（who sees）和"谁说"（who speaks）的区别。现代小说理论的奠基者福楼拜和詹姆斯关注小说技巧，尤其是叙述视角（point of view）的运用。赵毅衡认为叙述视角问题其实是一个叙述者自我限制的问题，他综合考虑叙述者和聚焦者的情况，在叙述学中提出非常齐全的"视角＋方位"分类，而作者从认知角度结合曼弗雷德·雅恩（Manfred Jahn）的窗口聚焦理论对其作进一步阐发，打造了一个"城堡模型"。雅恩认为聚焦就相当于连接叙述内外的窗口，聚焦者就是感知屏，文本接收者可以透过窗口看到叙述文本中的人物和事件。云燕的城堡聚焦模型将整个故事世界比作一个城堡，故事外叙述者、人物叙述者、文本接收者分别位于俯瞰城堡的高塔、城堡里高低不等的房子、城堡外的迷雾中，生动形象地阐释了不同的视角分类。

人物是叙述主体的重要一环，人物不仅仅指文本中出现的人类，而是指"具有人性的事物"（p. 109）。赵毅衡认为有人物才有情节，所以叙述必须卷入人物。叙述学理论中对于人物的功能论仅仅从结构的角度考察人物，对人物作用的理解非常片面化。爱德华·福斯特（Edward Forster）在《小说面面观》中将人物分为扁平人物和圆形人物两类，作者认为这一区分过于简单，无法凸显叙述文本中人物的多样性。因此，本书引入原型范畴理论来分析人物形象，扩展了福斯特的人物分类。扁平人物特征单一，但也存在其他特征。圆形人物形象复杂，拥有一到多个典型特征，并有许多其他非典型特征。除了人物类型，对人物思维的分析在叙述学中也不可或缺。作者从认知的角度出发，立足于叙述文本中的话语形式、人物行动、人物特征及空间表征三个方面来讨论人物思维，文本接收者也要综合这三方面来理解人物。

三、叙述文本外：文本接收者的认知机制

在讨论了叙述文本和叙述主体的认知策略后，作者重点分析了文本接收者在阅读过程中的认知机制。文本接收者的参与是叙述交流得以顺利进行的重要一环，因此了解文本接收者的认知变化和情绪反应必不可少。

首先，云燕分析了文本接收者对叙述文本进行信息加工的过程。"对叙述文本的解读首先要经历一个感知过程，即一个从感觉到知觉的过程。"（p. 154）感觉具有"偶发性"，是客观事物作用于感觉器官后人产生的反应。而知觉具有"选择性"和"整体性"，是将感觉信息综合后对事物的总体反映。知觉的选择性会导致文本接收者在理解文本时要经历一个注意力的选择，知觉的整体性会让接收者将叙述文本看作完整的世界，自动补足其中的空白。接着，文本接收者会进行"图式识别"，将记忆中保存的图式与感官新接收到的图式信息进行比较和判断。图式由记忆产生，进而影响文本接收者的认知。

情绪和认知密不可分，在阅读叙述文本的过程中，文本接收者或多或少会产生情绪的波动。情绪状态也会反过来影响人对事物的认知。作者提出，正性情绪有助于促进文本接收者继续阅读和阐释叙述文本，而负性情绪则会

导致接收者产生厌弃情绪，甚至很可能放弃阅读。移情是情绪与认知的合作，作者从认知图式的四个层面探讨了文本中的移情方式，文本接收者通过移情来模拟体验叙述文本中人物经历的事件。移情可以使人们更好地体验到他人的情绪或情感，"既能让文本接收者更深刻地反思现实，又能够启发文本接收者在遇到现实中的相似情景时如何更好地应对"（p. 168）。

接下来，作者用认知语用学中的关联理论（relevance theory）来分析叙述文本的接受及有效解读。20 世纪以来的语言学家们提出了两种语言交流模式：代码解码模式和意图推理模式。关联理论针对以上两种模式的不足，综合二者的长处，提出"语言交际是按照思维规律进行的认知活动，是一个明示（Ostention）—推理（Inference）过程"（p. 170）。关联理论可以用来解释叙述文本的解读过程：文本发送者和接收者都处于特定的认知语境，文本发送者发出刺激信号，文本接收者接收信号，付出认知努力并进行解读。文本接收者在遵循认知经济原则的条件下，会追求"最大关联性"，尽量少付出认知努力。然而在对文本解读的过程中，最大关联是因人而异的。普通读者希望获得一个逻辑流畅的故事，但专家型接收者则追求最大关联，试图穷尽文本蕴含的意义。

在解读叙述文本的过程中，文本接收者不仅在理解文本，还通过这一理解文本的认知活动提升自己的认知能力，即"元认知"。元认知是"人对自己的认知活动的感知、理解、调节、监控与控制"（p. 180）。"元认知研究包括元认知知识、元认知管理和元认知体验三个层面。"（邵志芳，刘铎，2012，p. 182）元认知知识包括个体元认知知识、任务元认识知识和策略元认知知识，是文本接收者对自身知识范围、已知文本信息和所需认知策略的知识；元认知管理是指文本接收者会根据阅读的实际情况来调整自己的认知策略；元认知体验是指文本接收者会对自己认知文本的过程进行评价，进一步影响元认知管理。元认知是对"认知的认知"（云燕，2020，p. 180），文本接收者可以通过元认知提高自己的认知能力。

四、结语

文本内外虽是两个世界，但认知图式是连接它们的桥梁。在阅读叙述文本的过程中，处于文本外的接收者可以利用自身已有的认知图式基础，通过移情进入文本世界。《认知叙述学》不仅考察了叙述文本中各个要素的设置，还重点关注文本接收者，克服了文本接收者在经典叙述学中被忽视这一问题。阅读全书，可以发现叙述文本的认知策略设置和文本接收者的认知机制相辅相成。在本书中，作者整合了现有的认知理论，为未来的认知叙述学研究奠定了基础。现如今认知叙述学这一学科发展迅猛，它的研究成果有助于使读者深化对叙述文本的理解，进而解读出更丰富的意义。

引用文献：

萨伽德（2012）. 心智：认知科学导论（朱菁，等译）. 上海：上海辞书出版社.

邵志芳，刘铎（2012）. 认知心理学. 北京：开明出版社.

申丹，王丽亚（2010）. 西方叙事学：经典与后经典. 北京：北京大学出版社.

亚里士多德（2006）. 诗学（罗念生，译）. 上海：上海人民出版社.

云燕（2020）. 认知叙述学. 成都：四川大学出版社.

赵毅衡（1998）. 当说者被说的时候. 北京：中国人民大学出版社.

赵毅衡（2013）. 广义叙述学. 成都：四川大学出版社.

Booth，W.（1961）. *The Rhetoric of Fiction*. Chicago：University of Chicago Press.

作者简介：

杜光慧，四川大学外国语学院硕士研究生，主要研究方向为英美文学。

Author：

Du Guanghui, M. A. candidate of College of Foreign Languages and Cultures, Sichuan University. Her research mainly focuses on British and American literature.

E-mail：veronicadu2021@163. com

隐性进程之始末：兼评申丹的《双重叙事进程研究》

吕 竺

作者：申丹

书名：《双重叙事进程研究》

出版社：北京大学出版社

出版时间：2021 年

ISBN：978－7－301－31929－1

自亚里士多德以来的西方传统始终把故事的情节与人物摆在小说的轴心位置，不管是福斯特在《小说面面观》中对情节的因果链条给出的限定（福斯特，1984），还是查特曼在《故事与话语》中对现代展示性情节的补充（Chartman，1978，pp. 45－48），都没能逃离通过情节发展来塑造人物形象这一解释框架。这也因此注定，不少批评家在阐释文学作品时仅能围绕主要情节来挑选细节，而对那些"被选下去"的所谓文本细枝末节的有意或无意忽视，使得文学作品在一定程度上丧失了其解释的丰富性。

一、"隐性进程"何为？

在《双重叙事进程研究》一书中，申丹区分了与"隐性进程"相关的一系列叙事学术语，它既不同于莫蒂默（A. K. Mortimer）提出的用来暗示文章主题意义之叙事暗流的"第二故事"（second story），也不同于塞德里克·沃茨（Cedric Watts）提出的"隐性情节"（covert plot）和凯莉·马什（Kelly Marsh）提出的"隐匿情节"（submerged plot）。这三者都注重对情节发展提供解释或者其本身就是情节中的一环，只是被作者有意设计之后无法首先被人物或读者获知，而"隐性进程"（covert progression）则是情节发展背后潜藏的一股叙事暗流。"这股暗流既不是情节的一个分支，也不是情节深处的一个暗层，而是自成一体，构成另外一种叙事进程"（申丹，

2021，p. 3）。它始终与情节并列前行，可以与之互为对照、补充甚至相斥，表达出独立于情节发展的主题意义，丰富文本内涵，为读者塑造更为立体与复杂的文本世界。

王国维在《人间词话删稿》中写道："昔人论诗词，有景语、情语之别，不知一切景语，皆情语也。"此言本是先生分析中国古典诗词时所述，但其内涵同样可以用在分析小说理论之上。小说文本自诞生以来就给读者提供了一个封闭的文本空间，并通过调动读者的想象来浮现一个文本世界（邱晓林，2021，p. 4），对文本世界感的把控反激起了读者对外部现象世界的感知与解释欲望，进而生产出丰富的意义。然而读者不能忘记的是，整个文本世界均是由作者来搭建创造的，除了文本的情节结构与人物形象，其他的一切细节描摹与设定也都构成了文本世界的一砖一瓦。故而可以说，情节与人物是世界的天与地，是主要建筑物，而细节刻画则是景观设计，是安置在建筑物旁的几棵绿树，甚或只是挂在建筑内墙上的一幅关于几棵绿树的画作而已，但这"几棵绿树"很有可能暧昧地改变整栋建筑物甚至整个世界营造出来的氛围感。建筑物可以是荒凉破败的，而几棵隐蔽的绿树或许就给文本带来了易被忽视的生机。诗歌由于受限于格式与文本长度，其不可忽视一字的高度塑造与编排感尤为明显，而小说则因其长度与厚度的累积，似乎是与读者的记忆力开起了玩笑。受福斯特所言的好奇心驱动，读者更容易沉溺于具有显性因果关系的故事之中，在不停追问"然后呢"中冲向故事的结尾，横冲直撞地扫荡到文本最后一页的最后一行字（福斯特，1984，pp. 75－78）。如若没有再翻看一遍的冲动或对细节的刻意关注，就容易丧失对作者精心雕琢的局部世界的把控感。当然，这种"丧失"也同样意味着小说中本就布满了无数看似离题的细枝蔓节，它们或许正因为无法被读者纳入个人建构的主题索引中才被抛弃或忽视。实则不然也不该，"一切景语皆情语"，一切"闲笔"也皆为文本世界的血肉，塑造和丰富了小说的内涵。不过，究竟怎样对这些所谓"闲笔"加以解释与串联似乎一直没有定论，申丹的"隐性进程"提供了一个叙事学术语，区分了那些隐匿而连贯的叙事暗流与情节发展之间的不同，为进一步重新审视文学作品提供了另一种途径与可能。

二、"隐性进程"为何？

申丹在书中也强调，并非所有作品都包含隐性进程，而在那些隐性进程与情节发展不断互动的小说作品中，其关系也不是固定统一的。概括而言，她将两者的不同互动关系分为两大类："相互补充和相互颠覆"（申丹，2021，

p. 38）。对于那些为情节发展提供补充的隐性进程，除了展现几种不同的矛盾冲突或者将人物形象的不同侧面进行并置，还可能产生独特的象征和反讽意义。而在一些童话、奇幻小说中，也有针对不同阐释群体而产生的隐性进程，她举例道，奥斯卡·王尔德被认为写给儿童的童话故事《快乐王子》（"The Happy Prince"）中除了针对仍旧保有童真的读者群体，也通过选用特定的象征符号，设置多重叙事来展现燕子和快乐王子之间逐渐升腾的同性之恋（段枫，2016，pp. 177－190）。另一类颠覆了情节发展的隐性进程则可能因为文本作者想要表达的某些主旨意义有悖社会正义与道德规训，故而被有意遮蔽起来，不易被读者发现。但通过文本细读的方式来对作品深耕细作，读者也将不难挖掘出与情节发展沿着不同轨道并驾齐驱的隐性进程，与之"相互冲突，相互制约，又相互补充，在互动中产生文学作品特有的矛盾张力，表达出丰富的主题意义，邀请读者做出复杂的反应"（申丹，2021，p. 165）。

诚然，自亚里士多德之后，不少批评家对叙事运动的研究都在围绕着情节发展中的不稳定因素展开，并不断解释与修正前人的研究，从各种角度来挖掘情节的深层意义（申丹，2013，pp. 47－53）。从古希腊开始一直到近现代，特别是盛行于20世纪六七十年代的结构主义之后，对于情节的研究更是趋于系统化和理论化。俄国学者弗拉基米尔·普洛普（Vladimir Propp）的民间故事形态研究总结出故事的31种功能，为叙事题材裁定了一套类似于语法规则的叙事模式；此后，沿着这条道路，法国叙事学家茨维坦·托多罗夫（Tzvetan Todorov）进一步将小说的基本结构与陈述句法相对照，并发现了叙事结构的两个基本单位，即陈述与序列。序列是构成故事的各种陈述之间的汇集与排列，是叙述的最小完整形式，这也说明一个故事可以有多个不同的序列（马新国，2002，pp. 446－453）。美国修辞性叙事理论家詹姆斯·费伦（James Phelan）则"将叙事进程的基础界定为故事层的'不稳定因素'和话语层的'紧张因素'"，在故事层中，人物冲突关系通过不断复杂化来使人物和/或人物的处境发生改变，而在话语层中，围绕叙述者与受述者之间"涉及价值、信仰或知识等方面"产生的重大冲突则产生了不稳定和紧张因素（申丹，2021，pp. 82－83）。针对上述"不稳定因素"和"紧张因素"的探讨本可以跳脱情节发展的束缚，梳理出新的叙事动力，然而以往的研究由于受到阐释框架的限制，不断地将阐释杂糅到主题意义这一条轨道上来，忽视了对隐性进程的考量。

对此，申丹在第三章专门讨论了隐性进程被不断忽视的原因。她认为，基于西方叙事传统的束缚，叙事研究一般集中于情节发展的主要冲突，并往往沿着同一主题轨道来观察人物。此外，受制于批评界对文本作者较为固定的认知习惯和思维定见，读者在面对小说作品时早已预设了文本所表达的立场，过早地蒙上可以"读出别样味道"的眼睛，这一点在面对已被经典化的作家时尤为明显。因此，波特·阿博特（H. Porter Abbott）在评论隐性进程的相关研究时也指出："读者看不到隐性进程，并非因为它过于隐蔽，而主要是因为读者的阐释框架不允许他们看到其实就在眼前的东西。"（申丹，2021，p. 53）在关于如何挖掘隐性进程的方法讨论中，除了上述打破批评传统和作者定见的束缚，申丹着重强调了文体学意义上的重构，即考虑文本在遣词造句上的精心安排，细致考察作者是怎样用文字架构世界，并透过相同的文字来堆砌出一体两面的文本空间。

英语文体学在西方传统修辞学的基础上逐渐发展，在 20 世纪初又结合了现代语言学、俄国形式主义、布拉格学派和法国结构主义等的研究成果，逐渐形成用语言学的方法来分析和阐释文学文本的主题意义和美学价值的批评流派（刘世生，2016，pp. 1-6，pp. 16-18）。尽管都依托于语言学理论，但文体学家们不同于结构主义叙述学家对叙述方式与被叙述事件间关系的关注，他们在研究小说文体时主要分析作品中的词汇、句法、书写和句子衔接等语言现象（申丹，2004，p. 175）。然而"当作品沿着不同轨道表达不同意义的情节分支时"，两者都趋向于"把文本成分往一种表意轨道和一种主题意义上拽拉"（申丹，2021，p. 79），而同样的文字则可能同时显现出几种不同的象征意义，甚至在几条叙事进程中发挥不同的重要作用，申丹因此将其命名为"文字在叙事进程中的意义"（p. 68）。例如在书中第十章着重探讨的短篇小说《一双丝袜》，以往的阐释主要围绕"丝袜"作为女性专属的时尚物品这一特性，从女性主义和消费主义角度来反映女性关注自我的意识觉醒与消费文化话语下时尚商品对女性的诱惑。但当读者将视线转向以自然主义为主导的隐性进程时，就能由此读出，"丝袜"作为女主人公与外部环境的链接，展现了其婚前婚后从富家女到贫人妇的随着外部世界的变化而变化的心态，暗暗传递人物在受到外部环境的摆布时无能为力的境况。至此，"隐性进程"的研究从《一双丝袜》这一传统文本中透视出了另一重世界观念，从文章的标题起，到开端、发展、结局，都从环境决定论的视角解读出了新的意义。"一双丝袜"作为女性用品，同时也可作为外部新环境的象征，成为女主人公社会角色转换的关键标志；而文章开篇首先点明女主人公是"小萨默斯太太"（Little Mrs. Sommers），其中的"little"即对身处大环境中的小我之无能为力的刻画；随着故事依次展开，她开始想着"如何投放这笔资金的问题"，好几天都在"思考""盘算","做着筹划"（p. 176），然而这笔"巨款"却只有15美元，此类措辞加强了反讽效果，也成为其婚前婚后都被环境掌控的证据：婚前富家女，婚后贫人妇，她的消费心理和习惯都被迫降级。到了故事的中段，主人公在商场终于触到了丝袜，这一偶发的环境变化又裹挟着她不断向前。在一连串奢侈品的簇拥之下，她买鞋买手套，甚至还买了两本过去常看的高价杂志，接着去高档餐厅吃饭，去剧场看下午场的戏剧，她似乎又拥有了过去作为富家小姐的身份，重新找回了如公主一般的自信。然而戏剧总有散场的一刻，生活也无法只由她自己的意愿控制，戏剧落幕，魔法消失，灰姑娘只能再次逃回那个满是锅灰的灶台边，小萨默斯太太也终究得再回到有着大小几个孩子的家。她多么渴望载着她的电车永不到站，梦永不会醒。但就在此刻，故事戛然而止，合上书，读者亦知道，她永远也跳不出书的夹层，只能继续做牛活的仆人。

若从女性主义与消费主义的视角切入，读者只能在情节发展的双重轨道上来回切换，两种叙事进程不断推进，彼此不相融合，形成了两个相互割裂的文本空间，而在这两条情节轨道之外的自然主义叙事暗流与上述情节均无直接关联，因而与情节互相推进，"形成相互冲突、相互制约和相互补充的关系"（p. 175）。

三、"隐性进程"如何？

作为文学与语言学间的界面研究，文体学的文字技巧分析若能挖掘出叙事的隐性进程，就有可能"超越以往的文学批评，展示出文体分析的阐释价值"，并"从新的角度揭示文学表意的复杂丰富与矛盾张力"（p. 80），进一步拓展文体学的理论研究。申丹指出，在以往的研究过程中，语言学与文学批评都未能聚焦到不同叙事进程中文字产生的不同意义，如若能"重新认识文体意义：文体意义指语言在叙事进程中产生的主题意义"（p. 79），就能挖掘出作品的另一重含义，也有助于营造复杂的人物形象，使得文学作品表意更为丰富，从而超越以往的文学研究。

其实不止于文体学意义上的重构，申丹的"隐性进程"更是挑战了结构主义叙事学的经典话语体系。首先是需要重新思考由韦恩·布思（Wayne C. Booth）提出的"隐含作者"（implied author）这一理论概念。"隐含作者"一经提出在叙述学界就被广泛阐释与应用，产生了很大的影响（申丹，2009，p. 25），依据隐含作者和叙述者之间的关系和距离就可以衡量叙述是否可靠。然而在隐性进程中这一标尺却失去了衡量的效益，由于隐性进程中的不可靠叙述"常常发生在第三人称中"，"往往是隐含作者和叙述者共谋共通的"（申丹，2021，p. 86），故而在隐性进程中再次关注叙述的可靠性问题时，应该转向采用"是否符合社会正义或者是否符合故事事实等标准"（p. 87）。申丹也强调，由于叙事距离既存在于隐含作者与叙述者之间，也存在于人物与读者之间，所以"隐性进程沿着不同的主题轨道在情节发展背后运行，一般都会带来叙事距离的变化"，这也使得隐含作者问题在隐性进程中显得更为复杂。另外，在含有隐性进程的作品中，隐含作者可能会采取"互为对照，甚或互为对立的双重立场"（p. 107），申丹在分析凯特·肖邦的短篇小说《黛西蕾的婴孩》和《美丽的佐拉伊德》时就发现，隐含作者在双重表意轨道中透露出两种截然不同的种族主义立场，显性情节中为求顺应美国南方废除奴隶制的主流价值体系，表现出反种族主义的思想倾向，而在隐性进程中则建构出美化白人血统与白人奴隶主而抨击黑人血统的意识倾向，进而也创造出几种不同的"隐含读者"或"作者的读者"形象。其次需要注意的是可能由隐性进程带来的叙述视角和聚焦的复杂化以及叙述口吻与叙述技巧的多样化。隐性进程带来了与情节发展齐头并进的叙事暗流，故而在细致的文本分析中对现有的基于单一情节研究的"理论概念、阐释框架和研究模式都提出了严峻的挑战"（p. 91），需要对经典的叙事话语体系重新进行——审视并加以拓展与重构。

隐性进程的理论框架除了要求在经典的结构主义叙事学和文体学意义上重新考量和修正，《双重叙事进程研究》中理论探讨的最后一章也为翻译研究提出了新思路。囿于长期以来学界对单一情节发展的关注，译者在处理虚构作品时也往往"聚焦于原文中的情节、与情节发展的人物形象、故事背景和表达方式"，相应的翻译研究者也多关注"与这些叙事成分相关的翻译目的、翻译选择、翻译过程和译文的接受与传播"（p. 111）。随着20世纪80年代以来的文化转向，国内外的译学研究对文本外影响译者生成文本的因素以及译本的传播与接受过程变得尤为关注，对文学翻译中原文本内涵的研究就有所忽略。隐性进程的提出极大地拓展和丰富了文本意义，而现有的文学译本、翻译研究和翻译教育者都还没有注意到隐性进程所呼吁与传递的文本新内涵。因此在面对含有隐性进程的文学作品时，译者和研究者就需要格外小心，审视关注单一情节发展给文本意义带来的损伤，同时也更需关注原文与译文两种语言的风格特色，在遣词造句、逻辑编排等方面摹刻译文，制定独特的翻译策略与方法，以求更精准地捕获文本塑造的独特世界感。

　　叙事学的理论架构借助结构主义语言学与形式主义的异军突起而逐渐系统化，形成了聚焦于故事语法、叙事话语以及两者兼容的总体叙事学的研究模态，探讨叙事作品内部的结构规律（赵一凡等，2006，pp. 726－735），这也沿袭了西方亚里士多德以来对情节发展与叙事线条的研究路径。进入 20 世纪 80 年代，在解构主义与新历史主义的话语包围之下，后经典叙事学应运而生，转而关注读者和社会历史语境如何影响叙事结构的发展。尽管解构主义叙述学家如 J. 希利斯·米勒（J. Hillis Miller）也反思与批判了亚里士多德《诗学》中悲剧行为的逻辑与理性，但其之后仍然沿着叙事线条的始末进行挖掘。虽然他在其中也注意到了故事线条"本身产生的种种双重与颤动"，叙事倾向在故事的中部"以某种方式双重化，三重化，四重化，具有无限多重的潜力"（2002，p. 105），在形式上对小说正文外边缘的只言片语再次解读，但也仅止步于此，没有将其意义串联起来。申丹的"隐性进程"这一理论，正是源于对文本世界中所谓无法归类的"只言片语"的重新梳理，并且恰如其分地找出了与情节发展一同前行的叙事暗流，进一步拓宽了文本世界的边界。

　　正如前文所提到的，文本世界一旦被建构，就宛如一个语言体系的乌托邦甚至福柯所言的"异托邦"①，它与现实空间并行不悖，既然现实世界可以被解读出多重意味，文本的乌托邦或异托邦不应该也不可能只围绕着单一的叙事线条与情节发展走向故事的终点，尤其在面对现代与后现代小说花样翻新般对世界的呈现时，单一的意义走向可能无法承担起合理解读的功能。就像读者与批评家试图从《尤利西斯》与《芬尼根守灵夜》的世界中读出具有连贯性和秩序感的故事情节时所遭受到的挫败一样，或许从古至今我们所面对的都是繁杂且无意义的世界，只是限于历史的"近视眼"②，我们只能看到此在的纷乱。当重新梳理经典小说时，那些曾经被忽略和无视的文本细节都应该再次出场，它们会提醒我们注意那些稍显丰富的过去。感谢申丹，为我们开辟了探入过去的另一条幽深小径，尽管这条路可能依旧荆棘丛生，时有断缺，但这才有继续拓展的意义。

---

　　① 笔者所提及的"语言乌托邦"不同于文体学意义上的"语言乌托邦"（见王一川著《语言乌托邦》），可看作一个由语言建构出来的平行空间，悬隔在意义之网上的文本世界。
　　② "近视眼"这一说法来自 Stephen Pinker（*The Better Angels of Our Nature*），用来解释由于回顾历史时人们对越靠近当下的时刻感触与记忆越深，所以认为近代的暴力、战争等更为严峻的情况——笔者这里借来描述人类对世界的认知形式也是如此，越靠近当下，感受越发深刻。

引用文献：

段枫（2016）.《快乐王子》中的双重叙事运动：不同解读方式及其文本根源. 外国文学评
　　论，2，177－190.

福斯特，E. M.（1984）. 小说面面观（苏炳文，译）. 广州：花城出版社.

刘世生（2016）. 什么是文体学. 上海：上海外语教育出版社.

马新国（主编）（2002）. 西方文论史. 北京：高等教育出版社.

米勒，J. 希利斯（2002）. 解读叙事（申丹，译）. 北京：北京大学出版社.

邱晓林（2021）. 向上抑或向下：现代性思想及文艺论稿. 成都：四川大学出版社.

申丹（2004）. 叙述学与小说文体学研究. 北京：北京大学出版社.

申丹（2009）. 再论隐含作者. 江西社会科学，2，25.

申丹（2013）. 何为叙事的隐性进程？如何发现这股叙事暗流？. 外国文学研究，5，47－53.

申丹（2021）. 双重叙事进程研究. 北京：北京大学出版社.

赵一凡，张中载，李德恩（主编）（2006）. 西方文论关键词. 北京：外语教学与研究出
　　版社.

Chatman, Seymour（1978）. *Story and Discourse*：*Narrative Structure in Fiction and
　　Film*. Ithaca NY：Cornell University Press.

作者简介：
　　吕竺，四川大学外国语学院硕士研究生，主要研究方向为英美文学。
Author：
　　Lü Zhu, M. A. candidate of College of Foreign Languages and Cultures, Sichuan
University. Her main research field is British and American literature.
　　E-mail：luabigail@163.com